중국 설화 (II)

한겨레의 후예, 조선인들이 전하는 중국의 옛이야기

건국대 서사와문학치료연구소
다문화 구비문학대계 8

중국 설화 (II)

한겨레의 후예, 조선인들이 전하는 중국의 옛이야기

2022년 5월 10일 초판 인쇄
2022년 5월 15일 초판 발행

지은이 신동흔 외
펴낸이 이찬규
펴낸곳 북코리아
등록번호 제03-01240호
전화 02-704-7840
팩스 02-704-7848
이메일 ibookorea@naver.com
홈페이지 www.북코리아.kr
주소 13209 경기도 성남시 중원구 사기막골로 45번길 14
우림2차 A동 1007호
ISBN 978-89-6324-858-5 (94810)
978-89-6324-850-9 (세트)

값 15,000원

건국대 서사와문학치료연구소
다문화 구비문학대계 8

중국 설화 (II)

한겨레의 후예, 조선인들이 전하는 중국의 옛이야기

신동흔 박현숙 김정은 오정미
조홍윤 김영순 황혜진 강새미
김민수 김자혜 김현희 엄희수
이승민 이원영 한상효 황승업

북코리아

머리말 : 현장에서 만난 1,364편의 생생한 이야기

캄보디아, 베트남, 필리핀, 중국, 일본, 인도, 카자흐스탄, 에스토니아, 브라질….

세계 여러 나라에서 온 이주민 화자들이 한국어로 구술하는 설화들을 들으면서 마치 꿈속의 한 장면에 들어와 있는 듯했다. 그들의 입에서 가지각색 설화들이 술술 흘러나오고 있는 광경이 거짓말 같았다. 책에서나 볼 수 있었던, 아니 책으로도 볼 수 없었던, 깊은 재미와 의미가 차락차락 우러나는 원형적 이야기들! 그 보물 같은 이야기들을 현장에서 만날 수 있다는 것은 최고의 축복이었다.

한국에 이주해서 생활하는 외국 출신 제보자들을 대상으로 한 설화 조사를 계획하면서 기대보다는 걱정이 컸다. 한국과 달리 설화 문화가 유지되고 있어서 구전설화를 기억하고 전해줄 수 있으리라는 기대가 있었지만, 30~50대가 주축을 이루는 제보자들이 설화를 오롯이 구연할 수 있을지 의문이었다. 모국어가 아닌 한국어로 구술해야 하는 상황이라서 더 그랬다. 한국생활이 쉽지 않을 이주민들이 선뜻 마음을 열어줄까 하는 걱정도 없지 않았다.

결과는 기대 이상이었다. 수많은 이주민 제보자들이 기꺼이 자국 설화 구연에 나서 주었다. 모국의 이야기와 문화를 알린다고 하는 책임감과 자부심이 주요 동기였지만, 그들은 곧 설화 구연이 매우 즐겁고 유익한 일이라는 사실을 깨달았다. 그들은 한 명의 문학적 주체가 되어서 자신이 아는 이야기들을 성심성의껏 들려주었다. 고향에 계신 어른들에게 연락해서 묻거나 숨은 자료를 찾아서 구연해 주기도 했다.

모든 이야기는 책이나 자료를 읽어주는 형태가 아니라 내용을 기억하고 새겨서 말로 구술하는 형태로 조사를 수행했다. 마음으로 기억해서 재현한 것이라야 화소(話素)와 스토리가 살아있는 진짜 구비문학 자료가 되는 것이기 때문이다. 제보자들이 구술로 전해준 이야기들 속에는 실제로 구비문학적 힘이 생생히 깃들어 있다. 재미있고 의미심장하며, 현장감이 넘친다. 그 언어는, 살아 있다.

조사 과정에서 이야기를 들으면서 놀란 적이 한두 번이 아니다. 이주민 제보자들은 평균적인 한국 사람들보다 훨씬 이야기를 잘했다. 한 사람이 수십 편의 설화를 유려하게 구술한 사례가 여럿이며, 한 편의 설화를 30분 이상 완벽하게 구연한 경우도 꽤 많았다. 캄보디아의 킴나이키 제보자 같은 경우는 한 편의 설화를 2시간에 걸쳐 생생하게 구연하기도 했다. 한국의 유력한 이야기꾼들에게서도 좀처럼 보기 어려운 모습이다.

10여 명으로 구성된 조사팀이 만 3년에 걸친 현지조사를 통해 만난 화자는 150명 이상이며, 수집한 자료는 약 2,000편에 이른다. 이 중 공개 동의를 얻지 못한 이야기와 완성도가 낮은 이야기들을 제외하고 가치 있는 것들을 선별한 결과 27개국 130여 명 제보자가 구술한 1,364편의 이야기 자료가 추려졌다. 자료마다 기본 구연정보와 줄거리(개요) 등을 갖추어서 정리하니 분량이 단행본 20권을 채우게 되었다. 양적·질적 측면에서 '한국구비문학대계'에 비견될 '다문화 구비문학대계'라고 해도 좋겠다고 생각해서 이를 총서명으로 삼았다. 『한국구비문학대계』(1980~1988; 전 82권)는 한국 구비문학 조사사업의 빛나는 성과이자 인류의 소중한 문화유산으로서, 갈수록 가치가 증대되고 있는 구술자료집이다. 우리의 『다문화 구비문학대계』도 그와 같은 역할을 하게 될 것으로 믿는다. 세계 각국의 설화를 생생한 한국어로 집대성했다는 점에서 전에 없던 새롭고 특별한 언어문화 자료집이다. 이와 같은 현지조사 성과는 세계적으로도 유례없는 일임을 강조하고 싶다.

다문화 구비문학대계는 20권의 자료집과 1권의 연구서로 구성되어 있다. 자료집 구성은 다음과 같다.

1~2권 : 캄보디아 설화 (64편)
3권 : 태국·미얀마 설화 (53편)
4~5권 : 베트남 설화 (114편)
6권 : 필리핀·인도네시아·대만·홍콩 설화 (72편)
7~9권 : 중국 설화 (186편)
10권 : 몽골 설화 (92편)
11~12권 : 일본 설화 (149편)
13권 : 인도·네팔 설화 (78편)
14권 : 카자흐스탄 설화 (61편)
15권 : 러시아·중앙아시아 설화 (55편)
16권 : 유럽·중동·중남미 설화 (57편)
17권 : 세계의 문화와 풍속 이야기 (93편)
18권 : 세계의 속신·금기와 속담 (160편)
19권 : 세계의 신과 요괴 전승 (91편)
20권 : 한국 이주 내력 및 생활담 (39편)

1~16권까지 각국 설화를 나라별로 정리해 실었고, 17~20권에는 세계 여러 나라 문화 이야기와 속담, 생애담 등의 구술담화를 모아서 수록했다. 15권의 '중앙아시아'에는 우즈베키스탄, 키르기스스탄, 타지키스탄이 포함되며, 16권에는 에스토니아, 스웨덴, 터키, 아제르바이잔, 사우디아라비아, 도미니카공화국, 칠레, 브라질, 파라과이 등 9개국 자료가 실려 있다. 다 합치면, 설화가 수록된 나라는 총 27개국에 이른다. 중국편 자료가 가장 많은데, 한족과 조선족 자료를 포괄한 것이다. 7권에 한족 제보자의 구술자료를, 8~9권에 한국계 중국인 제보자 구술자료를 수록했다. 설화는 각 나라마다 앞쪽에 신화와 전설에 해당하는 것들을 싣고 뒤쪽에 민담을 실었다. 같은 유형의 자료를 한데 모으고 서로 내용이 통하는 자료를 이어서 배치함으로써 효과적으로 내용을 견줘볼 수 있게 했다.

27개국 총 1,364편에 해당하는 설화 자료 가운데는 한국에 처음 소개되는 것들이 매우 많다. 1, 2권에 해당하는 캄보디아 설화는 대부분 길고 흥미로운 것들인데, 모두가 한국어로 처음 출판되는 것들이다. 필리핀과 몽골, 인도, 카자흐스탄 등의 수많은 이야기들도 대부분 새로운 것들로 구성돼 있다. 베트남과 중국, 일본 설화 가운데는 한국에 알려진 유명한 이야기들도 포함돼 있지만, 새롭게 소개되는 것들도 많다. 각국의 대표 설화, 예컨대 베트남 설화 〈의붓자매 떰과 깜〉이나 일본 설화 〈복숭아 동자 모모타로〉 같은 경우는 제보자마다 이야기를 구술해서 최대 7~8편에 이르는 각편을 수록했는데, 세부 내용상 크고 작은 차이가 있다. 각편(各篇)마다 미묘한 차이가 있는 것은 구비설화의 본래적 특징으로, 이는 중요한 연구대상이 된다. 각국 주요 설화의 구술자료 각편들을 생생한 구어로 풍부하게 갖춘 것은 해당 국가에도 없던 일로서, 본 자료집의 가치를 더욱 높여주는 요소가 된다.

구비문학에 낯선 독자들로서는 구술을 녹취한 본문이 처음에 다소 어색하게 여겨질 수도 있을 것이다. 하지만 찬찬히 읽어나가다 보면 구술 담화의 맛과 가치를 생생히 느끼게 되리라고 믿는다. 구술자의 다양한 목소리가 귀에 쟁쟁 울려오는 듯한 경험을 할 것이다. 이주민 구술자들에 대하여, 이들은 오롯한 문화적·문학적 주체이자 구비문학 아티스트라고 말하고 싶다. 설화를 전공하는 한국인 연구자들에게 한국어 구술로 큰 감동과 깨우침을 안겼으니 특별한 아티스트가 아닐 수 없다. 현지조사 과정에서도 틈나는 대로 부탁했거니와, 이들이 앞으로도 적극적인 설화 구술로 21세기 한국어문화의 한 주역이 되어 주기를 기대한다.

본 자료집은 구비문학 연구와 언어문화 연구, 다문화 한국사회 연구를 위한 기초 자료로 널리 활용될 수 있다. 학술연구 외에 문화콘텐츠와 교육용으로도 본 자료집은 큰 의의를 지닌다. 작가와 기획자들에게 새롭고 특별한 소재를 제공할 것이며, 각급 학교와 평생교육 기관 등에서 다문화 교육자료 등으로 활용될 것이다. 아울러 본 자료는 일반 독자들에게도 재미있고 소중한 문학적·문화적 경험을 전해줄 것이다. 한국인 독자들은 외국의 문학과 문화에 대한 이해를 넓히는 한편으로 이주민들에 대한 인식을 일신할 것이며, 이주민과 다문화가정 구성원들은 문화적 정체성과 자부심을 내면화할 것이다. 아무쪼록 이 책이 한국사회 구성원들이 열린 마음으로 서로를 이해하는 가운데 상생적 화합과 발전을 이루어나가는 데 기여하기를 바라는 마음이다.

3년간의 현지조사와 정리 작업은 한국학중앙연구원 한국학 토대연구 지원 사업에 힘입어 진행되었다. 꼭 필요한 지원이 이루어져서 좋은 자료들을 널리 수집할 수 있게 된 데 대해 감사의 뜻을 밝힌다. 자료의 출판은 연구지원과 별개로 이루어진 것으로, 출판사의 후의와 결단에 의해 이루어졌다. 자료집의 가치를 이해하고 기꺼이 출판을 맡아준 북코리아 이찬규 사장님과 편집부 김수진 과장님께 깊은 감사 인사를 드린다.

이 자료집이 나올 수 있었던 것은 현지조사와 자료정리의 실무를 맡아 수고한 전임연구원과 연구보조원들이 있었기 때문이다. 팀장을 맡아서 일련의 길고 힘든 작업을 훌륭히 감당해준 박현숙, 김정은, 오정미, 조홍윤 박사와 이원영, 황승업, 김자혜, 김현희, 한상효, 김민수, 이승민, 엄희수, 강새미 등 여러 연구원의 노고에 감사와 사랑의 마음을 전한다. 공동연구원으로서 현지조사와 연구작업을 적극 뒷받침해준 김영순, 황혜진 선생님께도 깊이 감사드린다.

이 책은 기꺼이 이야기를 들려준 여러 제보자들에 의해 이루어진 것이다. 낯선 조사자들을 반갑게 맞이하고 바쁜 시간을 쪼개어 열성껏 이야기를 풀어내 주신 130여 명 제보자들께 머리 숙여 인사드린다. 본 자료집이 특별하고 귀중한 문화유산으로 자리 잡아 오래도록 널리 활용됨으로써 제보자들의 열정과 노고가 빛을 발할 수 있기를 바라 마지않는다. 모두들 행복하게 씩씩하게 잘 지내면서 한국사회의 실질적 주역 구실을 해주시기를 기원하며, 다시 만나 많은 이야기들을 즐겁게 나눌 수 있기를 기대한다.

2022년 5월
저자를 대표하여
신동흔

목차

일러두기

1. 본 자료집은 한국에 와 있는 세계 여러 나라 이주민이 한국어로 들려준 설화와 생애담, 문화 이야기 등을 화자가 구술한 대로 녹취하여 정리한 것이다. 현지조사는 구비문학 전공자들이 만 3년에 걸쳐서 진행했으며, 구비문학 조사 및 정리 방법에 따라 자료를 수집 정리했다. 27개국에서 온 130명 이상의 제보자를 직접 만나서 구술 자료를 녹음했다. 제보자의 주축은 결혼이주민이며, 유학생과 이주노동자도 포함돼 있다.

2. 자료집은 총 20권으로 구성되어 있으며, 총 1,364편의 구술 이야기 자료가 수록되어 있다. 1~16권에는 각 나라별로 신화와 전설, 민담 등 설화자료를 실었고, 17~20권에는 여러 나라 문화 이야기와 속신·속담, 신과 요괴 전승, 생애담 등을 종합해서 실었다. 별권으로 연구서 『다문화 이주민 구술설화 연구』를 갖추어 조사사업의 성격과 의의를 밝히고, 자료 총목록을 제시했다.

3. 모든 자료마다 조사일시와 장소, 제보자와 조사자 등 기본 구연정보를 제시하고, 이야기 줄거리(또는 개요)를 제시하여 이해의 편의를 도왔다. 그리고 모든 설화와 생애담 자료에 '구연상황'을 제시하여, 해당 이야기가 어떤 맥락에서 구술되었는지 알 수 있게 했다. 설화집에 해당하는 1~16권 말미에는 나라별 제보자에 대한 정보가 제시되어 있다. 제보자 인적사항과 특성은 조사 당시를 기준으로 삼은 것으로, 추후에 변동되었을 수도 있다.

4. 이야기 본문은 녹음된 내용을 그대로 받아 적었으며, 현장 상황을 생생히 전하기 위해 조사자와 청중의 반응 부분을 함께 담았다. 한국어 어법에 맞지 않는 구술도 그대로 반영하여 전사했으며, 오해의 소지가 큰 경우 괄호 속에 표준어 표기를 제시했다. 내용 이해를 위해 필요한 경우에는 각주를 달아서 보충 설명을 했다.

5. 이야기 본문에서 제보자의 구술 외에 조사자와 청자의 반응은 [ ] 속에 넣어서 정리했으며, 기타 보충설명은 ( ) 안에 제시했다. 여러 조사자가 발언한 경우 '조사자 1', '조사자 2' 등으로 표시했는데, 번호는 구연정보의 조사자 순서에 준한다. 본문은 이야기 전개 흐름에 따라 문단을 나누었으며, 대화에 해당하는 부분은 행을 바꾸어 표현했다. 대화에 부수되는 언술은 행을 달리하되, '고'나 '구'는 구어체 특성을 살려 대화문 뒤에 붙였다. 2인 이상의 제보자가 공동으로 구술한 자료는 각 제보자와 조사자의 발화를 단위로 삼아 단락을 나누는 방식으로 편집했다.

6. 본 자료집에 자료를 수록한 모든 제보자들에게는 사전에 자료공개 동의를 받았다. 다만, 생애담 등의 구술에서 사적 정보가 노출될 수 있는 부분은 내용을 일부 삭제하거나 **로 표시하기도 했다. 조사장소도 개인정보 보호를 위해 번지수와 같은 세부정보를 삭제했다.

세상을 창조한 반고 [1]

● **구연정보**

조사일시 : 2016. 11. 28(월) 오후
조사장소 : 충청북도 충주시 단월동
제 보 자 : 주경옥 [중국(한국계), 여, 1973년생, 결혼이주 13년차]
조 사 자 : 오정미, 이원영

● **구연상황**

조사팀은 충주다문화센터의 소개로 주경옥 제보자와 건국대 글로컬캠퍼스에서 첫 만남을 가졌다. 지적인 외모를 가진 제보자는 미리 준비한 여러 메모를 꺼낸 뒤 인터넷으로 내용을 확인하고서 이야기 구술을 시작했다. 조사자가 기억나는 대로 구술하기를 권하자 그때부터 인터넷을 보지 않았다. 제보자는 구술할 때 중간중간에 중국어로 표현하는 습관이 있었다. 가독성을 고려해 중국어는 생략하고 전사했다.

● **줄거리**

옛날 하늘과 땅이 아직 갈라지지 않았을 때 반고라는 거인이 십만 팔천 년 동안이나 잠을 자고 있었다. 어느 날 잠에서 깨어난 반고가 도끼를 휘둘러 어둠을 가르자, 하늘과 땅이 나타났다. 반고는 하늘과 땅이 다시 합쳐지지 못하도록 받치고 있었다. 시간이 지나면서 점점 하늘과 땅이 멀어졌고 반고는 지쳐 쓰러지게 되었다. 그 후 반고의 숨은 사계절 바람과 구름이 괴고, 목소리는 우레 소리, 두 눈은 태양과 달, 사지는 대지와 동서남북의 방향, 피부는 대지, 피는 강, 땀은 비가 되었다. 또 넘어지면서 머리는 동악, 발은 서악이 되었고 왼팔은 남악, 오른팔은 북악, 복부는 중악이 되었다.

아주 먼 옛날에 하늘과 땅이 아직 갈라지지 않았을 때의 이야기입니다. 우주는 혼돈 아주 혼돈에 처하여 있었습니다. 그리고 그 반

고라고 부르는 아주 큰 거인이 있었는데 이 혼돈 중에서 계속 잠을 잤는데 십만 팔천 년 동안이나 계속 잠을 자고 있었습니다.

그리고 어느 날 갑자기 깨어났습니다. 그리구 주위를 보니까 모두 어둠에 차 있었습니다. 그래서 반고는 그 도끼를 아주 큰 도끼를 들고 그 어둠을 이렇게, 이렇게 갈랐습니다. 도끼를 휘두르며 어둠을 갈랐습니다. 그리고 그 아주 큰 굉음소리가 나더니 그 아주 어두운 그 홀, 홀, 혼, 혼돈기가 어두운 그 어둠이 서서히 갈라지기 시작했고 그담에 가볍고 깨끗한 물건, 가볍고 깨끗한 것들은 위로 올라가더니만 하늘이 됐고 그리고 무겁고 아주 탁한 것들은 아, 바닥으로 내려가서 땅이 되었습니다.

그리고 하늘과 땅이 갈라진 후에 반고는 아 그 하늘과 땅이 또 합할까 봐 그 이렇게 손으로 뻗, 이렇게 버, 버티고 [조사자: 받쳤어.] 받쳤습니다. 걔가 발로 힘껏 땅을 디디고 하늘을 받쳤습니다. 그리고 하늘은 매일 한, 이 장이라는 게 한 장이라고 하는데 그 단위거든요. 하늘이 한 장씩 이렇게 높아졌습니다. 그리고 반고 반고두 그 키 계속 커졌습니다. 이렇게 하늘이 높아지니까 반고도 그에 의해서 커졌습니다.

그리고 얼마나 지났는지 몰라도 하늘과 땅이 점점 멀어져가지구 형성이 되었습니다. 그리고 반고도 너무 지쳐가지구 쓰러졌습니다. 그리고 반고가 쓰러진 후 그의 몸이 변화가 되어 그의 몸이 거대한 변화를 일으켰습니다.

그 반고가 그 후 그거 숨 쉬, 쉰 숨은 반고가 쉰 숨은 변화되어 사계절 바람, 바람과 그 구름이 되어, 떠다니는 구름이 되었고 그리고 반고가 낸 목소리는 소리는 그 우레 소리가 되었고 그담에 반고의 두 눈은 두 눈은 태양하고 달이 되었습니다. 그리구 반고의 사지는 대지와 그담에 동서남북 네 가지 방향으로 되었습니다. 그리고 반고의 피부는 아주 평활한 대지로 되었고 피는, 피는 강으로, 강으로 되었습니다. 그리고 땀은 만물을 소생시키는 비가 되었습니다. 그는 자기 몸으로 아주 생기에 차 넘치는 세계를 창조했습니다. 그리고 어, 조용히 미소를 지으면서 쓰러졌습니다. 아, 네.

그리고 또 또 또 한 가지 있는데 그 반고가 넘어질 때 머리는 이렇게 넘어지면서 그 중국에 동쪽에 동악이라 하거든. 태산이 되었고.● [조사자: 동악?] 동악이라고 중국에 있잖아? 어, 중국 우어라고 있잖아. 우어라고 있는데 악, 악이라는 거는 있잖아요? 산을 말하잖아요. '월악산' 할 때 산. 중국 동악이라구 태산. 동악이 태산, 태산이, 태산이 되었고. [조사자: 머리가?] 네, 머리가.

이런, 이런 말도 있어요. 이런 지금 찾아보니까 그의 발은 서악. 서악이란 게 화산이거든요. 화산. 화산은 그건 산서성에 있어서요. [조사자: 발은 서악, 서악이 되고?] 네, 서악. 서악인데 이름이 화산이거든. 동악서 동서남북, 그다음에 이 이렇게 악으로.

산동성 그 있잖아요. 태산이 동쪽에 있잖아요. 그래서 동악. 동악 태산 이렇게 불러요. 서악은 서쪽에 있기 때문에 산시성, 삼서성이에요, 삼서성. 화산이 있고, 화산이 됐고 서악, 서악 화산이 됐는데 그 화산이 삼서성이었다는 말이에요. 네. 중국은 이렇게 이십칠 개의 성 자치구 이렇게 나눴잖아요. 한국의 뭐 도하고 비슷한 거죠.

그리고 그의 어, 왼팔은 남악. 행산? 황산, 황산? [조사자: 남악은 황산?] 네, 네. 그거는 호남성이었어요. 네, 그리구 오른팔은 북악. 황산, 이게 있잖아요? 번역하면 한국어로 번역하면 똑같아요. 둘 다 행산, 행산이에요. 근데 하나는 산서성, 하나는 호남성, 하나는 형산, 하나는 형산 둘 다 한자가 틀려요, 한자가.

네. 그리고 그의 복부는 중악, 숭산이 되었습니다. 오악이라고 있거든요, 중국에. 그다음에 송산, 이건 하남성이었어요. 이렇게 되었다는 그거도 있어요. 그런 전설도 있어요.

● 중국의 오악(五岳, Five Greatmountains)은 중국 5대 명산의 총칭으로 산시성(山西省)의 북악 항산(北岳恒山), 산시성의 서악 화산(西岳华山), 허난성(河南省)의 중악 쑹산(中岳嵩山), 산둥성(山东省)의 동악(东岳) 타이산(泰山, 태산), 후난성(湖南省)의 남악 헝산(南岳衡山)을 말한다.

세상을 창조한 반고 [2]

● 구연정보

조사일시 : 2016. 12. 07(수) 오후
조사장소 : 서울특별시 광진구 화양동
제 보 자 : 김설화 [중국(한국계), 여, 1983년생, 유학 8년차]
조 사 자 : 박현숙, 김현희

● 구연상황

조사자는 제보자와 사전에 약속을 정해서 건국대학교 연구실에서 만났다. 조사자가 제보자에게 조사 취지를 설명한 뒤 반고에 대한 이야기를 아는지 묻자 제보자가 곧바로 구연을 시작했다. 어릴 적에 동화책에서 반고 이야기를 읽었다고 했다.

● 줄거리

옛날에 거인 반고가 있었다. 반고의 몸이 점점 자라자 자기가 있는 세상이 좁아졌다. 반고는 세상을 밀어 올려 하늘과 땅을 분리했다. 그리고 해를 찾아서 걷다가 목이 말라 모든 강을 다 마셔 버렸다. 계속 걷다가 힘들어 복숭아나무를 꺾어 지팡이로 사용했다. 반고는 결국 해를 만나지 못하고 죽었다. 죽은 반고의 눈 하나는 달이 되고 몸은 산과 강이 되었다.

반고 같은 경우에는 그냥 이런 거인이 있었는데, 거인이 있었는데 해를 쫓아서 걸었대요. 가다가, 가다가 목이 말라서 마셨는데 모든 강을 다 마셔버렸고. 또 가다가 너무 힘드니까 복숭아나무 가지를 꺾어서 이렇게 지팡이로 가고 그리고 또 뭘 먹었다고 했는데, 아무튼 이 사람이 뭔가 하면 다 사라져 버릴 정도로 모든 걸 다 이렇게 했는데 그러다가 결국에는 해를 못 만나고 죽어버렸대요.

그래서 뭐가 됐지? 산이 되고, 그 사람이 몸 자체가 산이 되고 강이 되고 세계의 만물이 그 사람의 몸에서 이렇게 다 빠져나와서 뭐가 됐다. 뭐, 이런 식으로 되더라고요.

[조사자: 그러면 반고가 해를 따라서 이동하기 이전에 혹시 하늘과 땅을 분리했다거나 그런 이야기는 들어본 적은 없어요?] 응. 이렇게 크면서 키가 커지니까 너무 작아서 내가 살 수 있는 공간 너무 작으니까 이게 쭉 밀었는데, 그래서 땅과 하늘이 분리가 됐다. 이렇게 나오더라구요. 예, 거인이다 보니까. 그렇게 알고 있어요. 저는.

[조사자: 그러면 해와 달이 어떻게 생겨났는지 그런 방법 관련해서는 못 들어 봤고?] 네. 달은 모르겠고요. 아, 해는 그냥 있던 거 쫓아간 거고. 달은 죽어서 눈인가 하나가 달이 됐다고. 네.

세상을 창조한 반고 [3]

● **구연정보**

조사일시 : 2017. 11. 12(일) 오후
조사장소 : 충청북도 청주시 가경동
제 보 자 : 이화(이윤정) [중국(한국계), 여, 1974년생, 결혼이주 19년차]
조 사 자 : 오정미, 한상효, 엄희수

● **구연상황**

제보자는 자신의 생애담을 마친 뒤 준비한 이야기를 시작했다. 흑룡강성의 대표적인 이야기와 중국의 보편적인 이야기들을 준비해왔다고 했는데 먼저 중국의 보편적인 이야기 중 반고 이야기를 먼저 시작했다.

● **줄거리**

이 세상에 빛도 없고 소리도 없었다. 그 속에서 반고가 나타나 엄청나게 큰 도끼로 어두운 별을 찍어서 둘로 쪼갰다. 그러자 가벼운 반쪽은 위로 올라가 하늘이 되었고 무거운 반쪽은 아래로 가라앉아 땅이 되었다. 반고의 키가 자라자 하늘도 매일 높아졌다. 이렇게 일만 팔천 년이 지나자 하늘은 엄청나게 높아지고 땅은 엄청나게 두터워졌다. 반고는 하늘을 이고 서 있는 거인이 되었다. 반고가 죽자 몸의 각 부분이 해, 달, 별, 산, 강, 초목 등으로 변했다.

가장 기초적인 거 그 창세신화. 창세신화가 있는데, (주변 소음 때문에 잠시 멈췄다가 다시 구연을 이어감.) [조사자: 처음 창세신화.] 네. 창세신화가 그 반고라는 인물이 있어요. 중국에는 '반고' 그래서 반고, 카이켄kāitiān이라고. 이렇게 제목이 이렇게 돼 있는데. 그러니까 개천, 반고개천 이거죠. 하늘을 열었다.

그 옛날에 그 하늘과 땅이 구분이 안 되게, 다 한 덩어리로 다,

그 암흑의 세상일 때가 있었대요. 하늘땅 구분이 안 되고. 근데 그 거기 거, 반고라는 거인이 있었는데 그 거인이 이런 상황인지 모르고 그냥 계속 만 팔천 년 동안 잠을 자고 있던 이런 반고라는 거인이 있은 거예요. 그래서 이 거인이 어느 날, 문득 만 팔천 년 자다가 잠에서 깨어나 보니까 어 너무 그냥 깜깜한 암흑인데 하늘도 없고 땅도 없고, 뭔가 구분이 안 되고.

그래서 이 사람이 거인이니까 힘이 세잖아요. 그래서 이렇게 도끼를 들고 엄청나게 큰 도끼를 들고, 그 하늘과, 허공에다 대고 이제 힘껏 도끼를 휘두른 거예요. 그랬더니 이제 그 이 도끼를 휘두르니까 번개가 번쩍번쩍하더니 이제 서서히 하늘과 땅이 구분이 돼서 갈라지기 시작했는데. 이제 갈라졌으니까 에, 가볍고 약간 맑은 건 이쪽으로 다 올라가고 약간 무겁고 이런 혼탁한 거 아래로 가라앉아서 위에가 하늘이 되고 아래가 땅이 됐대요.

그래서 이제 처음에는 이렇게 하늘이 갈라졌으니까 좀 공간이 있는데 이제 반고가 생각할 적에 자꾸 이렇게 서로 원래 붙어 있던 거니까 내가 지탱하지 않으면 다시 붙어가지고 이렇게 될 거라고 생각을 했어요. 그래서 계속 이렇게 버티고 있은 거예요. 계속 이렇게 힘을 주고 버티니까 하늘과 땅이 점점 멀어지니까. 얘 키도 점점 커졌겠지요. 그쵸?

그래서 이렇게 계속 커져가지고 이제 엄청나게 커졌는데 계속, 계속 이렇게 하다가 얼마 동안에 세월이 지나가지고 이제 지탱하다가 쓰러진 거예요. 이제 힘이 다했겠죠. 이제 쓰러져 가지고 쓰러졌다는 건, 반고가 아마 죽었다는 얘기 같애요. 이제 쓰러졌다고 나오는데 그래서 이제 하늘이 받쳐 있을 때, 하루에 그 일 장이 뭐 이게 그 단위예요. 그 거리를 재는 단위인데 아마 십 미터나 이렇게, 이렇게 서서히 갑자기 쭉 이렇게 된 건 아니고 하루에 그만큼 씩 하늘과 땅이 사이가 벌어졌다는 이렇게 얘기를 하거든요.

그래서 반고가 넘어지니까. 이렇게 숨을 거둘 때, 얘가 숨을 내신 숨이 에, 그 사계절의 바람이 되고 하늘의 구름이 됐어요, 그리고 소리를, 마지막으로 낸 소리가 우레, 하늘에서 울리는 번개 칠 때 들리는 우레 소리가 됐고. [조사자: 뭐가 우레 소리가 돼요?] 그 소리를, 마지막에 낸 소리가 우레 소리가 됐고. 그리고 두 눈은 해와 달이 됐어요. 네 태양과 달이 됐고. 그리고 팔 다리, 사지는 그 동서남북의 내 기둥이 됐다고 그래요. 사지가.

그리고 피부는 그 대지를, 대지를 여, 땅하고 하늘이 갈라져서, 원래는 뭐 아무것도 없는 거였는데, 여기 땅을 덮는 흙이 됐다고요. 대지가, 네, 대지가 됐고. 그리고 피. 몸에 흐르는 피는 강과 바다가 됐고. 흐르는 물이 됐어요. 에. 그리고 반고가 흘리는 땀은 비와 이슬, 이렇게 됐다고 얘기해요.

그래서 하늘과 땅이 생겼다. 들어보셨어요? [조사자: 네 들어는 봤는데 선생님의 얘기가 더 재밌어요. 디테일 있어요.] 아 그래요. (웃음) 그렇죠. 다 공통으로 알고 있는 거니까.

사람을 만든 여와 [1]

● **구연정보**

조사일시 : 2016. 11. 28(월) 오후
조사장소 : 충청북도 충주시 단월동
제 보 자 : 주경옥 [중국(한국계), 여, 1973년생, 결혼이주 13년차]
조 사 자 : 오정미, 이원영

● **구연상황**

제보자가 〈세상을 창조한 반고〉 이야기를 마친 후 자연스럽게 다음 이야기를 이어갔다. 제보자는 정확한 이야기를 구술해야 한다는 생각에 인터넷을 보면서 책을 읽는 것처럼 구술했다. 조사자들이 자연스럽게 구술하기를 권하자 편안하게 말하려고 애썼다.

● **줄거리**

천지가 만들어진 후 하늘에는 태양, 별, 달이 있었고 땅에는 산천초목과 새, 짐승, 벌레, 물고기들이 모두 있었으나 인류가 없었다. 그러던 어느 날 여신 여와가 나타나 외롭고 쓸쓸하게 느껴지는 대지에 뭔가 만들어야 하겠다는 생각을 하고 진흙으로 자신과 모습이 닮은 인간들을 만들었다. 그들은 신과 닮았기 때문에 우주를 관리할 수 있는 비범한 기상이 넘쳤고, 여와를 즐겁게 했다. 끊임없이 사람을 만드는 것이 힘들었던 여와는 진흙탕에 넝쿨 같은 걸 떨어뜨려 바닥에 던진 후 사람이 되게 하는 방법을 썼으나 사람들이 계속 죽어 그마저도 힘들어졌다. 결국, 여와는 남자와 여자를 만들어 그들 스스로 결합하여 자손을 번성할 수 있도록 했다.

천지가 만들어진 후 하늘에는 천지가 개벽된 후 하늘에는 태양이 있었고 또 [조사자: 반고 얘기 아직 안 끝나셨구나?] 아뇨, 끝났어요. 여와가 사람을 만들다. 그것도 이렇게 이어진 거잖아요. [조사자: 신

화니까?] 네, 네.

천지가 개벽된 후 하늘에는 태양이 있었구 그담에 별하구 달이 있었습니다. 그리고 땅에는 산천초목들이 자라고 있었고 그리고 새하구 짐승하구 벌레하구 물고기들이 노닐고 있었습니다. 그런데 사람, 인류만이 없었다고 하네요. 인류만이 없었습니다. [조사자: 인류?] 사람, 사람만, 인간, 인간이 없었습니다. 그래서 아주 좀 그래서 아주 외롭고 쓸쓸하게 보였습니다.

그리고 언젠가 어느 날엔가 아주 영험한 여신이 나타났습니다. 그리고 그 여신의 이름이 여와라고 불렀습니다. 그리고 여와는 하루에도 칠십 번을, 변화를 칠십 번이나 변화를 할 수 있었습니다. [조사자: 변신할 수 있었구나?] 변신을 할 수 있었습니다. 네.

그리고 여신은 그 들에 나가서 주위를 살펴보았는데 아주 외롭게 느껴졌습니다. 그리고

'이 천, 하늘과 땅 사이에 뭔가 물건을 만들어야 된다.'고.

생각을 했습니다. 그리고

'어떤 물건을 만들까?'

그는 한참 생각을 했습니다. 그리고 돌아다니면서 돌아다니다가 지쳐서 돌아다니다 지쳐서 어떤 연못 옆에 꿇어앉았습니다. 그리고 그 연못의 깨끗한 물이 그의 얼굴과 몸을 비추었습니다. 그리고 그 여와는 웃으면서 그 연못에 비친 자기의 모습을 보면서

'아, 내가 웃으니까 그 연못 안에 비낀 그림자도 어 나를 보고 웃는 거 같고 웃는 거 같아서, 아 웃는 거 같다.'고.

그렇게 느껴졌습니다. 그리고 불시에 영감이 들어가지구,

'이 세상에는 각, 각양각색의 생물들이 모두 있지만 그 나와 같이 나 같은 형상을 한 생물이 없구나!'

그런 에, 에 생각을 하면서,

'왜 나 같은 형상을 한 생물을 만들지 만들면 되지 않을까?'

그런 생각을 가지고 가졌다고 합니다.

그리고 그 연못 옆에서 그 흙을 진흙을, 진흙을 잡아서 그리고 물하고 반죽을 해가지구 이렇게 자기 형상을 본 딴 그 인형을 하나

만들었다고 합니다. 그리고 이 인형을 땅바닥에다 세워놓았더니 그 이 인형이 땅바닥하고 접촉을 하더니만 살아났고 그다음에 그 여와한테,

"엄마!"

하고 불렀습니다.

음, 네. [조사자: 마리아네요?] 네. 그리고

"엄마."

라고 불렀고 그가 생명을 얻었다란 그러한 기쁨에 젖어 있는 거 같았습니다.

그리고 여와는 그리고 여와는 그 자신이 만든 그 창조물이 그렇게 총명하고 아름답고 생기가 넘치는 거 생기가 넘치고 또 자기를 향해,

"엄마."

라고 하는 소리를 듣고 그 자신도 굉장히 기뻤습니다. 그리고 여와는 이 만든 인형한테 그 살아난 그 진흙 그 살아난 그 진흙한테 '인간'이라고 이름을 붙여주었습니다.

그리고 사람의 몸은 비록 작지만 신이 창조한 것 그 여와가 신이잖아요? 여신이잖아요? 신이 창조했기 때문에 그 외모와 거동이 좀 신하고, 신하고 많이 닮았다고 신하고 많이 닮았습니다. 신하고 많이 닮았고 또 하늘을 날아다니는 새와 그리고 기어 다니는 짐승하고는 달랐습니다. 네. 아, 이렇게 보니까 이 인간이 그 신하고 많이 닮았기 때문에 우주를 그 관리할 수 있는 그런 비상한 그 기상이 넘쳤다고 넘쳤습니다. [조사자: 인간에게도?] 네, 인간에게도. 인간이 신을 신의 형상을 닮았기 때문에 그런 그 관리할 수 있는 그런 비범한 기상이 넘쳤음, 넘쳤다고 하는데요. 네. 여와도 자신의 작품에 대해서 굉장히 만족을 했고 그리고 또 계속하여 그 자신이 그 만드는 그 진흙으로 사람을 빚기 시작했습니다.

그리고 이런 그 여와가 만든 사람들이 여기선 작은 사람들이 주위에서 막 웃으면서 여와로 하여금 굉장히 즐겁게 했습니다. 음, 그리고 작은 인간들이 옆에서 즐겁게 웃고 떠드니까 여와두 더는 외롭

지 않았고 또 더불어 기쁨을 느꼈습니다. 네.

그리고 여와는 계속 있잖아. 인간을 만들기 시작했는데 필경은 그 대지가 너무 크고 그 대지가 크니까 계속 사람을 만들어야 되니까 피곤해지기 시작했습니다. 그리고 한 가지 있잖아요. 인간을 창조할 수 있는 방법을 생각해냈다고 합니다. 네. 그리고 여와는 좀 간단한 방법으로 그중 절벽에서 넝쿨 같은 걸, 그 넝쿨 같은 걸 한 가닥 떨어뜨려서 그 넝쿨을 진흙, 진흙탕에? 진흙, 니탕(泥塘)이란 게 진흙 연못이라고 할까요? 진흙 연못에 떠트리고, 그리고 그 그것을 있잖아요? 그 니지앙(泥浆)이란 건 진흙 '진흙탕으로 만들었다' 이렇게? 네, 진흙탕으루 만들구 어, 그리고 그 진흙 그 진흙 반죽, 반죽탕으루 만들구 그 반죽한 것을 땅바닥에 이렇게 던지니까 그 땅바닥에 던진 게 다 모두 사람이 돼가지고 좀 아까는 하나하나 이렇게 만들었는데 사람이 이렇게 쉽게 만들어졌다는 거, 사람이 쉽게 만들어져서 주위에 거.

"엄마, 엄마!"

하고 부르면서 네. 굉장히 많은, 많은 있잖아요. 인간들이 더 많이 태어나게 됐다고 해요.

그래서 좀 이렇게 쉽게 아까보다는 좀 쉽게 인간을 만들 수 있어 가지구 이렇게 대지에는 인류들이 있잖아요. 이렇게 많이 생겼다고 합니다.

아, 그리고 대지에는 비록 인간들이 많이 생겼지만 그 여와는 계속, 여와는 계속 만드는 일을 계속 쉬지 않고 하고 있었거든요. 왜냐하면 인간이 또 죽으면 또 또 계속 만들어야 되잖아요. 그래서 어떻게 하면 인간이 계속 있잖아요. 계속적으로 생존하게 할 수 있을까? 이 방법을 생각했는데 짝은 사람들을 남자하구 여자루 만들어가지구 네, 남자하고 여자가 결합을 하게 해가지구 그 애 애기, 어 자손을 낳아서 시시때때로 이렇게 번창하게 만들어 냈다는 그런 이야기네요.

그런데 여와가 이걸 만든 거는 이게 모계 있잖아요. 그 씨족 그런 뜻이 굉장히 있잖아요. 네. 그 옛날에는 모계 씨족 공동체라고 여자가 굉장히 좀 지위가 높은, 네. 그렇기 때문에 여긴 좀 여와라는 건 여기서 여신이라는 거거든요. 남신인 게 아니라. 그런 사상이 굉장히 강하다고 그렇게 하네요.

사람을 만든 여와 [2]

● 구연정보

조사일시 : 2017. 01. 19(목) 오후

조사장소 : 서울특별시 광진구 화양동

제 보 자 : 김설화 [중국(한국계), 여, 1983년생, 유학 9년차]

조 사 자 : 박현숙, 김현희

● 구연상황

제보자가 〈견우가 환생한 우랑과 직녀〉 구연을 마친 뒤 조사자가 다른 이야기 구연을 요청하자 제보자는 1차 조사 때 잠깐 언급했던 여와에 대해 책에서 본 것이 있다면서 구연을 시작했다.

● 줄거리

여와가 세상에 혼자 살고 있었다. 여와가 너무 심심해서 진흙을 빚어 인간을 만들었다. 그러나 인간은 죽을 수밖에 없기에 여와는 계속 인간을 만들었다. 여와가 힘들어서 남녀를 진흙으로 빚은 다음 이후에는 남녀의 결합으로 인간이 태어나게 했다. 여와가 처음에 진흙으로 빚어서 만든 인간은 귀족이 되었고 나뭇가지로 진흙탕을 튕겨서 만든 인간은 백성이 되었다.

기억나는 게 하나가 있었는데, 그 하나를 이렇게 하는 것도 있었는데 여와가 사람을 만들었대. 네, 그거는 기억나요.

사람을 만들었는데, 심심하니까. 이 모든 세상을 만들었는데 굉장히 혼자 있는 게 굉장히 심심해갖고, 그런 연못가에 가서 자기 얼굴을 보게 됐대요. 그래서,

'아 나랑 좀 비슷한 뭔가를 만들면 되지 않을까?'

생각해갖고, 그, 연못에 물하고 진흙을 섞어서 이렇게 쨰그만 인

형을 만들었는데, 자기랑 비슷하게 인형을 만들었는데, 갑자기 얘네들이, 이 신선을 만들어, 만들어 놓다 보니까 갑자기 막 움직일 수가 있고 막 뛸 수가 있었대요. 어, 이 여와를 막,

"엄마."

라고 부르는 거예요.

굉장히 기분이 좋은 거죠. 나만 홀로 있는 이 세상이 아니니까. 너무 좋아서 아 그러면,

'이 세상을 내가 이렇게 만들어 놨으니까 얘네들을 꽉 채워 놔야지.'

생각해갖고 계속 만들었대요, 얘네들을. 친구 만들어 주고 이렇게 해서. 계속 만들었는데 만들다 만들다 너무 힘이 지치니까, 뭐 다른 방법이 없을까 싶어서 이렇게 주변을 돌아봤는데 거기에 어, 나무 가지를 하나 봤대요. 그래서 그 가지에 진흙을 이렇게 묻혀서 이렇게 뿌리니까 아, 걔네가 또 인간처럼 똑같이 이렇게 만들어졌대.

그래서 어, 얘네들이 만들어지고 만들어지고 했는데, 필경 어, 인간이기 때문에, 어, 흙으로 만들어진 인간이기 때문에 죽어야 하는 운명이면은 죽어야 하는, 때가 되면 죽어버리는. 그래서 아 얘네를, 죽으면은 내가 계속 만들어야 되니까 힘이 부친 거죠. 그래서 그때에 남자와 여자를 구분을 해서 스스로 아이를 낳을 수 있게, 대를 이을 수 있게끔 만들었다, 하고 했는데.

가끔은 어디에선가 봤는데 그렇게 만들어진 인간들이 계급을 나눌 때, 어

"여와의 손으로 빚어진 애들은 귀족이고, 나뭇가지로 이렇게 휘쳐서 만들어진 애들은 어 백성들이다."

즉 천한 계급. 에, 이렇게 만들어진 것이기 때문에 다르다라는 식으로 구분을 했던 근거가,

"여와가 손으로 빚어준 애들은 우리다, 귀족들은. 니들은 여와가 그 뭐지 나뭇가지로 이렇게 뿌려서 만들어진 인간이기 때문에 니들은 천하다."

이런 식으로 나눴다, 뭐 이런 식으로 말을 하는 것도 들었던 거

같아요. 근데 이야기에는 천하고, 뭐 이렇게 하는 거는 안 나오고요. 그냥 남자와 여자를 만들어서 스스로 번식을 할 수 있게끔 했다. 뭐 이렇게?

[조사자: 이 이야기는 어디에서 들었어요?] 봤어요. 어디선가. [조사자: 책 같은 데서?] 네.

하늘의 구멍을 메운 여와 [1]

● **구연정보**

조사일시 : 2016. 11. 28(월) 오후
조사장소 : 충청북도 충주시 단월동
제 보 자 : 주경옥 [중국(한국계), 여, 1973년생, 결혼이주 13년차]
조 사 자 : 오정미, 이원영

● **구연상황**

제보자는 〈물의 신 공공의 패배〉 이야기를 마친 뒤 곧 아이를 데리러 유치원에 가야 한다면서 시간을 확인했다. 조사자들이 다음 이야기는 뒤에 들려줘도 된다며 보내드리려 했으나 제보자는 괜찮다며 이야기를 구술했다.

● **줄거리**

불의 신과 물의 신이 싸우는 바람에 홍수와 산불 등의 재난이 일어나서 사람들과 동물들이 죽고 하늘에 구멍이 났다. 그래서 여와가 하늘을 기워 자연이 다시 회복되었다.

아까 그 산을 부딪쳐가지구 산을 부딪치구 그담에 그래가지구 하늘이 빵꾸가 나가지구 그 담에 그 여와가 아까 하늘을 꼬매가지구 뭐 자연을, 자연을 있잖아요. 그 회복했다? 네. [조사자: 아, 여와가?] 네. 여와가, 네. [조사자: 여와가 깁다.] 하늘을 깁다.

[조사자: 둘이 싸워서 하늘이 구멍이 난 거구나.] 네, 네. 그 둘이 싸우는 바람에 이 세상이 엉망이 된 거죠.

이 밑에 보면 '여와가 하늘을 깁다' 부분에 나오는데 여기서 또 보면 같이 이어 나오는 거예요. 둘이 싸우는 바람에 있잖아요. 지금 막 사람들두 굉장히 재난을 겪어가지구 이케 막 물루 싸울 때는 홍수가 나구 불루 싸울 때는 산불이 나는 거죠.

그래가지구 사람들두 죽구 동물들두 죽고 막 엉망이 됐는데 엉망이 되구 그래서 하늘이 쪼끔 찢어져 가지구 그 담에 여와가 다시 있잖아요. 하늘을 꼬매가지구 아, 이게 정상으로 그 자연이 회복됐다. 그런. 밑에 '여와가 하늘을 깁다' 하구 그게 이어진 거예요.

하늘의 구멍을 메운 여와 [2]

● **구연정보**

조사일시 : 2016. 12. 07(수) 오후

조사장소 : 서울특별시 광진구 화양동

제 보 자 : 김설화 [중국(한국계), 여, 1983년생, 유학 8년차]

조 사 자 : 박현숙, 김현희

● **구연상황**

제보자가 〈세상을 창조한 반고〉 구연을 마친 뒤 조사자가 여와에 대해 아는지 묻자 어릴 적에 텔레비전에서 접했다고 하면서 구연을 시작했다.

● **줄거리**

세상을 창조한 여와는 후사를 위하여 사촌 동생과 결혼했다. 여와는 흙을 구워서 사람을 만들고 하늘에서 지켜보았다. 그런데 갑자기 하늘에 구멍이 나서 홍수로 사람들이 죽어갔다. 여와가 사람들을 구제하기 위해 일곱 가지 색의 돌로 하늘을 메웠으나 부족하여 자기 몸으로 마지막 조각을 맞추었다. 그리고 하늘이 무너지는 걸 방지하기 위해 거북이 사지로 네 기둥을 세우려 했다. 담배를 좋아했던 거북은 하늘을 바치고 있을 테니 연기를 맡게 해달라고 했다. 노을빛이 빨간 이유는 담뱃불에 하늘이 살짝 탔기 때문이다.

여와는 아, 티브이 속에서 가끔씩 이야기하듯이 뭔가 프로그램이 나왔었던 걸 들었는데,

'하늘의 신이였는데 창조신이다.'

라고 그냥 말을 했는데 여자라고 하더라고요.

그리고 혼자서 이렇게 살다보니까 후세가 있어야 하는데 없어서 이게 자기 사촌 동생하고 결혼을 했대요.

그러다가 이 하늘이 구멍이 나서 인간이 이게 (내용을 정정하며) 아, 아니다. 그전에 여와가 흙을 구워서 사람을 만들었대요. 그래서 이 사람들이 이렇게 살 수 있도록 여와가 하늘에서 보필을 해줬는데. 어느 날 갑자기 하늘에 구멍이 난 거예요. 그래서 땅이 물로 차고 번개가 치고 이래서 사람들이 다 죽어가기 때문에, 자기가 만들어 온 사람들이 죽어가니까 그 사람들을 구제하기 위해서 칠색 돌로 하늘을 메꾼 거예요. 칠색 돌로 메꿨는데 예, 근데 그래도 부족해서 하늘이 자꾸 떨어지고 하니까 부족해서, 나중에는 마지막 한 조각이 부족하고 그래서 안 되니까 자기 몸으로 마지막 조각을 이렇게 맞췄대요.

그리고 하늘이 떨어지는 걸 예방하기 위해서, 방지하기 위해서 그 거북이 있잖아요. 거북이를 이렇게 사지를 잘라서 하늘에 이렇게 기둥으로 네 개를 세워놓고. 네. 그런데 이 거북이가 신의 청탁으로 하는 일이기 때문에 담배 피는 걸 굉장히 좋아했대요. 연기를 맡는 걸 굉장히 좋아해갖고 그래서 청탁을 하나 했는데,

"그러면 내가 할 테니까, 하늘을 바칠 테니까 그러면 이 연기만 좀 맡게 해 달라. 내 취미생활로."

그래서,

"좋다."

그래서 그 노을이 생기는 이유가. 저녁에 노을이 생기는 이유가 그 빨간색으로 되면서 하늘이 살짝 탄대요. 그래서 그 연기를 맡으라고 여와가 만들어 준 거다. 예.

하늘의 구멍을 메운 여와 [3]

● 구연정보

조사일시 : 2017. 11. 12(일) 오후
조사장소 : 충청북도 청주시 가경동
제 보 자 : 이화(이윤정) [중국(한국계), 여, 1974년생, 결혼이주 19년차]
조 사 자 : 오정미, 한상효, 엄희수

● 구연상황

제보자가 〈세상을 창조한 반고〉에 이어지는 다른 신화가 있다면서 이야기를 이어나갔다.

● 줄거리

서쪽 하늘에 구멍이 생기고 인간 세상으로 물이 내려 홍수가 나자, 여와가 구멍을 메우러 길을 떠났다. 신선이 꿈에 나타나 곤륜산 꼭대기에 있는 보석을 녹여 하늘을 메우라고 알려주었다. 여와는 도중에 호랑이와 사자를 만나 잡아먹힐 뻔했으나 호랑이의 도움을 받아 목숨을 구하고 함께 보석을 찾으러 갔다. 산에 도착한 여와가 보석으로 하늘을 메웠으나 갑자기 바람이 불어 보석이 날아갔다. 여와가 호랑이 등에 타고 보석을 뒤쫓아갔지만 결국 놓쳤고, 보석은 동정호에 빠져 칠십이 개의 산봉우리가 되었다. 여와가 이를 아쉬워하며 산봉우리를 밟자 용암이 굳어 작은 섬이 되었다.

그래서 이게 반고가 하늘을 만들었는데 이제 하늘을 만든 후속편이 있어요. 근데 이게 또 새로운 신화인 거예요. 이게 전설이에요. 전설. 교수님 그러셨잖아요. 전설은 어떤 증거물이 있는 것이다. 그쵸? 이거는 증거물 없으니까 신, [조사자 1: 신화.] 창세신화인 거고. 이제 세상이 만들어진 거고.

이제 제가 이번에 말씀드릴 거는 이 반고의 창세신화에 이어진 후속편 같은 건데 근데 이것도 전설이에요. 다른 내용이 그래서, 여와보천(女媧補天)이라고 하는데 여와는 이름이에요. 그러니까. [조사자 1: 여와부천?] 보, 보. [조사자 1: 보천?] 보가 뭐냐면, 이렇게 덧붙이는 거. [조사자 2: 보태는 거.] 네, 보태, 네 그건가 봐요. 그리고 하늘, 하늘을 그게 구멍이 뚫린 거를 얘가, 거기에다가 이렇게 메꿨다. [조사자 2: 기울 보.] 네, 네 맞아요. 꼬맬 보(補). 제가 따로 한자를 안 배워서. 한국식으로 설명을 못해요. [조사자 1: 이해가 쏙쏙 되고 있어요.]

그래서 반고가 이렇게 하늘과 땅을 이렇게 만들어 가지고 세상이 생겨났는데, 인제 어느 날에 그 서쪽 하늘에서 이제 구멍이 조금 생겼어요. 인제 그 구멍이 생기니까 중국인들은 하늘에 있는 원래 은하수라고 얘기하잖아요. 그러니까 하늘에도 흐르는 강이 있고 땅에도 흐르는 강이 있고. 거기도 하늘나라 세상이 있다고 생각하기 때문에, 드라마나 영화 같은 데 굉장히 많은 소재로 나와요. 어렸을 때, 저희들이 판타지는 애니메이션이 아니고 신선들이 사는, 하늘나라 세상이에요. 저희가 진짜로 있는 줄 알았어요. 드라마도 애니메이션 다 그런 거예요. 하늘나라에 뭐 왕모가 있고, 천제가 있고 막 그래서, 거기서 뭐 애니메이션 보면 구름 위에 사람들이 막 이렇게 떠다니고 막 이래요. 그래. 진짜로 리얼하게.

그래서 하늘에 있는 천하의 물이 흘러, 그 구멍으로 흘러 내려가지고 인간 세상에 떨어진 거예요. 그러니까, 그러니까 많이 안 떨어지는 거 같아도, 이제 그 구멍에서 떨어지니까 계속 어떤 지방에는 막 홍수가 생기고, 이제 사람도 피해를 보고, 농사지어도 안 되고 가축도 빠져죽고 막 이렇게 굉장히 피해가 심해 사람들이 막 이주하고 이런 상황. 상황이었는데.

여기 여와라는 네 여자아이가 있었는데, 혼자서 벼랑 끝에 있는 동굴에 살았어요. 근데 동굴에 살았는데 얘가 인제 그 얘기를 듣고 나는 혈혈단신 혼자 사는데 본인도 제 생각에 그래요. 어떤 삶의 가치가 딱히 없던 사람인데

'내가 뭔가 해야겠다.'

이게 있었던 거 같애요. 그래서

'내가 정말 세상을 구해야겠다.'

이런 마음을 먹고, 막 이렇게 정처 없이 떠났어요.

'내가 저 하늘을 이거를 구멍이 뚫린 거 막을 방법이 없을까? 어디 가 알아봐야 되겠다.'

계속 다녔는데 근데 다녀 봐도 누구한테 물어봐도 아는 사람이 없고 알 수가 없잖아요. 그래서 계속, 계속 다니다가, 막 높은 산도 올라가고 뭐, 하늘이 서쪽 하늘이 이제 뚫렸다는 그쪽 방향으로 계속 가고 있어요. 뭐 강도 지나고 이렇게 가다가.

어느 날 지쳐서 잠이 들었는데 꿈속에서 어떤 신선이 나타나서 얘기를 해주는 거예요.

"니가 저기 산에."

그 곤륜산이라고 산이 있어요. 곤륜산이 신선이 사는 산이에요. 중국에. 그래서 보면 그 옛날에 그거 아시나 모르겠다. 그 원숭이, 아니 손오공 알아요? [조사자 1: 네. 네.] 손오공 곤륜산에서 나왔잖아요. 그죠? 그 산이 곤륜산이에요. 그래서 신선들이 살고 있는 산인데,

"곤륜산에 가면은 그 산 꼭대기에 오색영롱한 보석들이 엄청 많이 쌓여 있을 것이다. 그것들을 니가 보석들을 니가 다 녹여서 그걸 하늘에다 붙이면은 튼튼하게 잘, 그게 기워진다."

그렇게 얘기를 했어요. 그래서 이제 꿈에 깨 갖고, 너무 신기하니까 이제 얘가 그걸, 그 말을 믿고 갔는데, 애가 가다가 워낙 험한 산도 많았겠죠. 그거. 밤에, 밤낮으로 계속 가다 갔고. 밤에 산을 올라가다 또 호랑이를 만났어요. 그 호랑이가,

"어 내가 배가 고프니까 너 잡아먹어야겠다."

이러는 거예요. 그래서 얘가 눈 질끈 감고 있다가 안 되겠다 싶어가지고.

"나는 죽어도 괜찮은데 많은 사람들 너무 고통을 받고 있다. 나 서쪽 나라로 가서, 곤륜산에 가서 구슬을 찾아가지고 보석을 찾아서, 하늘을 나는 이거 기워야겠다. 그래서 사람을 구하고 그때 니가 날 잡아먹으면 되지 않느냐."고.

이렇게 얘기했더니 호랑이도 뭔가 느낀 게 있었는지 이제 잡아

먹지 않고 그랬어요.

"그래 알았다. 니가 약속을 지켜라."

그래 보내 줬는데 이 얘가 또 계속 계속, 가다가 이번에는 그 황금빛 그, 갈기라고 하죠? 휘날리는 사자를 한 마리 만났어요. 에 또 다른 산을 가다가 근데 사자가 애를 잡아먹을려고 하니까, 얘가 이 사자는 더 흉악하고 그런 거예요. 그래서,

'나 꼼짝없이 죽었다.'

하는데 갑자기 호랑이가 나타났어요.

"내가 쟤를 먹을려고 했는데 니가 왜 나타나서 그러냐."고.

"내가 먼저 쟤 찜했어."

이러면서 그래서,

"쟤는 나는 나한테 잡혀먹히기로 한 얘야."

그러면서,

"너는 쟤 건드리면 안돼."

하니까 사자가 가만히 안 있겠죠.

그 둘이 막 싸웠어요. 싸웠는데 호랑이가 이겨서 사자가 도망갔어요. 그래서 이제 호랑이가 생각했을 때,

'아 애를 혼자 보내면은 누군가 밥이 되겠구나.'

그래서 얘도 쫄래쫄래 따라가요. 나중에 잡아먹을려고.

그래서 따라가서 이제 산꼭대기로 갔는데 거기 가 보니까 정말 진짜로 오색영롱한 그 막 그런 보석들이 엄청 많이 있는 거예요. 그래서 그걸 얘가 산꼭대기다 나무 갖고 불을 지펴서 그 보석들을 녹이는데 에, 구구 팔십일 일. 이렇게 팔십일 일.

우리가 뭐 삼칠 일 뭐 이런 게 의미가 있는 것처럼 중국인들은 팔십일 일에 굉장히 무슨 의미가 있어요. 그래서 항상 뭐 길다는 표현할 때, (중국어로 구술함.) 그러면 구구 팔십일 일. 그 곱하면 곱셈하면 팔십일 일이잖아요. 그래서 팔십일 일 동안 했다면 되게 긴 시간 동안 했다 이런 의미로. 그래서 구가 십 가지 숫자 중에. [조사자 1: 제일 큰 수죠.] 네. 한 자리에 제일 큰 수잖아요. 그래서 중국인들 구를 굉장히 좋아해요. 구가 중국 발음으로 구jiǔ가 엄청 오랫동안 이

제 영원하다는 뜻이거든요. 그래서 그 글자, 음 때문에 굉장히 에. 그래서 구하고 팔하고 굉장히 좋아해요.

그래서 얘가 하늘을 기웠는데, 그래서 다 기웠어요. 그러니까 호랑이가 얘를 잡아먹을 때가 돼서, 얘가

"나 이제 죽어도 돼."

이렇게 얘기했더니 호랑이가 그러는 거예요. 왜 갑자기 무슨 생각 했는지,

"얘한테 저기 아직도 니가 녹인 게 남았는데 좀 더 하늘을 마저 튼튼하게 해 놓으면, 나중에 괜찮지 않겠냐. 저거 왜 남겼냐."고.

그래서 얘가

"어, 너 생각도 맞는 거 같애. 저걸 마저 해야겠다."

딱 이렇게 했는데 그러니까 그거를 이렇게 약간 신령적인 게 있는지, 우리가 지금 생각할 때는 왜 손이 안 뜨거운가 이러지만, 그때는 그건 다 전설이니까 그죠? 그러니까 이렇게 할려고 했는데 갑자기 어디서 바람이 돌풍이 불어온 거예요. 근데 그 휙 날아갔어요.

거의 하늘에 닿았는데 휙 날아가서 이제 얘가 인제 그걸 날아갔으니까 뭐 기우게 됐잖아요. 인제 생각했을 때는 아무리 해도 저걸 붙여야 되게 튼튼할 것 같은 생각이 든 거예요.

그래서 호랑이한테,

"하나라도 저거 찾아와야 되는데."

했더니 호랑이가

"그럼 내 등에 올라타렴."

해서 올라태워 가지고 막 계속 이렇게 달려가지고 호랑이가 바람 따라서 계속 달렸어요.

그래서 뭐 강을 지나고 산을 지나서 또 표현이 돼요. 그러면 이 호랑이가 얘를 업고서 '황하, 장강을 다 건넜다.' 이렇게 표현이 돼요. 황하도 그 장강도 있잖아요. 그래서 이렇게 달려갔는데 어, 이 호랑이가 거의 따라 잡게 되니까, 너무너무 힘드니까.

"아, 이제 거의 다 따라 잡았다."

하는 순간 이제 한 템포 느려졌어요.

그러니까 얘가 휙 지나쳐 버린 거야. 그래서 [조사자 1: 누가 흰 쥐?] 아니 휙 지나쳤다고요. 에 이제 거의 따라 잡게 됐는데. 아 제가 말이 너무 빨라서. [조사자 1: 아니에요.] 에 지나쳐 가지고 이제 갔는데 그게 그, 중국에 동정호라는 강이 있어요. 되게 유명한 강, [조사자 1: 동정?] 동정호Dòngtínghú. 동(洞)이 동굴 동, 정(庭)은 정원할 때 정이고 호(湖)는 호수. 그래서 그런 호수가 있는데 이제 그 동정호에 걔가 빠져 버린 거예요. 이제 거기서 바람이 멈춰가지고, [조사자 1: 아 보석이.] 그 보석이, 용암이. 거기서 빠져버렸는데 그 빠진 용암이 부글부글 하더니, 그게 이제 칠십이 개의 산봉우리가 됐어요. 그 동정호에 칠십이 개의 산봉우리가 있다고 해요. 그래서 칠십이 개의 산봉우리가 됐고.

그래서 얘가 너무너무 안타까워서 그 하늘을 마저 기웠으면 너무 튼튼할 텐데, 결벽증, 완벽주의가 좀 있는 건지 그래서 거기에서 그 밟고 섰는데 좀 이렇게 굳지 않은 상태에서 밟고 서니까 그 발자국이 남고, 얘가 밟는 순간, 발자국이 굳어 가지고 거기에 밟는 순간 그게 굳었대요. 용암이 굳어서 작은 섬이 됐대요. 네 그래서 이게 그 아까 그, 반고가 하늘을 열어서 세상을 만들고 이제 얘가 하늘을 기워가지고 이제 온전한 세상을 유지가 됐다. 제가 보니까 연결돼 있더라고요. 원래가 따로따로 있던 그건데 연결된 내용이 굉장히 많아요.

[조사자 1: 이게 '여와가 하늘을 깁다'라는 얘기가 있어요?] 있어요. [조사자 1: 있는데 뒤의 부분이 재밌어요.] [조사자 2: 조금 달라요. 조금 달라요] [조사자 1: 뒤의 부분이 너무 재밌어요.]

(조사자 2가 다른 각편에 관한 이야기를 하느라 구연 멈춤.)

저는, 저는 전해 듣기로 이렇게 들었어요. [조사자 1: 좋아요.] [조사자 2: 맞아요. 조금 다르다라는 얘기.] [조사자 1: 그래서 더 재밌어요.] 근데 너무 신기해 가지고, 그래서 같은 나라에서도. 하긴 나라가 크니까 좀 그럴 수 있겠죠.

[조사자 1: 그런데 선생님이 지금 이야기가 동정호라는 호수, 이 호수 때문에 전설로 보시는 거죠?] 네. 네. 그 칠십이 개의 산봉우리가 있었다는 것도 그렇고. 그게 어떤 증거물 같은 게 될 수도 있잖아요. 그

죠? 저는 전설로 봤어요. 원래는 다 통틀어서 뭐 설화로 이렇게 분류해서 민간이야기로 나 있는데 저는 전설로 제가. 에.

[조사자 1: 그럼 그 작은 섬은 이름이 뭐예요?] 아 그 얘긴 안 나와요. 작은 섬은 거기 뭔가 또 이렇게 이름 없는 섬도 있을 거고. 제가 동정호 가보질 않아서. [조사자 1: 동정호는 실제 지명이에요?] 있어요. 예. 동정호가 있어요. 나중에 한 번 찾아보시면, 있을 거예요. [조사자 1: 아 너무 재밌어요. 선생님.]

태양을 쏜 허위

● 구연정보

조사일시 : 2017. 05. 15(월) 오전
조사장소 : 경기도 수원시 팔달구 화서동
제 보 자 : 류정애 [중국(한국계), 여, 1980년생, 결혼이주 8년차]
조 사 자 : 오정미, 이원영

● 구연상황

제보자가 까마귀에 관한 속담에 이어 허위라는 유명한 인물에 대한 이야기를 구술하겠다며 이야기를 시작했다.

● 줄거리

옛날에는 해가 열 개였다. 이 해는 동방 황제의 열 명의 아이들이었는데, 황제의 아내는 매일 아침 동해로 아이들을 보내 목욕을 하게 했다. 목욕을 끝낸 아이들은 나무 위에서 새처럼 쉬었고 열 명의 아이들 중 한 명이 가장 꼭대기에 올라갔다. 매일 한 명씩 돌아가며 꼭대기로 올라갔기 때문에 열흘에 한 번씩 차례가 돌아왔다. 그러던 어느 날 아이들은 갑자기 하늘로 함께 여행을 떠나게 되었다. 그래서 하늘에 해가 열 개가 되자 세상의 모든 만물이 뜨거워졌다. 숲속이 불타올라 맹수들이 사람들을 해치고 바다가 말라 물고기들이 죽어갔다. 그때 허위라는 활을 잘 쏘는 사람이 구십구 개의 산과 강 그리고 협곡을 지나 제일 높은 산에 올라 활로 아홉 개의 해를 쏘아 죽였다. 형제자매들이 모두 죽자 혼자 남은 해는 너무 무서워 바다 밑으로 숨었다. 깜깜하여 아무것도 보이지 않게 된 사람들은 위협을 느껴 하늘에 해 하나만 보내달라고 빌었다. 그렇게 하여 바다 위 동쪽으로 마지막 남은 해가 떠오르게 되었다. 하늘의 왕은 영웅이 된 허위를 천장(天將)에 봉한 후 창어(상아)라는 선녀와 결혼시켰다.

혹시 그거 저기 중국에 추석에 보면 월병을 먹어요. 그 월병 그 포장 통이 있어요. 통에 보면 혹시 그 달하구 한 선녀 여자 그림 보

이는 거 기억나세요? 혹시 보신 적 있어요? [조사자들: 예, 예] 그 이야기예요. [조사자 1: 아. 예, 예. 얘기해주세요.] 왜 그 달에 여자가 살고 있는지, 그것도 재밌을 거 같애서요.

요거는 쪼끔 이 여자 남편부터 얘기해야 될 거 같아요. 옛날에는 하늘에 해님이 열 개 있어요. 그러면 그들은 그 동방에 있는 긍까 동쪽에서 올라오잖아요. 동방에 있는 그 황제에 음 아이예요. 열 명, 해님이 열 명이 그 아이예요. 그래서 그 아내가, 황제 아내가 항상 매일 아침에 그 동쪽에 얘네들 목욕시켜라 하고 동해로 이렇게 보내요. 그래서 목욕하고 나서 얘네들은 인제 물에서 인제 올라오잖아요. 그니까 새처럼 열 명 아이가 올라와서 나무 위에서 쉬고 있어요. [조사자 1: 그게 해예요?] 예예.

근데 어, 음, 새처럼 어, 나무 위에 와서 어 쉬고 그중에 한 명은, 모두 열 명이랬잖아요? 그중에 한 명은 제일 꼭대기에 올라와요. 그래서 우리가 봤을 때는 해 하나죠? 사실 밑에 아홉 개 더 있어요. 아홉, 아홉, 새 아홉 마리는 그 태양 아홉 개는 나뭇가지 좀 낮은 데 있어요. 낮은 데 있구 딱 하나만 위에 있어요.

그담에 오늘은 내가 젤 위에 있었잖아요? 내일은 목욕하고 나서 그다음 아이가 올라가구 얘네 번갈아가면서 이렇게 올라가요. 그래서 우리가 봤을 때는 해가 하나예요. 맞아요. 하지만 동해 쪽에는 그 쪽 끝에 목욕하구 나온 밑에 아이들 더 있어요. 그래서 하루에 한 명씩 이렇게 돌아가면서 그래서 열 명에, 십일에 한 번씩 또 바뀌는 거잖아요? 나는 한 번 오늘 했으면 아홉 밤 자야 그다음 날 올라올 수 있잖아요. 열 명이니까. 그리고 사람들도 다 화목하게 잘 살고, 사람이나 동물이나 해 하나로 인해서 잘 살고 있어요.

그런데 어느 날은 이 열 명의 태양이 갑자기 같이 하늘로 여행갈 생각을 했어요. 아, 그 너무 재밌겠다 해가지고 열 명이 어느 날 아침 갑자기 한꺼번에 다 올라왔어요. 그러면 한꺼번에 올라오면 태양이 열 개면 진짜 불덩어리보다 더 뜨겁잖아요? 그러면 모든 만물이 막 타고 있어요, 지금. 뜨거워서. 예, 그래서 동물들도, 숲속에 먼저 불이 나면 동물들부터 도망가잖아요? 있을 자리가 없고. 그러고 동물들도 막 타죽는 아이들두 있구 인제 숲속에서 살다가 뛰어나오면 인, 사람들 사는 데 와서도 막 해칠, 해롭게 하잖아요. 그래서 바다도 어떻게 되겠어요? 다 말랐죠? 물고기도 죽구. [조사자 1: 열 명이 함께 여행간 그곳이? 그곳에 있는] 예, 하늘에 올라와가지구. 예, 그래서 그 자리에는 인제 다.

이때 바로 활을 잘 쏘는 한 남자가 있었어요. 한국어로는 어뜨케야 되지, 이름이 허위라고 해요. 허위, 허위. [조사자들: 허위, 허위.] 예, 허위라고 해요. 얘는 인제 무조건 활을 쏘면 꼭 명중해요. 그래서 이 사람이 구십구 개 어 산을 넘어서 구십구 개 바다 그 강을 건너서 그리고 또 구십구 개 협곡을 지나서 그 해가 뜨는 데 가까운 데 그 동해인가, 동해 옆에까지 가야 되잖아요? 거까지 와서 젤 높은 산에 올라가서, 산 밑에 다 바다예요. 그리고 그 하늘에 해 지금 막 열 개 떠 있잖아요? 하나씩 하나씩 지금 다 그 활로 이렇게 쏴서 진짜 아홉 개 활만 쐈는데 태양 아홉 개 다 명중해서 다 떨어졌어요.

그리고 이 활, 활 쏘는 받은 태양들은 살 수가 없어요. 다 그냥 죽었어요. 없어졌어요. 그리고 열도 점점 더 줄어들었죠. 뜨거운 것도. 예. 그래서 마지막에 해가 하나만 남았어요. 근데 이 마지막 남은 해가 너무 무섭잖아요. 자기 옆에 형제자매가 다 죽었잖아요. 그래서 얘도 무서워서 바로 바다 밑으로 숨었어요.

바다 밑으로 숨으니까 사람들 어떻게 되겠어요. 깜깜해지잖아요. 아무것도 안 보이구. 그러면 깜깜할 때는 이 인제 뱀이랑 맹수들은 또 나와서 활동을 하잖아요. 그럼 사람들이 또 위협을 받는 거예요. 어둠, 어둠의 위협을 받잖아요. 무섭고. 그래서 하늘에 사람들이 또 부탁했어요. 태양 하나만 좀 올려 보내 달라구. 그래야 이 인류하구 만물들이 다 이어서 살 수 있지 않겠냐?

그래서 인제 어- 바다 위에서 인제 이 해가, 마지막 남은 해가 동쪽에서 이렇게 올라왔어요. 올라오니까 사람들이 너무 기뻐서 그래서 허위라는 사람도 인제 해를 아홉 개 떨어트린 영웅이 된 거잖아요. 사람들 살려주고. 그래서 이분이 어 공이, 공로가 있잖아요. 그래서 그 하늘의 그 왕이 이분을 천장이라구, 장군할 때 장이구 천은 하늘천, 천장이라구 이렇게, 그 뭐지? 봉해줬어요. 이렇게 영웅처럼.

그리고 거기에 선녀가 '창어'라구 있어요. 그니까 '상아(항아)'라 해야 되나요, 번역하면? 상아면 한국어로 좀 듣기 그렇구, 중국어로 '창어'라고 해요. [조사자들: 창어.] 예, 창어, 창어랑 같이 부부가 맺어줬어요. [조사자 1: 왕이?] 예, 왕이. 이제 얘가 잘했으니까. 천장이라구 불르기두 하구, 여기 우리 선녀, 창어란 선녀 있어. 둘이 결혼해. 같이 살아. 이렇게 해가지구. 그리고 이 창어는 너무너무 아름답구. 그래서 남편 이야기는 끝났구요.

달의 여인이 된 항아(창어)와 월병 유래 [1]

● 구연정보

조사일시 : 2017. 05. 15(월) 오전
조사장소 : 경기도 수원시 팔달구 화서동
제 보 자 : 류정애 [중국(한국계), 여, 1980년생, 결혼이주 8년차]
조 사 자 : 오정미, 이원영

● 구연상황

제보자가 앞의 〈태양을 쏜 허위〉와 자연스럽게 연결해서 이 이야기를 구연했다. 항아를 창어라고 칭하며 구술을 하였다.

● 줄거리

어느 날 하늘의 도장님이 허위의 능력을 인정하여 상을 내렸는데, 그 상은 하늘에 올라갈 수 있고 늙거나 죽지 않는 약이었다. 허위는 혼자만 그 약을 먹을 수가 없어 선량하고 아름다운 아내 창어(상아; 항아)에게 맡겨놓았다. 어느 날 허위가 제자들과 사냥을 나간 사이 사심을 품고 있던 제자 하나가 창어에게 가서 약을 달라고 협박했다. 창어는 급하고 무서운 나머지 그 약을 먹어버렸고, 몸이 가벼워져 하늘로 올라갔다. 남편을 사랑한 창어는 지구와 가장 가까운 달에 가서 멈췄다. 집으로 돌아온 허위가 그 이야기를 듣고 달을 쫓아갔으나 다가갈수록 달이 더 멀어져서 둘은 영원히 만날 수가 없었다. 음력 8월 15일은 창어가 올라간 날로, 이때 달은 가장 동그랗고 밝게 반짝거리며 남편을 내려다본다. 그날은 허위와 마을사람들이 창어에게 제사를 지낸 후 월병을 먹는 날로 지금의 중추절이 되었다.

창어는 너무너무 아름답고 예쁘고 마음도 착하고 선량해요. 그래서 모두들 그녀를 좋아해요.

그 아까 말하신 도교 있잖아요. 도교의 도장님이 에 그분이 너무 그 활을 쏜 그 허위를 너무 이제 부러워하고 너는 정말 능력자다 인정해주고 그한테 먹으면 늙지 않는 약이 있어요. 그냥 항상 젊음을 유지하는 약 있죠. 죽지 않고. 그 약을 줬어요. 그리고 그 약 먹으면 하늘에도 올라갈 수 있대요. 하늘에도 올라갈 수 있고 그리고 죽지 않고 늙지 않고.

근데 이 허위는 그거 혼자 먹으면 하늘에도 올라가고 죽지 않고 늙지 않잖아요. 그러면 자기 아내하고 그 마을 사람들이 떠날 수도 있잖아요. 그래서 혼자서 이제 그거 먹고 혼자서 영원히 오래 살고 싶지 않아서 그 약을 창어에게 줘서,

"니가 가지고 있어라, 나는 아직 이거 안 먹을 거다."

이렇게 해서 창어에게 보관하고 있는데 허위가 뭐지? 그 사, 사제인가요? 그 가르켜주는 그 허위의 능력을 가르켜주는 그 뭐라고 하죠? [조사자 2: 제자?] 아, 제자. 제자가 있어요. 근데 제자가 약간 조금 사심을 품어가지구 그 약이 있다는 걸 알구 훔쳐 먹고 싶어 가지구 훔쳐 먹구 싶은 마음을 계속 가지구 있어요. 인제. 기회를 기다리는 거죠.

그래서 8월 15일 날 예, 그날이에요. 8월 15일 날 이 허위는 이 제자들 많잖아요. 그래서 제자들 데리구 사냥을 나갔어요. 거의 저녁 무렵 그중에 아까 한 제자가 있다구 했잖아요. 이 사심을 품은 한 제자가 일부러 같이 사냥 갔지만 다른 핑계로 먼저 돌아왔어요. 돌아와가지구 상아 혼자 있는 집에 가서 상아보고, 그 창어보고 그 약을 내놓으라고 했어요. 내가 이 약을 먹고 신선이 되고 싶어가지고요. 그쵸.

그렇지만 창어는 그 사람에게 이 약을 줄 수가 없죠. 이 사람을 이길 수도 없고. 그래서 어쩔 수 없이 너무 급한 바람에 그 약을 창어가 먹어버렸어요. 먹으니까 애가 바로 몸이 가벼워지면서 하늘로 올라갔죠. 그래서 근데 창어는 너무너무 자기 남편을 사랑하잖아요. 그래서 지구랑 젤 가까운 달 있잖아요. 달에서 멈췄어요.

허위가 집에 돌아오고 나서 그 얘기를 듣고 달 있는 쪽으로 막 쫓아갔죠. 하지만 달 가깝게 가면 달이 더 멀리 가고 그까 뒤로 후퇴

하면 달이 앞으로 오고 지금 영원히 이게 가까이 붙을 수는 없는 거예요. 쫓아가면 달도 가고 이리 오면 달도 오고 이런 상황이래요. 그날은 달이 아주 밝고 아주 반짝반짝하고 8월 15일 날 창어가 올라간 날 있잖아요. 그다음 8월 15일에도 계속 달에 쳐다봤죠. 그날에도 창어가 달에서 자기 남편을 내려다보고 그날도 또 그 달이 너무너무 아름답고 동그랗고 반짝거리고 한대요.

그래서 인제 그날에 떠난 날이니까 허위하고 그 마을사람들은 그날마다 그 창어에 대한 제사를 지내요. 보고 싶잖아요. 그날에 떠나서 그 제사가 지금 말하면 중추절이래요. 그 제사 때문에 월병, 그 달로 갔으니까 동그랗게 만들어서 창어 먹으라구 그거 만들어가지고 그날에 제사지내고 다 같이 그거 먹는 날이래요.

[조사자 1: 아, 그날에 창어에 대한 제사를 지내고, 제사 지낼 때 월병을?] 월병을 먹는 거예요. 그래서 그 음식 이름이 월병이에요. 월, 달 월, 그렇게 동그랗게 만들어서 사람들이 먹을 수 있어야 하잖아요. 그래서 안에다 속을 넣고 만드는 방식으로 만든 과자. [조사자 1: 그게 월병의 유래담이 되기도 하겠네요?]

[조사자 2: 혹시 창어가 두꺼비로 변했다는 얘기 못 들어봤어요?] 아, 그런 건 못 들어봤어요. 저는 그거 처음 들어봐요. 저는 이거는 그 할머니한테서 들은 얘기도 똑같고 그 학교에서 초등학생들이 그 교재로도 또 많이 들어요. 부교재로. 그것도 이거 비슷해요. 두꺼비 얘기는 못 들어봤어요. 뭐, 많아 봤자 토끼, 옆에 토끼까지 있다는 얘기는 들어봤는데. [조사자 1: 달에.] 네, 같이 달에. 그거는 여기 정확하잖아요. 중국에는 이 남편하고 이 아내 이렇게만 많이 나와 있어요. 연결해가지구요.

[조사자 1: 약을 준 게 아까 도교의 도장님이라고 말한 게 처음에 그 옥황상제하고 똑같은 그 존재인 거죠? 그죠?] 그런데 하늘에 있다는 사람이라고 쓰지는 않았어요. 그냥 한 명의 노 노인할 때 노도인, 이렇게 썼어요. [조사자 2: 그럼 봉해준 사람은 옥황상제고 약을 준 사람은 또 다른 노인이고. 노도인이고.] 노도인이고. 인간에도 왜 숨어있는, 능력 있는 도인이 많잖아요. 그런 사람을 얘기하는 것 같애요.

(조사자들이 다른 버전의 항아 이야기를 꺼내서 제보자와 대화를 나눔.)

그래서 우리는 또 그런 것도 있었어요. 어렸을 때 그 8월 15일 날에 또 마당에 앉아서 물론 뭐 포도나무 그 얘기는 없지만, 마당에 앉아서 달 보면서 월병 먹으면 보인다. 어, 그런 얘기도 있었어요. 제가 어렸을 때. 그런데 그거 여기는 없어요. [조사자 2: 창어가 보인다?] 여기는 없어요. 그것은 이제 [조사자 1: 그게 더 재미있어요. 오히려.] 그건 내가 보기에 그거는 없는 것을 엄마가 지어낸 것일 수도 있고. [조사자 1: 좋아요. 좋아. 그런 거.]

그러면서 우리는 근데 저희학교 초등학교 때 제일 호기심이 많잖아요. 이런 거에 대해서. 정말인 거 같고 막. 그래서 애들한테도 들어보면 애들도 그런 얘기 많이 해요. 그러니까 우리 엄마만 그런 얘기 하는 게 아니라 내가 먼저 얘기하면 애들도 그러는데 야, 오늘저녁에는 꼭 마당에 앉아서 달 보는 거다. 이러면서 누가 먼저 보이면 얘기해. 이러면서 아, 그럼 그날은 진짜 의자 갖다놓고 밤에 월병 먹으면서 진짜 달 보고 있어요. 보이나 안보이나 이러면서. 그랬던 기억도 나요. 어렸을 때. [조사자 2: 마당에서 달구경 하는 거.] 예. 근데 그게 우리는 인제 머릿속에 인식은 창어가 보인다. 이러니까 신기하잖아요. 그거 보라구 이렇게 계속 보고 있어요.

달의 여인이 된 항아와 월병 유래 [2]

● 구연정보

조사일시 : 2017. 11. 12(일) 오후
조사장소 : 충청북도 청주시 가경동
제 보 자 : 이화(이윤정) [중국(한국계), 여, 1974년생, 결혼이주 19년차]
조 사 자 : 오정미, 한상효, 엄희수

● 구연상황

제보자가 〈하늘의 구멍을 메운 여와〉에 이어 이 이야기도 중국 사람들이면 누구나 다 아는 이야기라며 준비한 이야기를 구술했다.

● 줄거리

후예는 활을 잘 쐈다. 그런데 하늘에 해가 열 개나 나타나자 곡식과 초목이 다 말라죽어 사람들이 굶주리게 되었다. 천제의 명령으로 후예가 활로 아홉 개의 해를 떨어드리자 백성들이 모두 기뻐했다. 천제는 후예에게 항아를 아내로 주었다. 한편, 서왕모에게 대신 사냥감을 잡아주고 서왕모에게 불사약을 받아 왔다. 하루는 후예가 없는 틈을 타서 도둑이 불사약을 훔쳐 먹으려고 했다. 항아는 약을 뺏기지 않으려고 자신이 약을 삼켰다. 그랬더니 자신도 모르는 사이에 몸이 가벼워지고 지상을 날더니 달나라 가게 됐다. 그 이후 후예가 항아를 그리며 빵을 만들어 제사를 지냈는데, 그것이 중추절에 먹는 월병의 유래가 되었다.

그리고 또 약간 전체적으로 대중적으로 이제 중국인들은 거의 알 수 있는 것. '상아가 달나라로 가다.' 상아. 네.

근데 진짜 드라마로도 많이 나와져서. 어렸을 때, 머리에다 막 이렇게 보석 달고 막 선녀옷을 입고 너무 많이 봐 가지고 네. 근데 요거도 약간 그 두 개의 신화를 막 섞어 논 거 같은 느낌이 있어요.

약간 개연성을 중요시 하는 것 같아요. 중국의 뭔가 연결이 돼요.

제가 생각하다가 보니까 이번에 느낀 건데 한 번도 생각해 본 적 없었거든요. 근데 이거 하다보니까, 아 맞다 이게 쟤가 반고개천인데, 그래 또 여와도 있었지. 또 어떨 땐, 여와개천 이렇게 나와요. 왜냐하면 얘가 이거를 했기 때문에 완벽하다 이렇게 해서 개천(開天)으로도 봐요. 그러면 도대체 뭐가 우선이지 생각하다가 보니까,

'아 이게 먼전데 얘는 그냥 약간 조력자 역할을 했구나.'

이런 생각이 드는 거예요. 그래서 개연성이 이렇게, 있구나. 여기도 살짝 개연성이 있는 부분이 있는데.

이 그 상아는 저기 하늘나라에 있는 [조사자 1: 항아죠?] 상, 아. [조사자 1: (다른 조사원을 보며) 상아야?] 항아다. 항아. [조사자 2: 아니, 아니.] [조사자 1: 항아죠?] 중국은 'cháng'é'라고 하니까 저 상아라고. [조사자 2: 둘이 똑같애요.] 그죠, 그죠. [조사자 2: 상아라고 하셔도 돼요.] 그죠. 그죠. 제가 이거를 한글로 잘 몰라요. 한자를 안 배워가지고. 한글 발음이 뭔지를 몰라요. 그래서 이거를 찾아봐야 하는데. 항아, 상아 되죠. 네. 네. 네. (조사자를 보며) 오, 선생님 잘 아시나 보다. 한문을.

그니까 항아가 이제 하늘나라에 사는 선녀예요. 근데 이 선녀가 달나라로 갔다는 거는 지금 거기에서 아닌 곳에, 하늘나라 아닌 하늘나라로 갔는지, 딴 데 있다 갔는지 일단 그게 궁금하잖아요. 그죠? 근데 이 내용을 알려면 얘부터 출발하는 게 아니고, 항아부터 출발하는 게 아니고 이제 후예라는 사람부터 출발해야 돼요. 이 여자의 남편이에요. 근데 후예라는 사람이 있었는데 이 사람도 사실 한 개의 신화, 신화를 만들어낸 장본인이에요. 근데 이거는 아, 좀, 제가 별로 좋아하지 않는 거라서, 빼고, 상아를 얘기할 건데 이제 남편으로서만 등장시킬려고요. 근데 요기 내용은 제가 말씀드릴게요.

이제 후예가 되게 굉장히 활을 잘 쐈어요. 근데 옛날에는 막 여기 세상에 해가 열 개나 있었대요. 그래서 열 개가 있으니까 막 너무 너무 뜨거워서 요거도 제가 다문화 수업할 때, 에 이렇게 요거 하면서 같이 다 얘기했던 부분이라, 너무 뜨거워서 용강물이 다 말라비

틀어지고, 물이 다 마르고 땅이 쩍쩍 갈라지니까, 사람들이 살 수가 없는 거예요. 그러니까 밤 아니면 낮에는 밖에 나올 수도 없는 상황이고, 또 밤이 되면 또 너무 추워요.

근데 해 열 개가 다 지고 나면은 아무것도 없어가지고 그래서 밤에는 춥고 낮에는 덥고 하니까 사람이 살 수가 없어서, 이제 하늘에 있는 천제가

'안 되겠다. 이거 뭔가 방법, 조치를 취해야겠다.'

그래서 이렇게 그 뭔가 방, 방을 붙였다고 하죠? 한국에서는. 이제 사람을 찾는 거예요.

"하늘에 있는 이 해를 좀 없애줄 사람이 없겠냐?"

그랬는데 활 잘 쏘는 사람을 이제 모집을 한 거예요. 그래서 여기 젊은 청년들이 많이 갔는데 갔다, 갔다 실종이 되는 거예요. 인제, 해를 이제 한 개만 남기고, 아홉 개를 다 떨궈뜨려야 되는데. 해의 근처에 가면 뜨겁잖아요. 그러니까 다 이제 살아남지 못하고 최대한 가까이 가야 할 수 있는데 가까이 산에 가다가 동물한테 잡혀 먹히고, 뭐 가다가 지쳐서 죽고 병들어 죽고, 뭐 굶어서 죽고 여러 가지를 하다 보니까 또 너무 막 올라가서 이제 그거 못하고 뜨거워서 죽고. 이런 사람도 있어서.

근데 이 후예라는 사람이 굉장히 건장하고 에, 뭐 활도 되게 잘 쐈대요. 명사수였는데 이 사람이 내가 가겠다고, 그러니까 천제가 그랬어요.

"이렇게 니가 아."

아 이게 되게 이야기가 길어지는데 (웃음) 잠깐만요. 제가 좀 더 얘기 좀 해보고요. 너무너무 얘가 주인공이 되고 있는 것 같아요. [조사자 1: 그러기 싫으시구나.] 아 그러니까요. 아 제가 그러기 싫었는데 지금 상아하고 얘기할라 그랬는데.

아 그래서 일단은 그 산에 그러니까 자기가 하겠다고 나섰는데 그 먹을 걸 싸지고, 중국에서 있는 찐빵 같은 거 이런 거, 건빵 같은 거 주로 밀가루 음식 많이 먹으니까 이제 싸갖고 갔어요. 이제 가다가 이젠 높은 하늘에 올라가가지고 이제 간단하게 얘기하면, 나머지

해를 이제 아홉 개를 다 쏴, 떨어뜨리고 해 한 개를 남겨가지고 이제 사람들이 살기가 좋아졌다. 편안하게 됐다.

이제 이 사람이 굉장히 영웅 대접을 받은 거잖아요. 그죠? 그래서 이제 천제가 이케 하늘에 있는 예쁜 선녀를, 아내로 줬어요. 그래서 그 여자가 상아인 거죠. 에 그래서 뭐 아무래도 큰 공을 세운 그 사람이니까 집도 좀 좋은데 살게 해주고 막 하인도 있고 그러니까 시종 같은 사람도 있고 이렇게 했어요. 그래서 음. 살고 있는데 어느 날은 상아가 이렇게 여기 음, 그 뭐지, 활을 잘 쏘니까 사냥하는 거 되게 즐겨 했어요. 그래서 에 이 사람이 굉장히 이렇게 땅, 지상의 사람이지만, 되게 하늘나라에 많이 알려졌어요. 되게 세상을 살린 사람이니까, 그래서 하늘에 신선들하고도 같이 어울려 놀기도 하고 사냥도 다녔는데.

어느 날 서왕모라는 신선이랑, 서, 왕, 모. 서쪽 서(西), 왕 왕(王)이라는 뜻이고 어미 모(母)고, 서왕모라는 신선이랑 같이 이제 사냥을 갔는데 자기가 잡은 되게 이렇게 잡기 힘든 동물 잡았는데 서왕모한테 줬어요. 그러니까 이 사람은 자기 사냥을 못 했으니까

"아유 내가 그래도 신선인데 쟤한테 졌어."

그래 심드렁해 있다가 그래도 뭐 그래도 기분이 좋아져가지고 이제 얘한테 그 작은 병 하나 주면서,

"이 병에 뭐가 들어 있을 것 같냐."고.

"뭐가 들어 있냐."고.

그러니까, 이 안에 마시면 장로불, 장생불로, 아 그러니까 죽지 않는 약이 있대요. 헌데

"이거 한 번에 이거 마시면 너는 장생불로하고 신선이 된다."

이렇게 얘기했어요. 그러니까 중국에선 신선만 죽지 않고 사는 존재인 거예요. 인간의 욕심, 인간이나 뭐 육체를 가진, 뭐 생명체 죽는 건데 신선만 죽지 않고 오래 살고 있기 때문에 그래서 그걸 줬는데 이제 집에 와서 그걸 상아한테 보여주고

"내가 오늘 이렇게 가서 동물 잡고 하는데 좋은 거 얻어왔다."고.

"이거 먹으면은 신선이 되는 거라."고.

하면서 에 그래서 이제 여기다 숨겨뒀어요. 그래서 이불장 안에 숨겨 뒀는데 어, 일하던 밖에서 일하던 하인이 남자 하인이 이거 들은 거예요. 그래서 어느 날, 듣고 어느 날은 또 이렇게 후예가 사냥하러 나가는데 상아 혼자 집에 있을 때, 이 사람이 방에 들어간 거예요. 그래서 상아가 밖에 있다 집에 들어와 보니까 그 신발이 있는데,

'왜 남편이 돌아올 때 안 됐는데.'

뭐지 하고 문을 열어 보니까 그 남자가 막 뒤적뒤적 옷장을 뒤적뒤적하니까,

"뭐하냐?"

그러니까

"아니."

라고 뭐 이래 막 이러고 보니까 에서 보니까 꺼내서 보니까.

(웃으며) 아 제가 상상력을 보태가지고 [조사자 2: 아 좋아요.] 제가 어렸을 때 들을 때 막 상상력을 그대로, 그래서 이걸 그렇게 보니까 그 병인 거예요. 그래서,

"이 병을 왜 니가 갖고 있냐?"고.

그랬더니 막 아니라고 막 도망갈라고 막 이러니까 이제 막 그걸 뺏으려고 했는데 여자니까 연약해서 힘이 딸리니까 계속 이러다가 이거를 중간에 내가 뺏기면 안 된다는 생각을 한 거예요. 남편 건데 소중히 잘 간직하라 했는데 이거 훔쳐 갔으면은 큰일 나는 거잖아요.

그래서 아무 생각 없이 갖다가 자기가 마셔버렸어요. 이거. 그 사람 마시면 안 되니까. 그러니까 자기가 마실 필요가 없는 건데 (웃음) 마셔버린 거. 그래서 얘가 이거 어떻게, 어떻게 되겠어요. 신선인데 하늘나라에 가게 생겼는데 어 이제 막 옷을 입은 채로 둥실둥실 몸은 떠가는 거예요. 이거 신선이 될라고.

그래서 후예가 딱 마침 집에 돌아오고 있는데 사냥 갔다가 돌아오고 있는데 어 보니까 와이프가 막 둥둥둥 떠가고 있는 거예요. 그래서

"어 어디 가냐."고.

그랬더니 자기가 그거는 먹었다고,

“이 하인들 도망갔어요. 그리고 그래서 그걸 먹었다”고.

그러니까 너무 안타까워서

“내가 그걸 받아오지 말았어야 되는데. 내가 그걸 왜 받아와가지고.”

그러면서 그래서. 막 땅을 치고 후회하는데 이제 상아가 가다가 하늘나라 가다가 이제 제일 가까운 게 달이잖아요. 지구에서 그래서 남편을 너무 멀리 떨어지면 못 볼 거 같으니까, 이제 지상에서 못 사니까 그래서 달나라에 거기 상아가 거기에 머물렀어요. 거기에서 상아가 남편을 내려다볼려고.

그래서 남편이 보니까 어느 날, 그러니까 상아가 떠나가고 나서 그날 밤에 하늘 쳐다보니까 이렇게 중국인들은 한국, 한국에도 그런 거 있죠? 뭐. 그 노래도 있든데. [조사자 2: 옥토끼.] 푸른 하늘 은하수. 그래 가지고 뭐 계수나무 돼 있고 거예요, 그쪽엔 좋게 돼 있고. 근데 거기 보니까 이제 계수나무 있고 절구 찧는 토끼 있는, 거기가 상아도 있는. 보이는 거예요.

자기가 이렇게 그래서 인제 너무 슬퍼서 그 뭐지 그 상아가 올라간 날만 되면은 해마다 그 집 앞에다가 이렇게 재단 같이 차려서 상아가 좋아하는 음식 놓고 이렇게 떡을 놓고 제사를 차린 게 그게 기원이 돼서, 중국에 그, 추석이 된 거예요. 추석을 중추절이라고 얘기해요. 중국에서는. 네 가을에 중간에 있는 계절이라고 해서 중추절이라고 얘기하는데 그게 중추절의 기원이 됐고 그래서 상아가 잘 먹던 무슨 빵, 인지 떡인지 그런 게 있었는데 그게 월병. 월병의 기원이 됐다고 그래요.

그러니까 인제 후예가 생각했을 때, 그, 그 동그랗게 이렇게 만들면은 무슨 빵을 되게 좋아했는데 상아가, 이렇게 동그랗게 만들면은 달 같은 모양을 만들면은 뭔가 더 의미가 되는 게 있었다고 생각해요. 그래서. [조사자 1: 그래서 중추절과 월병.] 네 중추절 사이에 월병을 먹게 됐다 그게 기원이 돼서.

그래서 후예가 해를 쏘아트린 거도 한 개 설화예요. 에, 그거랑 이렇게 또 짬뽕이 돼서. 한 개가 됐어요. [조사자 2: 한국에서도 유명한 얘기인데 조금씩 달라요. 지금 말씀하시는 게 그래서 재밌어요.] 그래서 제가 네 진짜 중국인들이면 누구나 다 아시는 거 같아요. 어렸을 때 다 들어봤던 거. 에

[조사자 2: 저희가 알고 있는 거랑 조금 달라요.] 그래요? 이것도 달라요? [조사자 2: 저희는 상아가 남편 몰래 먹고 도망가는 얘기로 알고 있어요.] 진짜요? [조사자 2: 도망가는 얘기로 알고 있어요.] [조사자 1: 아니야 나는 이렇게 알고 있어요.] [조사자 2: 책에 나와 있는 거 이렇게 나와 있어요.]

[조사자 1: 이제 학부생, 학부 중국 유학생들한테 수업을 하면 제일 많이 나와요.] 저희 교수님이 학부생 얘기하셨으니까 저희는 전부 교육을 받는 세대잖아요. 그렇죠? 옛날 할머니들처럼 구전으로 뭐 동화책이 있고 다 있으니까 아마도 정형화된 틀을 배운 거 같아요. 약간 변화가 없이. [조사자 1: 그 친구들이 제일 많이 하는 게 이거예요. 하인이 와서 뺏어 먹으려고.] 네. 같은 걸 배운 거예요. 아 맞아요. 그 하인 이름도 있었는데.

달의 여인이 된 항아(상아)와 월병 유래 [3]

● 구연정보

조사일시 : 2016. 12. 07(수) 오후
조사장소 : 서울특별시 광진구 화양동
제 보 자 : 김설화 [중국(한국계), 여, 1983년생, 유학 8년차]
조 사 자 : 박현숙, 김현희

● 구연상황

제보자가 〈해와 달이 된 오누이〉 구연을 마친 뒤, 항아 관련 이야기 구연을 시작했다. 제보자는 구연을 마치고 달이 줄었다 커졌다 하는 것이 항아의 마음 상태를 나타내는 것이라고 부연했다.

● 줄거리

옛날에 아름다운 상아(항아)가 활을 잘 쏘는 남편과 살았다. 하늘에 갑자기 태양 아홉 개가 떠올라 항아의 남편이 활을 쏘아 여덟 개의 해를 없앴다. 신이 감사의 의미로 남편에게 불로장생약을 주었다. 약은 일 년에 한 번씩만 먹으면 되는데, 항아가 욕심을 부려서 한꺼번에 다 먹어버렸다. 이후 항아는 몸이 점점 떠올라 달에 도착했다. 항아는 달에서 계수나무와 토끼와 생활하다가 남편이 그리워서 추석 보름달 모양의 월병을 만들었다.

상아. 달에 있는 여자. [조사자: 그 여자 이야기는 어떤 거예요?]

남편이 그 활을 잘 쏘는 남편이었고 여자는 굉장히 미모의 여자였는데, 두 사람이 굉장히 행복한 생활을 했었대요. 근데 이 남자는 신으로부터 장생불로약을 받을 수 있는 이러한 사람인 거죠. 신이라고 말을 못하더라고요, 그때는. 사람이라고 하더라고요.

그래서 활을 잘 쐈갖고 하늘에 갑자기 태양이 아홉 개가 올라서 여덟 개를 쏴버리고 하나만 남겼다. 그래서 또 신이 또 고맙다라는 인사를 위해서 장생불로약을 또 줬대요. 그래서 이 두 사람을 부부같이 인간이지만 신같이 오랫동안 살 수 있게끔 이렇게 약을 계속 신단을 주신 거예요.

그런데 이렇게 일 년에 한 번씩 먹으면 되는 건데, 몇 년에 한 알씩 먹으면 되는 건데, 이 와이프가 갑자기 자꾸 욕심이 생기는 거죠. 자꾸 욕심이 생기다보니까 남편 몰래 이걸 자꾸 훔쳐 먹은 거예요. 그래서 다 먹어 버린 거예요. 다 먹어 버리다 보니까 이 몸이 뜨는 거죠. 신선이 되는 경지로 가게 된 거예요. 그래서 뜨다 보니까 이 남편한테 너무 미안하고 다시 돌아오기에는 힘들고, 남편 몰래 다 먹었으니까.

그래서 근데 신은 아니라서 궁궐에까지는 못 가고 하니까 뜨다 뜨다 보니까 달에 도착한 거예요. 거기는 아무것도 없는 거죠.

그래서 여자가 처음에는 외로워서 먹었는데 남편은 무인이니까 계속 나가서 돌고 하니까 집안에 혼자 있어야 되고 그래서 다른 세상에 가면은

'정말 좋은 것들이 많겠다.'

생각해서 갔는데 신처럼 뜨고 달나라까지 갔는데 거기는 더 처량하고 아무것도 없는 거예요. 그래서 거기 계수나무가 하나 있고, 토끼가 있어서 걔네들하고 생활을 했다. 그래서 남편에 대한 그 뭐지? 남편에 대한 그런 간절함 또 그리워하는 마음 때문에 추석이 되면은 달이 동그랗게 되니까 그 모양으로 월병을 만든 게 상아다. 그러더라고요.

해를 다시 조정한 항아 부부를 기리는 월병

● **구연정보**

조사일시 : 2016. 12. 07(수) 오후
조사장소 : 서울특별시 광진구 화양동
제 보 자 : 김설화 [중국(한국계), 여, 1983년생, 유학 8년차]
조 사 자 : 박현숙, 김현희

● **구연상황**

제보자가 〈우렁각시〉 이야기 구연을 마친 뒤 그에 대한 대화를 나누다가 화제가 드라마로 넘어갔다. 제보자는 항아가 달에 올라간 뒤에 벌어진 일을 중심으로 구성된 이야기가 있다면서 구연을 시작했다. 앞서 구연한 〈달의 여인이 된 항아와 월병 유래〉와 꽤 다른 내용이었다.

● **줄거리**

신단을 먹은 항아는 달에서 신으로 살았고 남편은 신단을 못 먹어서 평범한 사람으로 살다가 죽었다. 인간 세상에 다시 태양 아홉 개가 떠올랐다. 이를 해결하기 위해 항아는 전생에 활을 잘 쏜 남편이 환생한 떡장수를 찾았다. 그러나 떡장수는 전생을 기억하지 못했다. 하늘에서 내려온 항아가 기한 내에 하늘로 돌아가지 못하면 인간이 되어 죽음을 맞아야 했다. 항아가 월병을 만들어서 떡장수의 전생 기억을 되살리려고 했다. 항아의 머리카락이 점점 하얘지자 떡장수가 전생의 기억을 되찾아서 태양을 조정하여 백성들을 구원했다. 항아는 다시 하늘로 돌아갔고, 사람들은 항아와 남편을 기억하기 위해서 월병을 만들어 먹기 시작했다.

아, 그 중국에 예전에 그 그런 거로 과거에 설화나 동화로 드라마를 만든 게 있었어요. 용왕의 셋째 딸하고 그 어떤 돼지가 이렇게 주인공이 되어서 옛날의 이야기들이 한 편, 한 편씩 들어가게끔. 얘

네가 일을 만드는 이런 식의 드라마가 있었어요.

[조사자: 혹시 그 드라마 중에 기억나는 건 없어요? 좀 인상적이어서?] 응. 그 드라마에서 항아 이야기를. 아니야. 항아가 그 드라마에서는 이미 달에 올라가 있었고, 남편은 이미 죽고 이미 왜냐하면 신선의 이걸 다 먹어버려서 그냥 평범한 인간으로 죽어버렸고. 근데 태양이 또 아홉 개가 떠오른 거예요. 근데 이 쏠 수 있는 사람은 다 죽어버려서 그러면 얘네가 돼지하고 이 용왕의 셋째 딸이,

"그러면 이 사람은 인간으로 죽었기 때문에 환생이 가능한 거니까 이 환생한 사람이 누구인지 찾아야 된다."

찾다 찾다 보니까 이렇게 떡 파는 장수를 찾게 된 거예요. 떡 파는 장수를 찾게 되어갖고,

"니가 이 사람이니까 빨리 쏘라."고.

"쏘라."고.

했는데 얘가 바본 거예요. 좀 멍청한 앤데, 그래서 어쩔 수 없이 이 항아를 모셔오는 거예요, 얘네가. 그래야 이 사람이 예전의 남편이 되살아나는 그게 이렇게 몸에 다시 이렇게 오니까. 그래갖고 항아가 내려왔는데, 잘 안 되는 거죠.

"과연 내 남편일까?"

남편의 모습은 맞는데 그 남편이랑 그 남편이 아닌 거죠.

그러다가 이렇게 계속 부딪치다가 나중에는 진짜 이렇게 마음이 서로 잘되고 이래갖고 어느 순간에 이 남자가 이 항아를 위해서. 항아가 이렇게 천상에 못 올라가면은 내려왔기 때문에, 한 번 내려와서 못 올라가게 되면은 죽어야 되는 거예요. 나중에 그게 이렇게 기한이 계속 차다보니까. 항아의 머리가 하얗게 된 거예요. 검은색 머리였는데. 그래서 이렇게 이 남자를 위해서 거기서는 월병을 만들은 거예요.

"내가 만들어 준 거를 먹고 기억을 하라."고.

뭐 이런 식으로. 그래서 이 항아를 위해서 이 남자가 다시 이렇게 몸에 들어와 갖고, 그 혼이 들어가 갖고 진짜 쏜 거죠. 쏴버리고. 백성이 구해져서, 구해져서 그 덕이 있기 때문에 항아는 다시 하늘나라

로 올라갈 수 있었고. 그 항아와 이 사람의 이러한 이야기들을 백성들이 간직하고자 그때부터 월병을 먹기 시작했다. 뭐 이런 거로, 예.

태양을 잡으러 간 화부

● 구연정보

조사일시 : 2016. 11. 28(월) 오후
조사장소 : 충청북도 충주시 단월동
제 보 자 : 주경옥 [중국(한국계), 여, 1973년생, 결혼이주 13년차]
조 사 자 : 오정미, 이원영

● 구연상황

〈바다를 메우는 새 정위〉 이야기가 끝난 후 잠시 준비한 다과를 먹고서 제보자가 계속 이야기를 이어나갔다. 따로 책이나 자료를 보지 않고 기억하는 대로 설화를 구술했다.

● 줄거리

옛날 북방 황야의 높은 산에 거인들이 살고 있었다. 그 거인들의 두목은 화부라고 했고, 거인부족은 '화부족'이라고 불렀다. 그들은 매우 건장하고 의지력이 강하고 마음씨도 착한 비범한 거인들로 세상과 동떨어진 곳에서 즐겁게 살아가고 있었다. 그러던 어느 날, 날이 너무 더워 곡식과 나무들이 말라죽고 사람들조차 말라 죽어갔다. 이를 보다 못한 화부는 사람들의 만류에도 불구하고 태양을 잡으러 동쪽을 향해 길을 떠났고, 결국 그렇게 죽게 되었다. 화부는 약속을 지키지 못하고 죽게 되자 아쉬움에 지팡이를 던졌는데 그 지팡이가 닿은 곳은 복숭아 수림이 되었다. 그 복숭아들은 사람들에게 그늘이 되어주었고 갈증을 해소하게 해주었으며 피로를 풀어주고 생기를 주었다. 그리고 화부의 몸은 산이 되어 그 산을 화부산이라고 부르게 되었다.

그 먼 옛날에 북방이 그 어 먼 옛날 북방이 북방 북방이라고 하면 그쪽은 굉장히 좀 날씨도 춥구 황야에 북방에 황야에 네 아주 있잖아요. 움미로운 산이 있었대요. 그쪽 [조사자: 무슨 산이요?] 아주 아주 웅미로운 산. 아, 그까 높은 산. 높고 좀 절벽도 많고 그런 걸. 네. 그런 산이 있었는데 그 산 깊은 곳에 함몰이 그 거인들이 살고 있었대요.

그 거인들 중에서 그 수령이 두목이 있었는데 이름은 '신달즈 콰푸', 아까 '콰푸'라고 불렀거든요. 여기 이게 '콰푸'라고 불렀어요. 그리고 그래서 이 있잖아요. 그 거인들을 그 부족들을 거인부족을 화부, 화부족, '화부족'이라고 불렀어요. 이 거인들은 몸이 건장하고 굉장히 키가 크고 의지력이 강하고 기품이 굉장히 비범했대요. 그리고 또 마음씨 또한 굉장히 착하고 그리고 부지런하구 용감하구 그리고 세상하구 동떨어진 그런 즐거운 그런 즐겁구 자유로운 삶을 살고 있었대요.

아, 그때는 대지가 굉장히 황량하고 그리고 그 맹수들이 굉장히 많이 돌아다니구 사람들의 생활두 굉장히 쪼끔 약간 어려웠대요. 그리고 그리고 화부는 자기 부락이 사람들이 좀 더 있잖아. 여유로운 삶을 좀 더 나은 삶을 즐기기 위해서는 매일마다 사람들을 거느리구 어뜬 때는 홍수하구두 있잖아요. 싸우기두 하구 홍수, 그 물 그런 걸 방지하기두 하구 그리고 또 맹수하구 맹수하구 또 싸우기두 하구 이렇게 했대요.

그리고 화부는 그 누렁뱀 누렁뱀 있잖아. 아주 흉악한 누렁뱀을 잡아가지구 어 자기 귀, 귀에 있잖아요. 장식으로 걸었대요. 장식으로 걸기두 하구 또 손에 손에 이렇게 장난 이렇게 치면서 장난도 했고. 네, 그런 거로 굉장히 사람 그런 거를 영광으로 생각했대요.

그리고 어두, 어두(어느) 해 날씨가 굉장히 더웠다고 합니다. 날씨가 더워가지고 태양 태양이 계속 직사를 하니까 그 곡식들도 다 말라 죽구, 나무들두 다 말라 죽구, 그 사람들두 굉장히 그 더워가지구 힘들어 하구, 어떤 그 화부족 화부족 이 화부족 사람들두 뭐 죽어나갔다고 합, 죽어나갔다고 해요. 그래 화부는 자기 부족 사람들이 죽는 것을 보고 굉장히 괴로워 했구 그 사람들한테 아,

"태양이 굉장히 좀 밉다."고.

"내가 태양을 따라가서, 나는 태양을 따라가서 어 그 태양을 붙

잡을 걸 붙잡아 가지구 사람들이 말을 태양이 말을 듣도록 하게 만들겠다. 나의 말을 듣도록 하게 만들었다."

이렇게 했대요. 그리고 그래서 그 부족 중에서 어떤 사람이,

"아 절대 가지 말라고 태양이 우리로부터 이렇게 멀리 떨어져 있으니까 당신이 그 태양을 쫓아가다는 지쳐서 죽는다."

이렇게 애기했다. 또 어떤 사람들은,

"태양은 그렇게 뜨거우니까 당신이 가면 꼭 있잖아요. 태 타 (어휘를 헷갈려하며) 타 죽는다."고.

그렇게 얘길 했대요. 아, 그렇지만 화부는 이미 마음속에 결정을 하구 태양을 붙, 태양을 잡기루 맹세를 했대요. 그리고 그리고 태양을 잡아가지구 태양이 있잖아요. 사람들이 분부를 아 사람들이 지시, 지시 듣도록 사람들을 위해 아 태양이 사람들을 위해 아 그 봉사하도록 그렇게 하겠다구 그렇게 마음을 먹었대요.

[조사자: 그럼 태양을 잡은 거예요?] 아니 그니까 이 사람 태양이 항상 괴롭히니까 자기가 태양을 잡아가지구 이 태양이 사람들로 사람들에게 봉사를 하도록 하게 사람들의 말을 듣도록 그렇게 하겠다구 이렇게 결심을 한 거죠. 내 얘기가.

그리고 있잖아요. 그 걱정에 잠겨 있는 부족들을 보면서 이렇게 얘기를 했대요.

"당신들의 생활을 위해서 당신들의 행복한 생활을 위해서 나는 꼭 가서 있잖아요. 태양을 잡아오겠다."

이렇게 했대요.

그리고 태양이 그 바다에서 이렇게 또 떠오르기 시작하니까 그 부족 사람들을 사람들에게 이별을 고하고 그리고 동해에서 동해로 태양을 찾으러 갔대요. 동해 방향으로.

그리고 음 태양이 그리고 태양이 동쪽에서 솟아오르면 이렇게 그리고 공중에서 이렇게 아주 빠르게 이동을 하고 있었어요. 그리고 아 화부는 태양은 공중에서 이동을 하고 있고 화부는 땅에서 질풍처럼 그 태양을 쫓고 쫓고 또 쫓아 쫓았대요. 그리고 산을 넘고 또 강을 건너고 그러면서 그렇게 쫓아다녔는데 대지는 그 화부의 발 발걸

음 소리에 그 홍홍 홍홍이란 게, 아주 쿵쿵 진동이 났다고 합니다.

화부는 그 쫓아가다가 힘들 때에는 어떤 때는 살짝씩 이래 졸기도 하구 그리고 그리고 자신의 신발의 흙을 털어서 뭐 흙을 털기두 하구 이렇게 배고플 때는 또 그 나무의 과일들을 먹으면서 어 먹으면서 또 어떤 때는 자기 스스로 밥을 지어 먹으면서 있잖아요. 태양을 열심히 쫓아갔다고 합니다. 그 열심히 태양을 쫓아갔는데 그 부기에 태양이 점점 가까이 이렇게 접근했을 때 아 그의 자신감은 굉장히 강해졌죠.

태양에 굉장히 가까이 근데 태양에 가까이 접근하니까 그 목이 굉장히 말랐다고 해요. 그래서 그러니까 너무 목이 말라서 그 어떤 방하라구 그 하의 하의 물을 다 마셔두 목이 성이 안 찰 정도라고 했습니다. 하지만 그는 두려워하지 않고 자신의 용기를 북돋워서 자신이 태양을 쫓아가니까

"태양을 쫓아가니까 사람들이 곧 행복해질 거다."

이렇게 얘기를 하면서 쫓아갔다고 해요.

그리고 그 아홉 날 밤, 아홉 날, 아홉 날 밤 구박 구일이라구, 그 구박 구일을 쫓아가서 거의 태양이 거의 질 때 그는 끝내 있잖아요. 태양을 쫓아서 갔대요. 그리고 태양이 빨갛구 아주 불덩이처럼 이글이글 타오르는 불덩이 앞에서 그는 불덩이가 그 화부의 몸을 이렇게 비췄다고 합니다.

그리고 화부는 두 손을 이렇게 뻗쳐가지구 두 팔을 뻗쳐가지구 태양을 끌어안을려고 했는데 태양은 굉장히 뜨겁잖아요. 굉장히 뜨겁고 또 화부는 그렇게 쫓아가다 보니까 너무 힘들고 너무 지치고 또 너무 목마르고 해가지구 황하(黃河), 황하라구 아시죠? 중국의 황하, 그 옆에 가서 그 한 모금에 황하의 물을 다 마셔버렸대요. 하지만 그래도 있잖아요. 그 갈증이 풀리질 않아가지고 또 위하, 중국의 위끄어라고 있거든요. 위하의 물, 위하의 물두 다 마셔버렸대요. 그렇지만 아직 그래두 있잖아요. 그 갈증이 가시, 그리고 따즈어라구 또 중국에 그런 강이 있거든요. 그기 물을 말라, 마실려고 했지만 중국의 따즈어는 너무 멀어가지구 마실 수, 거기 물 마실 수 없어서 이

렇게 갈증이 나서 이렇게 죽었, 죽었다구 갈증이 나서 죽었다구 그렇게 하네요.

그러니까 황하의 물두 다 마시구 그담에 위하, 위하의 물두 다 마시구 원랜 따즈어란 강두 굉장히 큰데 물을 마실려구 했는데 그게 너무 머니까 못가니까 그 마지막에는 갈증이 너무 나가지구 이렇게 죽었다구 이렇게 하네요.

그리고 화부가 죽기 전에 그 마음속에는 굉장히 그 육, 그 아쉬운 게 있었는데 자기 부족들한테는 자기가 그렇게 맹세를 했잖아요. 꼭 태양을 잡아가지구 사람들한테 이렇게 좋은 일을 하도록 봉사를 시키도록 하겠다고 했는데 못하니까, 너무 있잖아요. 그 아쉬움에 차서 자기 그 있잖아요. 지팡이를 이렇게 확 버렸, 이렇게 [조사자: 던져버렸어.] 던져버렸어요. 근데 그 나무지팡이가 이렇게 땅바닥에 닿는 그곳은 금시에 그 있잖아요. 나무가 울창하게 자라가지구 복숭아 수림이 됐다구 하네요.

복숭아 수림이 돼서 [조사자: 아, 그 지팡이가?] 그 지팡이가 확 던져서 지팡이가 닿은 곳이 그 불시에 그 나무가 울창하게 자라가지구 복숭아림 복숭아림이 그리고 복숭아림은 그 계속 있잖아요. 사계절 동안 계속 이렇게 울창하여 네. 사람들한테 그늘이 되어 주고 또 복숭아 그 복숭아림이니까 복숭아에서 난 있잖아요. 그 열매는 사람들한테 갈증을 풀어주구 갈증을 풀어주구 그 또 피로를 회복시켜주고. 사람들이 예를 들어서 여정에서 그 복숭아림을 지날 때 그런 여정에서의 그 여정에서 그 복숭아를 먹으니까 정력이 충만하다, 정 굉장히 사람들이 생기를 주었다고 말할까. 네.

그리고 그의 있잖아요. 그 아까는 그 지팡이는 그 복숭아림이 됐잖아요. 그리고 그의 몸은 산이 됐어. 산이 돼서 화부산, 그의 몸이 산, 산이 되어가지구 화부산이라고 불렀대요. 네. [조사자: 화부산이 실제 있어요, 중국에?] 저는 못 들어봤는데요. [조사자: 그리고 또 궁금한 게 그럼 이 화부는 결국 태양을 못 잡은 거네요?] 못 잡은 거죠. 네. 긍까 그 옛날에 이것도 있잖아요. 옛날에 사람들이 자연 옛날 정복하려고 많이 노력했지만 자연은 어떻게 보면 그렇게 그렇게 쉽게 정복되지 않는 거라는. 네. 그게.

[조사자: 이게 재밌는 게 아까 정위 새두 그렇구 화부도 그렇구 결국 인간이 자연을 정복하려다가 실패하는 이야기인 거네요. 재밌다.] 네, 네.

강의 신을 물리친 염제

● 구연정보

조사일시 : 2016. 12. 07(수) 오후
조사장소 : 서울특별시 광진구 화양동
제 보 자 : 김설화 [중국(한국계), 여, 1983년생, 유학 8년차]
조 사 자 : 박현숙, 김현희

● 구연상황

제보자가 〈하늘의 구멍을 메운 여와〉 구연을 마친 뒤 준비해온 염제 이야기 구연을 시작했다.

● 줄거리

밀림지역 어느 부족에 염제라는 사람이 살았다. 염제는 잘생기지도 않았고 능력이 출중하지도 않았는데 부족장의 딸을 좋아했다. 염제는 힘이 가장 센 사람을 사위로 삼겠다는 부족장의 시험에 나가서 이겼다. 염제는 부족장의 딸과 결혼했다. 그런데 강에서 귀신이 나와 사람도 잡아가고 재물도 가져갔다. 염제가 부족의 남자들을 이끌고 강의 귀신들과 싸우려 하자 강의 신이 진수성찬을 차려놓고 염제에게 평생 강 속에서 호화롭게 살게 해주겠다고 회유했다. 염제는 이를 거절하고 부족의 남자들을 이끌고 강의 수로를 뚫었다. 염제의 아내는 산봉우리 밑에서 염제를 기다리다가 선 채로 돌이 되었다.

염제인지 황제인지 모르겠는데 그 강을 다스리는 영화를 어렸을 때 하나 봤어요. 그거는 조금 신화적인 것으로 만들어졌더라고요. [조사자: 어떻게 만들어져 있어요?] 그 단편영화 한 편으로 된 영화거든요.

그런데 이 부족이 있었는데, 밀림 지역에서 사는 부족인데, 이 부족에 그 염제라는 사람이 살고 그냥 평범한 남자아이였거든요. 그렇게 뛰어나지도 않고 잘생긴 것도 아니고 능력이 출중한 것도 아니었는데 성장하다 보니까 이 부족의, 부족장의 딸이 결혼할 때가 되니까 부족의 남자들 힘겨루기를 통해서 이긴 사람이 부족의 딸과, 부족장의 딸과 결혼할 수 있어요. 그런데 이 사람이 이 부족장의 딸을 연모를 한 거죠. 그래서 안 되는 실력이지만 나갔는데 이겼어요. 가장 힘이 센 부족의 남자와 이겨서 이 부족장(딸)과 결혼을 하게 된 거예요.

근데 이기니까 이 부족의 모든 남성들이 어쩔 수 없이 이 남자와 함께 명령을 들어야 하고 신분 상승이 되니까 명령을 들어야 되고 했는데. 그때 외부적인 이런 전쟁이라기보다는 뭐 이렇게 자꾸. 아, 사람이 아니라 강에서 이 귀신들이 나와서 이 부족을 자꾸 이렇게 공격을 하는 거예요. 사람도 잡아가고 재물도 약탈하고. 그래서 이 사람이 부족장이 되다보니까 이거는 안 되겠다 싶어갖고,

"우리가 싸우자! 이 강을 다스리자."고.

이런 식으로 해서 부족의 남성들을 끌고 강을 뚫은 거예요. 계속 할려고, 할려고 한 거죠. 그런데 이게 하다가 보니까 강의 신이 이러다가는 우리가 질 거 같으니까 이 사람을 가만히 이렇게 물로, 물 안으로 이렇게 초대를 한 거예요. 혼자서. 초대를 해갖고 정말 진수성찬을 차려놓고 여자들도 주고 이러면서,

"이 강만 안 다스리고 하면은 평생 여기서 장수하면서 죽지 않고 여기서 이렇게 호화로운 생활을 하게끔 내가 해줄게."

이렇게 했는데. 이 사람이,

"싫다"고.

가만히 도망쳐서 나왔어요.

귀신들이 다 물고기들이 왔다갔다 하니까. 그리고,

"가정도 있고 가족들이 기다린다."

이래갖고 돌아갔어요.

그래서 돌아가고 나서 더 많은 부족의 남성들을 이끌고 산을 옮기고 강을 이렇게 배수구해서 우리 사람들 쓸 수 있게끔, 부족 사람들 쓸 수 있게끔 다스리러 나간 거죠. 아들도 같이 가고.

그래서 그냥 떠나는 거까지 하고 나중에 그 와이프, 아내, 아내

가 마지막 장면은 그게 제일 기억나는데. 아내가 멀리 산봉우리에서 계속 남편이 돌아오기만을 기다리는데 기다리다 기다리다 그 선 자리에서 가만히 너무 움직이지 않으니까 돌이 되어 버리는. 그리고 끝나더라고요.

염제와 황제의 다툼

● 구연정보

조사일시 : 2016. 11. 28(월) 오후
조사장소 : 충청북도 충주시 단월동
제 보 자 : 주경옥 [중국(한국계), 여, 1973년생, 결혼이주 13년차]
조 사 자 : 오정미, 이원영

● 구연상황

제보자가 〈태양을 잡으러 간 화부〉 이야기를 마친 뒤, 다음 이야기는 어릴 적 들었던 이야기여서 기억이 잘 나지 않는다며 인터넷으로 내용을 확인한 뒤 이야기를 시작했다.

● 줄거리

옛날에 적제, 열싼씨, 신농씨라고도 불리던 염제는 강씨 부락의 수령이었다. 그의 엄마가 화산에 가서 용을 보고 봄에 반응이 와서 염제를 낳았다고 하는데, 염제는 어려서부터 총명하고 고상한 품격이 있었다. 언변이 뛰어났고 체력도 강했던 염제는 수령이 되어 사람들을 잘 다스렸다. 어느 날 황하 쪽으로 유역을 넓혀가던 염제는 황제와 싸움을 하게 되었고 황제에게 져서 둘을 하나로 합한 화하족이 되었다. 이렇게 하여 중국 사람들은 염황자손이 된 것이다.

옛날에 그 염제(炎帝)가, 염제는 그 전설 속의, 옛날에 그 성이 그 강씨인 부, 부락? 부락의 수령이었대요. [조사자 1: 응? 강, 성이 강씨인?] 예. 강, 강씨인 부, 부족 수령. 부족 그담에 부락. 네. 그런 부락의 수령이었다고 해요.

그리고 이 사람은 또 적, 적제(赤帝)라구두 불르구, 염제라고도 불르기도 하구, 적제 혹은 열싼, 열싼씨(烈山氏)? 열씬씨라구 부르기

두 하구, 신농씨(神農氏)라구 많이 신농씨 많이 들어봤죠? 신농씨라구 부르기두 했고 그리고 아, 엄마의 엄마의 이름은 임, 임 뭐라구 하지? 그 있잖아요. 염제의 엄마의 이름은 '임이'라고 할까? 임이.

그리고 어느 날 화산(華山)에, 그 화산이라고 아까 거기서 나왔잖아요. 서악(西岳). 화산에 노닐러 왔는데 한 마리 신비한 용을 봤대요. 음, 그 그게, 그 엄마가 화산에 놀러 왔는데 한 마리 신비한 용을 보구 이게 몸이 반응이 와서 그 애를 하나 낳았는데 그게 바로 염제라고 하네요. [조사자 1: 용을 보기만 했는데 몸이?] 네, 몸이 몸이 반응이 딱 와가지구. 전설이니까, 네.

그리고 염제는 태어날 때 그 돌 있잖아요. 돌방에서 태어났구 그리고 강수라는 그런, 그런 데서 자라났구요. 그리고 아주 고상한 품덕이 있었고 그리고 그래서 '꾸하오'라는 호가 염제라고 그래 하네요. 그 염제는 총명하고 그 삼일 동안 계속 말할 수 있었고, 네. 그 언변이 굉장히 뛰어났고 그리고 오랫동안 계속 걸을 수도 있었고 그담에, 있었다고 하네요. 그리고 그 그는 그 염제는 그 일생 동안 사람들을 백성들을 위해서 굉장히 좋은 일을 많이 하구 그 백성들로 하여금 굉장히 배불리 빵빵히 줄 수 있는 그 잘 입구 풍족하게 먹구 잘 있게 이렇게 했다고 하네요. 그리고 잠깐만요.

어느 하루 그, 그 염제있구 또 황제라는 게 또 있잖아요, 중국에. 황제하구 좀. 잠깐만요. [조사자 1: 염제가 황제처럼 어떤 신분의 이름인 거예요?] 아뇨, 아뇨. 사람 이름이요. [조사자 1: 사람 이름인 거죠?] 이 사람 예를 들어 사람 이름이에요. 염제 황제. 그러니까 네, 신농씨. 그래서 중국 사람들은 중국 사람들은 염황, '염제와 황제의 자손이다' 해가지구 염황자손이란 말이 있거든요. 사람이에요. 염제, 황제. [조사자 1: 황제도 이름인 거구.] 네. [조사자 2: 황제가 헌원씨.] 네. 황제라는 게 왕이라는 뜻인 게 아니라 이름이에요. 네. [조사자 2: 그걸 따가지구 가져왔구나.] 네.

옛날에 그 진시황이 그 통일했을 때 자기도 황제처럼 이렇게 아주 좀 황제가 굉장히 명망이 높잖아요. 그래서 그때 황제 왕이 왕보다 더 높은 게 황제가 된 거죠. [조사자 1: 아, 그때 이후로.] 보통 조선

은 황제라고 안 불렀잖아요. 왕이라고 불렀잖아요. 네. [조사자 1: 맞아, 네.]

네. 그리고 그 염제가 염제가 섬서성? 삼서성 남부에서 살구 있었는데 그 황하 쪽으로 황하 동쪽으로 이렇게 발 이렇게 좀 유역을 넓혀 나갔대요. 그러면서 황제하구 충돌이 일어났대요. 그러니까 염제는 이쪽으로 살구 있는데 황하 쪽으루 이렇게 동쪽으루 나가다 보니까 그 그쪽에는 황제가 살구, 황제가 다스리구 있는 데잖아요. 그래서 충돌이 일어나가지구요. 그 싸움을 했는데 염제가 황제한테 졌대요.

아, 그래서 염제의 부락이 황제의 부락하구 합병이 됐대요. 그래서 화하족(華夏族)이 됐대요. 그래서 지금의 중국 사람들은 염황자손이라 부른대요. 염제가 이쪽에 살고 황제가 이쪽에 살았는데 이렇게 딱 이렇게 넓혀 나가다가 싸워가지구 그담에 하나가 그 부락이 하나가 됐기 때문에 그 중국 사람들은 지금 염황자손이라고 불리구. [조사자 1: 염황자손?] 네. 자손이라는 건 뭐 후대 이런 말이잖아요. 네. 어떤 염황자손 아니면 염황후대 이렇게 중국사람 많이 그렇게 하거든요.

"우리는 염황자손이다."

뭐 한국이 '우리는 백의동포다' 이런 것처럼. 네.

아, 그래서 염제는 중화민족의 중화 뭐, 중화민족이라면 중국사람들의 시조가 되었고 그 전설 중에 있잖아요. 그 강씨 성을 가진 부락의 수령이 되었다. 근데 여기서 지금 말하는 건 그 염황이 이렇게 아까 그 싸우면서 이렇게 지금 합해가지구 이렇게 염황자손이 되었다는 걸 설명한 거예요. 둘이 그렇게 싸웠는데 염제가 졌어요, 황제한테. 네. 그래서 지금 둘이 싸움으로 인해가지구 한 부락이 돼서 염황자손이 됐다. 이런 거예요. 네. [조사자 1: 염황자손이 된 유래에 대한 거네요?] 네. 네.

물의 신 공공의 패배

● 구연정보

조사일시 : 2016. 11. 28(월) 오후
조사장소 : 충청북도 충주시 단월동
제 보 자 : 주경옥 [중국(한국계), 여, 1973년생, 결혼이주 13년차]
조 사 자 : 오정미, 이원영

● 구연상황

물을 다스린 우 임금 이야기를 마치고 나자 한 시간 이상을 구술한 제보자는 약간 지친 모습을 보이기 시작했다. 그러나 모국의 설화를 구술하는 것에 자부심을 느끼며 이내 다시 구술을 시작했다.

● 줄거리

물의 신인 공공과 불의 신이 전쟁을 일으켰다. 물의 신 공공은 불용을 맞받아 가며 싸움을 했다. 불이 나오는 곳마다 구름과 비가 있었고 어둠이 사라지자 다시 대지에 광명이 밝아왔다. 화가 난 공공은 세 개의 강과 다섯 개 바다의 물을 동원해 상류로 하여금 불의 신에게 쏘게 했고 공중에서는 삽시간에 물과 불이 날아다녔다. 선봉에 있던 상류, 부유, 냉포와 같은 장군들이 싸움에서 지고, 바람의 신이 불의 신과 합세하여, 결국 공공은 활활 타오르는 불길을 잡지 못한 채 패했다. 그래서 화가 난 공공은 산에 부딪쳤다.

공공이라는 사람은, 또 중국엔 아까 신농씨라고 아까 나왔죠? 그거처럼 있잖아요. 공농씨라고 또 이 공농이 있잖아요. 꽁, 아니 꿍꿍, 공공(共工), 공공씨라고도 불르거든요. 꿍꿍이라는 게 공공이에요. 공농인 게 꿍꿍이에요. 공공. 네. 공공. 네. 공공씨라고도 부르기도 하는데 그 중국 고대 신화 중에 물의 신, 물을 다스리는 물의 신이었고 그 홍수를 이렇게 장악하고 있었대요. 홍수. 네.

그리고 그리고 전설 중에 아, 이걸 이름을 어떻게 번역하지? 그 공공 공공은 공공씨라는 사람이, 점상? 점, 점, 뗀수어라는 사람하구 맞지 않아 가지구 그 아주 큰 전쟁을 있잖아요. 그 전, 전쟁을 일으켰다고 해요. 그리고 후에 마지막에 공공이 실패해 가지구 너무 분 분해 가지구 너무 분노해가지구 그 산에 하구 확 부딪쳤다는 이런. 예에. [조사자 1: 전쟁에 져서?] 네. 그러한 얘긴데.

[조사자 1: 산에 부딪쳐서 산이 어떻게 됐어요, 무너졌나?] 아니, 그냥 산에 부딪쳐가지구 산에 부딪쳤다, 그냥 무너졌다 무너진 건 아니구요. 네. 잠깐 네. 그 반고가 천지를 개벽한 후에 그 물의 신 그 물의 신하구 아까 있잖아 그 아까 그 번역하기, 그게 그 불의 신이거든요. 물의 신하구, 물의 신은 꿍꿍이구 아까 그 아까 제가 번역하기 좀 어렵다는 게 있잖아요. 그 있잖아. 공공이 이짜 그 딩슈어, 딩슈어라구 그거하구 딩슈어라 꿍꿍은 있잖아요. 물의 신이구 '띵슈어'란 사람은 불의 신이거든요.

그래서 불의 신하구 계속 맞지 않아 가지구 얘가 물하구 불이 안 맞다는, 물의 신하구 불의 신이 굉장히 맞지 않아 가지구 항상 있잖아요. 서로 좀 싸움을 했대요. 그리고 그리고 그 선봉을 담당하던 그 장군 상류, 상류 그담에 부유, 뭐 냉포, 이런 있잖아요. 이런 장군들이 있잖아. 나가서 잘 싸우지 못하는 바람에 그 불의 신, 불의 신, 아까 불의 신한테 이렇게 졌다는 이런 얘긴데.

밑에는 그 어떻게 굉장히 좀 상세하게, 대지는 뭐 어떻게 어둠에 차고 그런 얘기가 나오는 건데. 제가 그러면 하나하나 여기를 설명할까요, 여기? 어떻게 전쟁 그 같이 싸우는 그 과정을 굉장히 설명했거든요, 여기서. 네.

그 싸우면서 지금 아, 싸우는 과정에는 대지는 금세 금시 아주 그 어둠에 덮였고 그 불의 신은 불의 신은 그 불이 나오는 그런 있잖아요. 불용을, 불용을, 불 불이 나오는 불용으로 있잖아요. 맞받아가면서 그 싸움을 하고 있었어요. 그리고 그담에 그리고 그 불이 나오는 곳곳마다에 뭐 구름이 있었고 뭐 비두, 비두 오고 있었어요. 그리고 어둠이 그 어둠이 없어지자 대지는 다시 또, 대지는 또다시 대지는 광명이, 대지는 밝아오기 시작했고.

그 담에 그러자 물의 신 공공이 있잖아요. 아주 화가 나가지구 류상한테, 류쌍이란 게 그 샹류라는 게 장군이거든요. 장군한데 두 장군한테 그 중국의 세 개의 강과 다섯 개 바다의 물을 있잖아요. 다 있잖아요. 동원해 가지구 오라고 했어요. 그래서 그래서 아까 불의 신한테 그 쏘아라고 했어요. 그래서 그래서 삽시간에 그 공중에는 그 한쪽에선 막 불이 날아다니구 한쪽에선 막 물이 있잖아요. 그러면서 있잖아요. 꽝, 물이 날아다니구 그래, 그랬어요.

근데 그래서 날아다니면서 그 불길이 있잖아요. 물한테 꺼졌어요. 근데 또 물이 물길이 있잖아요. 큰물이 딱 없어지자 불의 신은 또 있잖아요. 불을 막 앞세워 가지구 막 타 타 그 모든 것을 태우면서 또 달려오는 거죠. 그리고 바람의 신까지 합세를 해가지구 불이 엄청나게 그 바람의 신까지 합세를 했으니까 그 불이 타는데 바람까지 했으니까 엄청나게 심한 있잖아요. 활활 타오르면서 이 그 꿍꿍, 공공 이 사람 물의 신한테 다가오는 거죠. 그리고 공공은 그 물의 신은 그 불을 맞받아서 물로 있잖아요. 했는데 물로 할려고 했는데 그 물길이 있잖아요. 천리 쪽으로, 어 물길이, 물길이 잘 잡히지 않아가지구 아, 불을 있잖아요. 다가오는 있잖아요. 불을 끄지 못했다고 하네요. 그래서 그담에 공공은 막 싸우다가 막 이렇게 패하구 다시 있잖아요. 그 바다, 바다 쪽으루 도망을 갔대요. 네.

[조사자 1: 물과 불의 끝나지 않는 싸움이네요? 물신하구 불신하구.] 네, 싸움, 싸움이에요. 네, 물신. 마지막에 불신이 이겨가지구 물신이 노해가지구 이렇게 부딪쳤다는 거죠.

용을 퇴치한 불의 신 나타

● **구연정보**

조사일시 : 2017. 01. 11(수) 오후
조사장소 : 서울특별시 광진구 화양동
제 보 자 : 김설화 [중국(한국계), 여, 1983년생, 유학 9년차]
조 사 자 : 박현숙, 김현희

● **구연상황**

제보자가 〈이랑신과 싸워 산을 가른 조카〉 이야기 구연을 마친 뒤 조사자가 제보자에게 앞에서 언급했던 나타와 관련된 이야기를 아는지 묻자 제보자가 곧바로 구연을 시작했다. 이 이야기는 어릴 때 애니메이션에서 보고 알았다고 했다.

● **줄거리**

나타는 바닷가 지역 관장하는 이의 셋째 아들로 잉태되어 삼 년이 다 되도록 태중에서 태어나지 않다가 고깃덩어리로 태어났다. 아버지가 괴이한 모습의 아들을 죽이려하자 칼을 피해 뛰어다니다가 몸이 갈라지면서 그 안에서 빨간 천을 두른 아이의 모습으로 나왔다. 나타는 태어나자마자 말을 하고 뛰어다니며 신통력을 보였다. 그런데 바다의 용이 마을 사람들을 괴롭혀 매해 한 사람씩 용에게 제물을 바치고 있었다. 나타가 아버지의 만류에도 불구하고 용을 찾아가서 싸워 이겼다. 나타에게 패해서 화가 난 용이 아버지에게 나타를 죽이라고 협박했다. 아버지는 백성의 목숨을 구하기 위하여 나타를 죽였다. 이때 한 신이 나타의 살과 뼈를 가져가서 천상의 연꽃잎 속에 넣었다. 나타는 연꽃 속에서 몸에는 빨간 천을 두르고, 양 손목에는 금으로 된 팔찌를 차고, 발에는 불이 달려 여기저기 날아다닐 수 있는 동자신의 모습으로 재탄생했다. 나타는 용을 퇴치하고 신계에서 살았으며 아버지도 사후에 요괴를 잡아 가두는 신이 되었다.

나타는 어느 지역인지는 모르는데 바닷가를 관장하시는 굉장히 높은 관리의 자식으로, 셋째 아들로 태어났는데. 문제는 이 아이를 잉태하고 나서 엄마가 삼 년 동안 애가 안 나온 거예요. 원래는 십 개월이면 아이가 나와야 되는데 아이가 태어나지를 않아갖고,

"요괴다."

"괴물일 것이다."

"빨리 이 아이를 떨궈야 된다."

이런 식으로 됐어요.

근데 문제는 어떻게 할 수가 없으니까 계속 내버려뒀는데 삼 년 안에 이 아이가 태어나게 됐는데 사람으로 태어난 게 아니고 고기 덩어리로 태어난 거예요. 음, 고기 덩어리로 태어나났어요 아무튼. 뭔가 이상하게. 근데 사람들이 막 이렇게 애를, 그래서 이, 진짜 요괴인 거예요, 요물인 거예요. 이 사람의 모습이 하나도 없으니까. 그래서 칼로 찌, 아버지가,

'이제 내가 결단할 때가 왔다.'고.

해갖고 이것을 죽일라고 칼 들고 들어갔는데 이 때, 애가 막 도망을 다니다가 이, 너무 놀란 사람이 너무 많아갖고 아버지가 들어가서 죽일라고 했는데, 애가 이렇게 갈라지면서 아이가 나온 거예요. 아이의 모습으로 나온 거예요. 그래서 죽이지도 못하고 사람의 모습이니까 죽이지도 못했는데.

문제는 이 아이가 며칠이 안 돼갖고 막 뛰어다니고, 예. 또 며칠이 안 돼갖고 말을 할 수 있는 거예요, 어린 아이가. 그래서 너무 신기하기도 하고, 또, 무섭기도 하고. 근데 아이가 너무 가만히 있는 아이가 아닌 거예요. 자꾸 이렇게 자꾸 뛰어다니고 이렇게 놀러 다니고. 형들도 있구 근데 형들은 또 남자애들 둘이다보니까 어, 애를 또 귀여워하고. 동생들이랑 계속 다니고 놀고 했는데, 문제는 애가 태어날 때, 아, 그게 있었어. (양 손으로 어깨를 감싸는 모양을 하며) 빨간 천을 이렇게 감고 나왔던 거 같아요. 네.

그래서 이 마을에 용이 그, 아이들을 제물로 바치는 이게 있어요. 아니면 이 용이 비를 안 내려주는 거죠. 용왕이. 검은 용이었던

거 같아요. 근데 아이를 제물로 바쳐야 되는데, 아빠, 이 아버지가, 이 고을의 관리잖아요. 이 고을을 책임지는 사람인데. 사람으로 이것을 하기에는 너무 이게 본인이 내키지를 않는 거죠. 그래서 계속 방법을 생각하려고 했는데 용왕하고 싸울 수는 없고. 싸웠다가 된통 당한 적이 있어갖고. 계속 골칫거리를 앓고 있었거든요.

근데 이 갈수록 제물을 바치는 날과 가까워질수록 이 아버지 시름이 깊어가는 거죠. 그래서 두 아들을 거느리고,

"올해에는 결단코 죽이고야 말겠다."

무관이면서 하니까. 죽일라고 했는데 이 셋째 아들이,

"내가 하겠다."고.

이렇게 천진난만하게 이렇게 나선 거죠. 그래서 이 아버지가,

"애는 이런 데 빠져라."

뭐 이런 식으로 했는데 애가 혼자서 저녁에 바다로 들어간 거예요. 아니다, 들어가기 전에 바닷가에서,

"용왕아 나와라."

이랬는데 말을 안, 용이 안 나온 거죠. 그래서 애가,

"니가 안 나오면 내가 가만히 있을 줄 아느냐?"

했더니 애가 좀 나는 거예요 막. 그 바다 위에 막 들어가서, 아 들어가진 않았는데. 바다 위에서 빨간 천으로 막 (한 손으로 흔드는 시늉을 하며) 이렇게 흔들어버리는 거죠. 샤워하듯이 목욕을 하듯이 막 이렇게 흔들었는데 이 용궁이 막 흔들리는 거예요. 네. 이게 신기한 빨간 천인 거 같애요. (웃음) 어, 용궁이 막 흔들려갖고 용왕이 놀라서 이렇게 나온 거죠.

"누구냐? 내 집 아이냐?"

어, 이랬더니,

"누구누군데 나랑 한 번 붙자."

이랬더니,

"니가 제물로 바쳐지면 좋겠구나."

용왕이 어,

"내가 너를 먹으면 오래 살 것 같아."

뭐 이래서 싸웠는데 용왕이 패한 거예요. 애가 이긴 거죠? 그래서 죽이지는 못하고 그래서 용왕이 화가 나 갖고, 화가 나 갖고 아버지한테 위협을 하는 거죠.

"니 아들을 죽여라. 제물로 바쳐, 죽이든가, 제물로 바치든가 그러지 않으면은 가만히 안 놔둔다. 여기를 비로 잠기든가 아니면 가뭄으로 죽여버리든가 어 가만히 안 놔두겠다. 백성들을 살리려면 아들을 바치고 니가 살려면 떠나라."

이랬던 거 같아요. 그래서 이 아버지가 어쩔 수 없이 이 아들을 죽이게 됐어요. 어, 죽였어요. 이 나타가 스스로 목숨을 끊을려고 했고, 아버지의 이런 거 때문에. 그래서 죽었는데 이 아이가 죽었는데, 이 아이의 무엇을, 무엇인가를 이렇게 그, 신이 이름이 뭐였지? 하늘의 어떤 신이 내려와 갖고 아이의 뭔가를 가져갔어요. 살점을 가져갔나? 뼈를 가져가나? 아무튼. 뭔가를 가져가갖고 연꽃 속에 그 천상의 연꽃잎이, 연꽃이, 연못이 있었는데. 피어나지 않는 연꽃 이파리 속에 넣어버렸어요 애를. 그리고 연꽃이 일정하게 자라다가 꽃피게 되면서 이 아이가 다시 태어난 거예요. 환생을 한 거예요. 환생은 아니죠, 다시 태어난 거죠. 그 모습 그대로.

태어났는데 대신 애는 그 인간의 옷차림이 아니라 그 빨간색 배만 가릴 수 있는 (양손으로 어깨부터 배까지를 내리며) 요런 옷차림하고, 그리고 (양 손목에 팔찌를 거는 시늉을 하며) 하고 손목에 금, 금으로 된 이런 환이 있었어요. 팔찌 같은 거 하고. 어, 근데, 근데 걔네들이 그 사용할 수 있는 도구인 거예요. (손목에서 뭔가 빼서 던지고 터지는 시늉을 하며) 막 빼서 뿌리면은 크게 되고, 막 이렇게. 예. 그리고 발에, 불을, 불을 (양 검지로 작은 원을 빠르게 그리며) 이렇게 돌아가는 하늘을 날 수 있는, 두 발에 그게 달리게 되고. 예, 목에도 그 금줄 같은 거 하나 하고. 그리고 (어깨부터 배를 가리키며) 빨간색 천은 여기에 걸치고. 어린 동자신 같은 그런 느낌? 그렇게 환생을 해갖고 다시 태어나게 되어서, 어 이제는 용왕을 처단해 버리는. 다시 돌아와서 뭐, 용왕을 죽여버리더라구요.

그래서 신의, 천상에 올라가서 사는. 네. 그리고 아버지가 어, 또,

청렴한 이런 사람이라서 이 아버지도 죽고 나서 신의 계열로 올라가요. [조사자: 아버지는 어떤 역할을 하는 신이에요?] 무신. (손가락으로 탑 모양을 그리며) 탑, 탑이 하나 있어요. (오른손 손바닥을 내밀며) 이런 손에 탑을 하나 들고 다니는데 에, 이렇게, 탑을 이렇게 던지면은 탑이 커지면서 요괴들을 막 흡입을 해요. 그래서 이 탑 속에 가둬놓으면은, 예.

[조사자: 이 이야기는 손오공 읽고 나서?] 아뇨. 나타는 따로. [조사자: 따로?] 예, 따로 애니메이션으로 만들어졌던 거 같던 거가. 네. 손오공에서는 이 손오공을 치는, 때리는 것이 신들 중에 나타가 제일 먼저 나타나죠. 어, 젊고. 나이가 젊고, 어, 손오공하고 비슷한 성격의, 참을성이 없는. (웃음)

[조사자: 그럼 나타는 원래 중국에서도 이렇게 전해져오던 신이에요? 새로 누가 창작해서 만든 신이 아니고?] 그거 모르겠어요. 그냥 나타는 신이었던 거 같애. 그것도 정말 이렇게 오래된 신이라기보다는 동자신 같은? [조사자: 어린 신?] 네, 어린 신.

바다를 길들인 나타

● **구연정보**

조사일시 : 2018. 11. 09(금) 오전
조사장소 : 경기도 안산시 원곡동
제 보 자 : 인춘매 [중국(한국계), 여, 1976년생, 결혼이주 10년차]
조 사 자 : 김정은, 강새미

● **구연상황**

박영숙 제보자가 〈호랑이의 무술 배우기〉 구연을 마치자, 제보자가 어떤 이야기를 구연할까 고민하면서 준비해온 자료를 살폈다. 조사자가 자료를 보면서 나타 이야기를 청하자 구연을 시작했다. 자세한 이야기는 모르고 큰 줄거리만 안다고 했다. 제보자의 지인인 박영숙 제보자와 전연 제보자가 청중으로 이야기를 함께 들었다.

● **줄거리**

옛날에 진당관 총병의 직급에 있는 이정이라는 사람의 부인이 삼 년 육 개월 동안 임신을 해서 살덩이를 낳았다. 아버지 이정은 부정 탄다고 해서 살덩어리를 칼로 베었는데, 그 안에서 여자 아이 나타가 태어났다. 그 아이는 태어나자마자 걸어 다니는 등 다른 아이들과 달랐다. 이 때 하늘에 있는 태을진인이 내려와서 이정의 아이를 제자로 삼아 무기 두 개를 주었다. 아이가 일곱 살이 되던 해에, 진당강이 가물자 동해 용왕이 자신에게 어린 남자아이와 여자아이 한 명씩을 제물로 바치면 비를 내려주겠다고 했다. 용왕의 부하들이 아이들 잡으러 오는 것을 본 나타는 아이를 구하다가 야차라는 용왕의 부하를 다치게 했다. 화가 난 용왕은 자신의 아들들을 보냈는데, 오히려 나타에게 봉변을 당했다. 동해 용왕은 다른 바다의 용왕들과 힘을 합해도 나타를 잡지 못하자, 진당강 주변을 물바다로 만들겠다고 했다. 나타는 자기가 책임을 지겠다며 자결을 했다. 그러자 태을진인이 나타를 다시 살려주었고, 나타는 하늘의 신선 옆에서 시중을 드는 존재로 살게 되었다.

이게 한국에 알고 있는 서유기에서도 나오는 나타거든요. 근데 이거는 나타가 태어날 때 그거에 대한 이야기인데. 옛날에 진당관 총병이면 급이 되게 높은 직급이에요.

근데 '이정'이라는 사람 마누라가 임신을 했는데 보통 10개월이면 출산을 하는데 이거는 마누라가 거의 3년 6개월 동안 임신을 해서 낳았는데 그때 살덩어리처럼, 살덩어리를 낳았어요. 그때 이정이라는 아버지는,

"되게 부정을 탄다."

고 해서 그냥 칼로 그거를.

그 살덩어리 모양 자체가 연꽃 모양으로 이렇게 나왔어요. 살덩어리긴 한데 애가 아니고. 그래서 이정이라는 아버지가 그걸 칼로 베었어요. 안쪽에서 애기가 태어난 거예요. '나타' 그때는 이름이 없었어요. 애기가 태어났는데 아버지는,

"부정 탄다."

고 해서 되게.

근데 애가 태어나자마자 걸어도 다니고 일반 애들이랑도 달라요. 이럴 때 하늘에 있는 '태을진인' 그분이 내려와서,

"되게 축하한다."

하면서 제자로 삼았어요.

제자로 삼으면서 무슨 무기 두 개를 줬어요. 무기 두 개를 주고 다시 하늘로 올라갔어요.

근데 애가 차차 크면서 일곱 살 되던 해에, 진당강 거기가 엄청 가물어요. 가물 때 동해에 있는 용왕이 그런 얘기를 해요.

"어린 남자 아이와 어린 여자 애들을 제물로 바치면 내가 비를 내려주겠다."

그랬을 때 이제 밑에 있는 바다에 있는 졸병들이 나와서 애를 잡으러 와요. 애를 잡으러 올 때 마침 나타라는 여자가 바다에서 목욕을 하고 있을 때, 몸을 씻고 있을 때 애들이 와서 아이를 잡아가는 걸 봤는데. 그중에서 한 여자아이를 구하면서 '야차'를 이렇게 하면서 다쳐요. 그 도구를 써서 싸우다가 야차라는, 애 잡으러 왔던 야차

가 다치면서 용왕한테 가서 고발을 해요.

"다쳤다."고.

"누가 애 잡는 걸 방해를 했다."

그래서 용왕의 자식 삼태자라고 있어요. 삼태자를 파견해서 나타를 물리치러 나왔어요. 근데 물리치러 나왔다가 오히려 봉변을 당해요. 죽었어요. 나타가 어리잖아요. 그래서 싸우면서 용 껍질을 벗겨서 채찍을 만들어요.

용왕 아버지는 얼마나 속이 상했겠어요, 자식을 채찍을 만들고 하니까. 그래서 동해용왕이니까 서해, 북해, 남해 용왕들을 같이 설득을 해서 나타를 잡는 걸로 나와 있어요. 근데 잡는데도 그걸 이기지 못하고. 네 개 바다, 동서남북 모여서 나타를 잡으려고 하는데, 그때는 만약 나타를 한 사람만 잡으면 괜찮은데.

"너를 굴복을 안 하면 옆에 진당강에 있는 백성들을 다 물바다로 만들겠다."

그러니까,

"그래 나 혼자 저지른 일이니까 나 혼자 책임지겠다."고.

하면서 굴복하지 않고 칼로 자결. 자결해요, 어린아이가.

자결하고 죽었을 때 태을진인 그분이 내려와서 연꽃으로 아이를 살려내요. 살려내고 나서 무기를 다른 걸 무기로 줘요. 그때 이렇게 훌라후프처럼 동그란데 불이 달렸어요. 바퀴 두 개를 달고, 근데 그게 바퀴인 거예요. 이제는 인간으로 사는 게 아니라 하늘에 있는 신으로 사는 거예요. 연꽃으로 해서 살렸으니까.

이마가 되게 독특한 게 애기다 보니까, 서유기에서도 나와요. 어린 아이인데 이마에다 빨간 점찍고 되게 귀여운. 약간 스카프처럼 짧은 빨간 끈이 있어요. 그것도 무기거든요. 창이요, 창. 창하고 발바닥에 신발 신듯이 그 애는 그걸 타고 하늘로 날아다니고 하는 그게 있어요. 그렇게 해서 하늘에 어떤 신선 옆에서 시중하는 그런 아이 그걸로 지금 하늘에서 살고 있어요.

바다를 메우는 새 정위

● **구연정보**

조사일시 : 2016. 11. 28(월) 오후
조사장소 : 충청북도 충주시 단월동
제 보 자 : 주경옥 [중국(한국계), 여, 1973년생, 결혼이주 13년차]
조 사 자 : 오정미, 이원영

● **구연상황**

제보자가 〈사람을 만든 여와〉 이야기를 마친 후 조사자가 아이들에게 이야기하듯 편안하게 이야기를 해달라고 다시 부탁을 드리자, 제보자는 살며시 웃은 후 자연스러운 말투로 구술하기 위해 노력하면서 다음 이야기를 이어갔다.

● **줄거리**

옛날 염제에게 매우 총애하는 여아라는 딸이 있었다. 여아는 매우 총명하고 활발하고 예뻤다. 어느 날, 여아는 약한 아이를 괴롭히는 용왕의 아들을 훈계하면서 물로 돌아가게 했다. 며칠 후 수영을 하러 간 여아와 용왕의 아들이 다시 만나게 되었다. 그러나 이번에는 물속에서의 싸움이라서 여아가 이길 수가 없었다. 결국 여아는 용왕의 아들이 일으킨 파도 때문에 물에 빠져 죽었다. 그 후 그 영혼은 찡후이(정위)라는 새가 되었다. 그 새는 까마귀만한 크기에 꽃 같은 머리와 흰 부리, 빨간 발을 가졌으며, 파발산에 살았다고 한다. 정위는 물에 빠져 죽은 억울함 때문에 지금까지도 나뭇가지나 돌을 물에 빠트려 바다를 메우려고 한다.

전설 중에 그 중국에는 염제(炎帝), 황제(黃帝)라고 있어가지구 중국 사람들은 염황, 염황순이라구 중국 사람들은 염황 자손이라고 이렇게 얘기를 하거든요. 옛날에 보면.

그래서 옌 '옌디'라고 염제한테 딸이 있었는데 여기도 딸 이름이

'뉴아'예요. '여와'라고 불렀대요. [조사자 1: 여와?] 여와. 이자 그, 그 이름하고 똑같아요. 위에 있는 그 이름하고. 여아예요. 이거는. 여아. 와 와도 완데? [조사자 1: 괜찮아요, 선생님. 딸 이름이 어쨌건.]

여아, 여아, 여아라구 있었는데 여아는 굉장히 총명하구 활발하구 귀엽구 예뻤다구 해요. 그래서 염제가 굉장히 그 딸을 총애를 하고 있었대요. 근데 어느 하루 그 딸이 있잖아요. 친구들하구 놀러 친구들하구 놀려구 바깥에 나갔는데 딱 바깥에 나가서 봤더니 어떤 큰 애가 아, 어떤 큰 애가 작은 애를 이렇게 딱 이렇게 위에 타고 막 있잖아요. 그 위에 타고 있었대요.

그래서 여아가 다가가서,

"니, 너는 참 나쁜 애다. 니가 어떻게 작은 애들을 이렇게 작은애들한테 어떻게 이렇게 행패를 부리냐?"

네, 이렇게 좀 혼냈대요. 그래서, 잠깐만요. 그러니까 있죠. 그 있죠. 그 위에 타고 있던 그 애가 탁 여아를 보더니 여아를 보더니만 여자애구 생긴 게 좀 약하게 생겼으니까 아, 아.

"나는 그 바다의 용왕의 아들이다. 너 너는 뭐 무슨 사람이기에 니가 감히 나를 훈계하느라고 하느냐?"

이렇게 얘기를 했대요.

그래서 어 여아는 어

"용왕의 아들이면 뭐 다냐?"

어 나는 있잖아. 신농씨(神農氏)● 딸이다. 신농씨 '싼농쓰'라고

"옛날부터 신농씨 딸이다. 그리고 이후 이후에 너 너 용왕의 아들이니까 이후에 이 육지에 와서 이제 행패를 부리지 마!"

그리고 아 그리고

"그리고 조심해. 나 있잖아. 내가 너를 나무에 매달려서 말려…."

● 신농씨(神農氏)는 중국 고대 전설시대의 인물로 염제(炎帝), 적제(赤帝), 열산씨(烈山氏), 여산씨(厲山氏)라고도 부른다. 황제(黃帝)와 더불어 중국인의 시조로 받들어진다. 전설에 따르면 140년간 재위했으며, 백성을 위해 수많은 약초를 맛보았는데 맹독 성분을 가진 단장초를 맛보다 죽었다고 전해진다.

용왕의 아들이니까 용이잖아요? 그러니까,

"내가 너를 나무에 매달려서 말려 죽일 수도 있기 때문에 넌 조심해."

이렇게 있잖아. 위 어 경고를 한 거죠. 그래서 용왕의 아들이,

"그러면 내가 너한테 본때를 보여주, 주겠다."

하고 둘이 싸웠대요.

그런데 여아도 어릴 때부터 아빠하고 같이 사냥을 하고 했기 때문에 굉장히 이렇게 몸놀림이 용화래가지구 둘이 같이 싸웠는데 그 용왕의 아들이 좀 진 거죠.

그리고 용왕의 아들은 있잖아요. 그 또 일어나서 계속 이렇게 이렇게 싸움을 싸움박질을 했는데, 음, 했지만 그 여아를 이길 수 없어서 그냥 바다로 돌아갔대요. 그리고 며칠이 지나 가지구 여아가 바다에 수영을 하러 갔는데 그 한창 있잖아. 즐겁게 놀고 있을 때 그 용왕의 아들이 발견했대요. 그리고 여아한테 수영해서 음, 다가와가지구,

"아, 지난번에는 우리가 육지에서 싸웠으니까 내게 이겼으니까 당, 당신한테 유리한 상황이니까 당신이 이겼지. 이겼다구. 오늘은 바다에서니까 내가 오늘 풍랑을 일으켜서 너를 물에 빠트려 죽이겠다"구.

이렇게 얘기를 해요.

그러니까 여아는 강하게

"아, 그때는 나는 잘못이 없다."구.

"내가 잘못이 없는데 당신한테 왜."

있잖아요.

"그 잘못했다는 얘기를 하겠냐?"구.

이렇게 하면서 그 좀 강인하게 버텼대요.

그리고 그담에 그리고 바다에서 수영하고 있었는데 그 용왕, 그 용왕의 아들이 그 승질이 나니까 그 파도를 일으켜 가지구 그 여아가 파도에서 이렇게 못 나와가지구 물에 빠져 죽었대요. 네.

그리고 여아는 자신의 그 죽음을 굉장히 그니까 옛날 이게 신화

니까 굉장히 좀 영이 있다는 거죠. 예. 자기 죽음을 달갑게 여기지 않구 그 영혼이 한 마리 새로 변했대요. 그 이름이 '찡후이' 아까 찡후이(정위, 精衛), 예.

그 한 마리 새가 찡후이라는 이름이 돼가지구 그리고 그 찡후이라는 그 새가 그 아주 꽃 같은 머리를 가졌고 그리고 부리는 흰 부리를 가지구 그리고 발은, 발은 있잖아요. 빨간색이었고 그리고 그 까마귀 크기는 까마귀만큼 컸대요. 그리고 북방이 파발, 파발산, 파발산이라는 곳에 살고 있었대요.

그리고 그 새는 그 이제 아까 여아, 물에 빠져 죽은 여아의 그런 영혼이잖아요. 그러니까 자기가 물에 빠져 죽은 것에 대해서 굉장히 좀 억울하게 생각하고 있었대요. 그래서 그 새가 계속 있잖아요. 그 나뭇가지라던지 돌이라든지 이래 가져와서 바다에 이렇게 떠들어서 이래 바다를 메우려고 예, 계속 하고 있구, 뭐 여기서는 지금도 현재도 그렇게 하고 있다. [조사자: 복수할려구?] 네, 네. 복수할려구. 그 용왕의 아들한테. 그런 이야기예요.

여기서는 그런 뜻이라. 인간이 자연을 정복하려는 본능? 원시적인 본능? 그래서 이런 이야기가 생겨났다. 그리고 옛날에 염제한테 딸이 하나 있었는데 물에 빠져죽은 딸이 있긴 있었대. [조사자: 진짜루, 진짜루?] 네, 네. 그렇게 전설을 이렇게 좀 보태가지구 지은 거죠. 네.

서호의 돌 향로

● 구연정보

조사일시 : 2017. 01. 19(목) 오후
조사장소 : 서울특별시 광진구 화양동
제 보 자 : 김설화 [중국(한국계), 여, 1983년생, 유학 9년차]
조 사 자 : 박현숙, 김현희

● 구연상황

제보자가 〈사람을 만든 여와〉 이야기 구연을 마친 뒤 조사자가 또 기억나는 이야기가 있느냐고 묻자, 얼마 전에 인터넷에서 검색하다가 본 이야기가 있다면서 구연을 시작했다.

● 줄거리

목수 노반이 여동생과 함께 살며 제자들을 가르쳤다. 어느 날 하늘에 검은 물고기 한 마리가 내려와 서호에 살면서 사람들을 못 살게 굴었다. 노반은 여동생, 제자들과 함께 물고기를 피해 산으로 올라갔다. 그러나 물고기가 그들을 따라 올라오다가 노반의 동생을 보고 반해서 자기에게 시집을 오라고 했다. 여동생이 결혼하려면 예물로 향로를 가져가야 하니 노반이 향로를 만들 때까지 기다리라고 했다. 노반이 산을 깎아 거대한 향로를 만든 뒤 물고기더러 직접 가져가라고 했다. 물고기는 꼬리로 바람을 일으켜 향로가 굴러내려오게 했다. 그러나 높은 산에서 구르면서 속도가 붙어서 결국 물고기는 향로 밑에 깔려 죽고 말았다. 서호에는 다시 평화가 찾아왔다. 지금도 서호 한 가운데에는 거대한 향로의 끝부분이 보인다.

그게 노반. 노반이라고 중국에 굉장히 전설적인 이 목공이죠? 네. [조사자 1: 목수?] 네. 뭐 만들면은 정말 신기가 있듯이, 전설에는? 진짜 사람이 있었는데. 전설에는 이 사람이 만든 물건은 다 이렇게 영험하기를 뭐, 이렇게 짐승으로 조각을 하면은? 짐승이 막 움직이고. [조사자 1: 움직여?] 네네.

뭐 노반이 자기 여동생이랑 이 산동성에서 살던 사람들이었는데 그, 이 절강성 항주 쪽에 오게 된 거예요. 그래서 여기에서 그 제자들을 받은 거죠. 그래서 자기의 기술들을 전수할려고 했대요. 그래서 제자들이 와서 어, 백 명의 제자들을 받고, 어, 기술을 전수를 하고 매일매일 뭔가 이렇게 특이한 물건들을 많이 만들고 했는데.

어느 날엔가 이상하게 하늘에 검은 구름이 끼더니 하늘에서 검은 물고기, 물고기 한 마리가 요물이 되어서 막 재주를 부린 거예요. 그러면서 서호에 물속에 들어가더니 이렇게 막 입을 끔뻑끔뻑 하면은, 이 물에 기포들이 나오게 되면은 물이 막 이렇게 차올라서, 백성, 임금 백성들 마을 다 잠겨버리게 하고. 또 이렇게 뭐, 기침 같은 거 한 번 하면은 하늘에 막 번개치고 막 우레, 비가 내리고 이래서. 그래서 백성들이 굉장히 당하는 거죠. 이유 없이 당한 거예요.

그래서 아, 이렇게 재해가 오니까 노반하고 여동생이 제자들을 끌고 인근에 있는 산으로 도망을 가는 거죠. 높은 지대로 올라가고. 그 지대까지 오른, 꼭대기에 올라가보니까 마을에 백성들도 그 주변에 있는 산 쪽으로 다 올라가 피해 있는 거죠.

그래서 이 물고기가 어, 이렇게 물속에서 나와 갖고 얘네들을 잡을려고 갔는데, 구름 속에서 에, 멀리서 바라보다가 노반의 여동생에 반한 거예요. 그래서 노반의 여동생한테 말을 하는 거죠.

"아 이쁜 여자네. 어, 참 이쁘다. 혹시 너 이렇게 천을 잘 짜면은 어 우리집에 가서 천 짜서 나에게 이쁜 옷 한 장을 만들어 달라."

그랬더니 이 노반의 여동생이,

"아, 싫다. 나는 그런 거 할 줄 모른다."

그랬대요. 그래서,

"아, 그래?"

그랬더니 또 한 번 이랬죠.

"그러면 아, 천 짤 줄 모르면은, 그러면 자수를 해라. 자수를 해서 나에게 이쁜 이 도포 하나를 이렇게 자수를 해서 내가 입을 수 있게 해달라."

이랬더니 여자 동생도,

"그것도 몰라 나는. 할 줄 몰라."

이랬죠. 그래서 이 물고기가,

"아 진짜?"

이랬더니. 감짝감짝 있더니 이 여자동생한테

"그러면, 아, 자수를 못해도 좋고 천을 못 짜도 좋아. 나에게 시집을 와서 나랑 같이 살자. 그래서 나는 왕, 왕 노릇 하고 너는 집에서 이렇게 잘 먹고 잘 살게 만들어 줄게."

그러면서 이 여자를 데려갈려고 한 거예요. 그래서 이 노반이 나타나서,

"안 돼 그거는. 안 되니까."

그랬더니 이 물고기가

"그러면 어떻게 하면 나한테 시집올래?"

그랬더니 이 여자가 이렇게 꾀를 생각한 거죠.

"아, 내가 시집을 갈려면…"

뭐죠? 시집갈 때 갖고 가는 거. [조사자 1: 뭐라 그래야 되지?] 예물, 예물을 갖고 가야 된다나? [조사자 2: 예단?] 예단인가?

"여자가 시집갈 때 뭔가 갖고 가야 되니까. 그 예단이 필요한데 어, 우리 오빠가 만들어줘야 돼, 그걸."

그랬더니,

"그러면 어떤 예단이 필요한데? 뭘 만들려고 그러는데?"

이렇게 하니까 오빠가 나타나서,

"아 내 동생이 시집가야 되니까 내가 향로를 만들어야 된다. 어, 향로를 만들어야 되는데 산으로 만들어야 되니까 좀 기다려야 돼."

그러면서,

"아 그래?"

향로를 만들어서 예단으로 보낸다고 하니까 이 물고기가 굉장히 좋아하는 거예요. 왜냐하면

"아 그렇구나. 그러면 내가 여기에서 왕 노릇하고 어, 니 여동생

이 나한테 시집 와서 인간으로서 이렇게 잘 먹고 잘살게 하고, 니가 만든 향로로 내가 공납을 받으면은 정말 좋겠다."

어, 이렇게 말을 했대요.

"그래서 그러면 좀 며칠 기다려."

몇 달 정도 기다리라고 그랬죠. 그래서 물고기가,

"알았어, 알았어."

하고 기다린 거예요.

그래서 그 사이에 노반이 어, 이 산을 조각을 내서 향로를 만든 거죠. 향로를 만들었어요. 엄청 크게 만든 거예요. 그래서 어, 물고기가 계속 매일매일 와갖고

"언제 다 되냐. 향로 다 만들었냐?"

계속 이렇게 물어봤대요. 그래서 어느, 어느 날엔가 거의 만들어질 때 물고기한테

"이 향로가 너무 큰데 니가 이걸 어떻게 갖고 갈래? 어, 우리는 이거 옮길 힘이 없다."

그랬죠. 그니까 물고기가 웃으면서

"이거는 나한테 껌이지, 쉬워. 내가 한 번 꼬리를 치면은 바람이 불어오니까 나는 얘를 이렇게 바람에 이렇게 밀려서 강까지 갖고 가면 돼."

이랬단 말이죠? 그래서,

"알았어."

해갖고

"내가 다하면은 다시 와서 가져가라."

이랬대요. 그래서 어느 날 끝내 향로가 다 만들어졌고 그거 보고 물고기가 너무 좋아서

"이제는 니 동생 데리고 가도 되지?"

했죠.

"어, 동생 데리고 가는 건 데리고 가는 건데 일단은 이 향로부터 갖고 가라. 강에 옮겨라. 그리고 다시 와서 내 동생 데리고 가."

그랬죠.

"알았어, 알았어."

해갖고

"이거는 쉬운 거야 진짜."

이렇게 바람을 불어갖고 꼬리를 휘저으면서 바람을 불었더니이, 향로가 이렇게 바람에 이렇게 굴러 내려가는 거죠. 산에서 이렇게 굴러내려갔대요. 굴르고 굴르고 하는데 이게 너무 높은 데서 구르니까 굉장히 속도가 빨리 굴러간 거예요. 강까지 굴러가니까 얘가 이렇게 꽂힌 거예요. 음, 이 강의 못, 호수 이쪽에 꽂혔는데 문제는 이 물고기가 이렇게 꼬리를 치면서 바람을 일으켰다보니까 아래쪽에 있어서 이 향로 밑에 이 물고기가 깔린 거예요.

그래서 아, 나 이거 이거 빨리 움직여야 내가 이렇게 나오잖아요. 그래서 움직일려고 해도 몸이 깔렸기 때문에 꼬리를 더 이상 칠 수가 없고 그러다보니까 시간이 지날수록 애는 숨, 숨이 안 나오고. 결국에는 죽어버린 거예요. 어, 그 향로 때문에 죽은 거예요. 향로 밑에 깔려서 죽은 거예요.

그래서 어, 물고기는 죽고. 그리고 물고기가 죽고 나서 어, 이 물들이 이렇게 그 못에 다시 모이기 시작하고 비바람은 멎고. 사람들이 내려와 보니까 향로가 원래는 엄청 컸는데 그 호수에 찍, 박히다보니까 호숫물에 잠재워서 이제는 그 위쪽에 있는 부분만 보이는 거죠. 향로 위쪽만 보인대요. 엄청 큰 건데.

그래서 사람들이 아, 이게 물고기, 요괴 물고기가 죽어서,

"이제는 평화롭게 살 수 있구나."

어 그래서 노반하고 노반 여동생을 굉장히 칭송하게 되었고 그리고 이 향로를 볼 때마다 고 철이 되면은 사람들이 그 호수에 배를 타고 와서 이 향로에 불을 핀대요. 에, 그러면 이 향로가 호수 가운데에 있기 때문에 이 불빛이 호수에 이렇게 비춰갖고 천상천하에 이런 물과 지상의 이런 화합을 이룰 수 있는 그런 풍경이 되어서 굉장히 절경이다, 이런 식으로.

[조사자 1: 사람들이 많이 찾아가겠네요, 그쵸? 관광지로?] 그, 관광지로는 이름이 있죠. 서호가. 근데 너무 커 갖고. 거기는 배타고 다녀

야 하는 풍경인데, 너무 커 갖고. 진짜 다 못 돌아요. 한 며칠 정도 그쪽에서 있어야, 네. [조사자 1: 음, 며칠씩 있어야 된다구요?] 네. 거기에는 절들도 굉장히 많그든요, 거기. 절이 있으면 탑이 무조건 있어요. 그래서 그 탑들에는 그 백사전, 백사와 허선의 이야기도 굉장히 많대요. 네.

[조사자 1: 그러면 그 탑이 만들어지거나, 절이 창건되거나 하는 유래담 같은 건 없어요?] 그거는 잘 모르겠어요, 네.

왜냐면 〈백사전〉에는 이미 그 탑들이 있었고. 그 탑에는 그, 신선들이 거기에서 인간의 그 향, 공납을 받으면서 향불을 피워서 이렇게 번성하는 식의, 그런 것들이 이루어진다고. 그렇게 하고 있어서. 그리고 천상에 천당이 있다면 인간세계에는 서, 서호와 어, 그, 소주가 있다 이런 식으로 말을 하거든요. 그쪽은 진짜 풍요로운 지대.

남편을 따라서 죽은 맹강녀

● **구연정보**

조사일시 : 2017. 01. 11(수) 오후
조사장소 : 서울특별시 광진구 화양동
제 보 자 : 김설화 [중국(한국계), 여, 1983년생, 유학 9년차]
조 사 자 : 박현숙, 김현희

● **구연상황**

제보자가 〈단오의 유래〉 구연을 마친 뒤 조사자가 맹강녀 이야기에 대해 묻자 구연을 시작했다. 제보자는 이야기의 결말을 두 가지 버전으로 들려주었다. 구연을 마친 뒤에 중국에는 '맹강녀가 장성에서 울다'는 표현이 널리 알려져 있고 노랫말에도 인용되어 있다고 덧붙였다. 이 이야기는 책에서 읽어서 알게 되었다고 했다.

● **줄거리**

맹씨 여인의 남편이 진시황의 만리장성을 건축하기 위해 부역으로 끌려갔다. 맹씨 여인이 남편을 찾아서 만리장성으로 갔다. 만리장성에 도착한 여인은 많은 인부들 속에서 몇 년 동안 남편을 찾아 헤매다가 결국 남편의 죽음을 알게 되었다. 맹씨 여인은 그 자리에서 슬피 울다가 돌이 되었다. 혹은 맹씨 여인이 진시황에게 남편의 사연을 알리는 탄원서를 보내서 진시황이 여인의 절개에 탄복하여 잘 살게 해주었다는 설도 있다.

[조사자 1: 맹강녀가 어떤 이야기예요?] 성이 맹씨인 여자예요. 근데 강녀가 왜 나왔는지는 모르겠어요. [조사자 1: 맹씨 여자 이야기예요?] 네. [조사자 1: 맹씨 여자가 어떤 이야기를 하고 있어요?]

아, 그 진시황이 장성을 건축하잖아요? 왜, 만리장성을 만드는데 이 남편이 끌려간 거예요. 그래서 이 여인이 남편 찾으러 간 거죠.

근데 장성에 도착을 했는데 인부들은 많고, 남편을 계속 수소문해서 몇 년 동안 수소문했는데. 결과적으로 남편이 죽었어요.

그래서 이 장성에서 슬피 울어갖고 돌로 됐다거나, 첫째. 둘째는 진시황에게 탄핵서를 올린 거예요. 왜 내 남편을 죽였는지. 이러다가 어, 암튼, 어, 진시황이 이 맹강녀의 여인의 이러한 절개에 탄복되어서 뭐, 맹강녀를 뭐 이렇게 신, 아니다, 그 뭐지? 관리로 등용을, 아니다 좀 호의호식하게 뭔가 이렇게 만들어줬다, 이런 것도 있고. 암튼 맹강녀는 남편을 찾으러 갔다가 만리장성을 보고 남편이 죽었고, 거기 깔려 죽었고 그래서 그 장성에서 슬피 울었대요. 음. 진시황인 거죠.

(잠시 침묵이 흐름.) [조사자 1: 이 이야기는 어디서 들으셨어요? 이 절개 이야기는? 책에 나와요? 여러 가지 유형으루?] 네. 책에 많이 나오구. '맹강녀가 장성 울다' 이런 말이 좀 많이 돌아요. [조사자 1: 맹강녀가 장성에서 울다?] 네. '장성을 보면서 운다' 뭐 이런 식으로. 아, 노래에도 이 가사가 있었던 거 같애. (웃음) [조사자 2: 어떤 노래요? 책에 있는 시, 시?] 아뇨, 노래. 중국에 그 가수가 이름이 뭔지 모르겠는데 그 노래 중에 한 구절에 '맹강녀가 장성을 울고' 뭐, 암튼 이 고사에 관련된 구절들이 몇 개 이렇게 나와서.

[조사자 1: 그럼 이게 하나의 고사예요?] 네네. 그래서 뭐지? 그, 사랑에 관련되었었던 노래였던 거 같아요. 좀, 응. 중국에는 패턴이 좀 두 가지가 있는데 하나는 현대적인 감각들의 노래하고. 좀 고대적인, 고전의 감각적인 것들로 하는 노래들이 있거든요, 가사들이. 분류를 해요 이렇게 보면은. 네. 그런 노래에서 '맹강녀가 장성을 운다' 이 가사가 나왔던 거 같아요.

울음으로 만리장성을 무너뜨린 맹강녀 [1]

● **구연정보**

조사일시 : 2017. 04. 05(수) 오후
조사장소 : 충청북도 충주시 단월동
제 보 자 : 주경옥 [중국(한국계), 여, 1973년생, 결혼이주 13년차]
조 사 자 : 오정미, 한상효

● **구연상황**

제보자가 〈서유기 사오정 편〉 이야기를 마칠 즈음 조사장소에 갑자기 사이렌이 울려 잠시 구술을 멈춘 뒤 다시 시작했다. 제보자가 조사자에게 맹강녀 이야기를 아느냐고 물은 뒤 구연을 시작했다.

● **줄거리**

만리장성을 울음으로 무너뜨렸다는 만리장성 축성 공사에 얽힌 비극적인 전설이다. 맹강녀의 남편은 진시황의 장성 건축에 징발되어 떠나게 되었다. 만리장성을 만드는 곳을 찾아간 맹강녀는 남편의 죽음에 대해 듣고 성 밑에 쓰러져 울기 시작했다. 그러자 10일 만에 성이 와르르 무너지고 남편의 유골이 나타났다. 한편 만리장성이 무너졌다는 소식을 들은 진시황은 맹강녀를 자신의 빈으로 삼고자 했다. 맹강녀는 대신 자신의 소원을 들어준다면 황제의 빈이 되겠다고 했다. 남편을 후하게 장사 지내주고 그다음에 바다로 놀러 가자는 것이었다. 맹강녀는 남편의 장례를 치르고 진시황과 함께 바다로 갔는데 그 바다에 몸을 던져 스스로 목숨을 끊었다.

중국에 맹강녀라고, 진나라 때 진시황이 만리장성을 만들었잖아요. 그때 사연인데 그것도 약간 있잖아요. 진실 같기도, 진실은 좀 아닌 것 같고, 그런 이야기가 있었겠죠. 근데 거기다가 좀 약간 허위적인 걸 좀 플러스해서 한 거죠. 이것도 좀 굉장히 오래 된, 맹강녀가

뭐, 후장정괴, '울어가지고 장정을 넘어뜨렸다.' 이런 거 혹시 들어보셨죠? [조사자: 네. 해주세요. 선생님께서.]

옛날에 그 맹씨 집 안에 맹강녀라는 딸이 있었는데 그 딸이 있잖아요. 그 집도 아빠가 조금한 벼슬자리를 했거든요. 그래서 그 딸이 있었는데 굉장히 예쁘게 생기고 또 좀 그 동네에 조금 예쁘게 생기고 또 바느질도 잘하고 해서 좀 소문났어요. 그래서 어떤 남자하고, 남자 이름은 생각이 안 나네, 남편 이름 생각, [조사자: 괜찮아요.] 남편하고 결혼을 했어요. 그래서 딱 결혼한 지 신혼, 신혼이면 3일 만에 지금 이 남편이 남편한테

'당신이 지금 부역에 가야 된다. 장성을 쌓는 일에 가야 된다.'

이런 통보를 받았거든요. 그래서 딱 병졸이 딱 와 가지고, 이렇게 남편을 딱 끌어간 거예요. 그래서 갈 때 그 맹강녀가 얘기를 했죠.

"나 당신 기다릴 거라."고.

"당신 돌아올 때까지."

그래서 간 다음에 일 년을 기다리고, 이 년을 기다리고, 삼 년을 기다렸는데 계속 안 오는 거예요. 그래서 이 맹강녀가

'아 그러면 내가 직접 찾아서 나서야 되겠네. 그 남편이 갈 때, 옷도, 그냥 불시에 가다보니까 옷도, 챙기지 못했는데 지금 날씨도 또 이렇게 몇 년이 지나갔고 추워지니까 아 찾아가야겠다.'

하고 그 남편의 옷가지들을 이렇게 막 만들어가지고 딱 찾아 나선 거죠.

그래서 그다음에 장성에 딱 갔는데, 보니까 가보니까 장성이라는 게 그 만리장성이라는 게 굉장히 넓잖아요. 어, 여기도 사람, 저기도 사람, 도대체 자기 남편이 어디 있는지를 모르겠는 거예요. 그래서 이 사람한테 물어보니까 이 사람 뭐, 이 사람은 어디서 본 거 같다고, 또 이 사람은 또 이 사람 죽은 거 같다고 하고 또 저쪽 사람 살아 있는 거 같기도 하고, 그래서 굉장히 여러 사람한테 물어봤는데 어느 하루 어떤 이 관리직을 만났는데 딱 물어보니까

"아 당신 남편 내 기억한다고 그 사람 1년 전에 죽었다."고.

그런데 이 장성 있잖아요.

"이 장성이 밑에다 묻었다."고.

"이 묻혀 있다."고.

"장성 밑에 묻혀 있다."고.

그렇게 이야기를 하죠. 그러니까 맹강녀가 너무 슬퍼가지고 지금, 너무 슬퍼가지고 울었어요. 너무 슬퍼가지고 울었는데 뭐 사박삼일을 울었는데, 다 장성이 있잖아요. 딱 넘어진 거예요. 넘어지면서 그 남편이 시체가 딱 드러난 거예요.

그래서 잠깐 맹강녀 남편의 시체를 수습해가지고 막 장사를 할려고 하는데 진시황이 이 소식을 들은 거죠.

"장성이 다 무너졌다."고.

그래가지고 진시황이 아 어떤 사림이 있잖아요. 네. 장성을 열심히 쌓고 있는 걸 다 있잖아요. 무너뜨렸냐고, 딱 보니까 뭐 맹강녀라는 사람이 울어가지고 무너뜨렸다 하니까,

"그러면 내가 봐야 되겠다."고.

해가지고, 진시황이 딱 봤는데 맹강녀가 너무 예쁘게 생기니까 자기, 네, 비빈으로 삼으려고 딱 그랬대요. 그러니까 맹강녀가

"아 그럼 좋다. 그럼 몇 가지를 나한테 그 조건을 해주면 나는 당신이 빈이 되겠다."

얘기를 했는데,

"그 첫째는 그 장사를 이렇게 후하게 치러서 이렇게 묻어 달라."

둘째는 잘 생각 안 나고.

"셋째는 당신의 빈이 되기 전에 이렇게 바다에 물놀이하러 가자."

이렇게 얘기를 했죠.

그래서 남편이 그 진시황이 남편의 장사를 후하게 치르고, 이렇게 해주고 지금 바다에 놀러 갔는데 맹강녀가 바다에 뛰어들어서 죽었다는 그런 좀. 한국으로 말하면. [조사자: 열녀.] 열녀, 그런 거죠. 네.

울음으로 만리장성을 무너뜨린 맹강녀 [2]

● 구연정보

조사일시 : 2017. 05. 15(월) 오전
조사장소 : 경기도 수원시 팔달구 화서동
제 보 자 : 류정애 [중국(한국계), 여, 1980년생, 결혼이주 8년차]
조 사 자 : 오정미, 이원영

● 구연상황

제보자가 〈니엔 괴물과 설날 풍속 유래〉 구연을 마친 뒤 조사자한테 맹강녀 이야기를 아는지 묻고서 구술을 시작했다.

● 줄거리

만리장성을 쌓다가 억울하게 죽은 남편을 위해 진시황을 상대로 복수한 열녀 멍장유(맹강녀)의 이야기이다. 진시황은 멍장유를 취하고자 그녀의 소원대로 환씨량을 위한 묘지와 묘비를 만들고 마지막으로 그녀와 함께 바다 구경을 갔다. 바다에 다다른 멍장유가 바다에 뛰어들자 불쌍히 여긴 용왕과 용녀들이 그녀를 용궁으로 데려갔다. 진시황이 다급히 부하들을 시켜 구하게 했으나 용왕이 파도를 일으켜 손을 못 쓰게 했다. 결국 진시황은 그녀를 버리고 육지로 도망쳤다. 도망치지 않았더라면 파도에 배가 뒤집혀서 죽었을 것이다.

'몽지앙유이'라고 들어보셨는지 모르겠어요. [조사자들: 몽장유?] 몽장유이(맹강녀), 여자 이름인데요. [조사자 1: 멍지아.] 멍지앙뉴우이, 여자, 여자, 멍장뉴이가 만리장성에서 우는 이야기예요.

요거는 인제 중국의 4대 전설 이야기 중의 하나라서 교과서에도 좀 초등학교 교과서에도 실린 이야기라서 약간 많이 사람들이 알고 있어요. 그리고 그 진시황 때 이야기예요. 진시 그 진나라 때 진시황.

진시황이 그 통일을 했잖아요. 그 시절, 시대의 이야기예요.

멍장유이는 어떤 아이냐 하면 강씨예요. 원래는 찌앙. 강씨 한 집안에서 이 아이가 어떻게 나왔냐 하면 호박인지 무슨 이렇게 큰 그 열매 있잖아요? 그 열매가 강씨네 집 벽까지 이렇게 타고 들어왔어요. 그리고 그 열매가 너무 커서 이 그 부부가 열매를 열어보니까 그 안에서 여자아이가 나온 거예요. 그래서 이 아이를 이름을 멍장유이라고 지었어요.

그리고 이 여자아이가 이 집에서 인제 아주 똑똑하게 자랐어요. 긍까 시도 쓰고 문장도 쓰고 글도 쓰고 옛날에 왜 연주하는 고금인가? [조사자 1: 가야금.] 아, 가야금도 하고 아주 똑똑하고 잘 자랐어요.

그때부터 인제 그 시절에 진시황이 만리장성을 만들기로 시작한 시기였어요. 그래서 만리장성 만들려고, 만리장성 만들려면 사람이 많이 필요하잖아요? 그래서 여기저기서 젊은 사람들 많이 잡아 와서 벽돌 날르구 이렇게 만들기로 했어요. 그중에 한 명이 어, 책 공부만 하는 남자아이가 있었는데 얘는 이름이 환씨량이라고 해요. 환씨량.

환씨량은 잡혀가면 일하던 아이가 아니라서 일하면 무조건 몸이 안 되잖아요. 그래서 도망갔어요. 집 뒷문으로 도망가서 막 뛰었는데 한참 뛰었는데 너무너무 힘들고 목도 마르고 발도 아프고 물 좀 마시고 싶은데 뒤에서 계속 쫓아오잖아요. 이거 잡는 사람들이. 그래서 무서워가지구 옆에 뭐 그 남의 집 담장을 넘어서 그 뒷마당에 들어간 거예요. 그런데 그 뒷마당이 멍장유이의 집이에요. 멍장유이는 뒷마당에서 지금 여자들은 안 잡아가니까 거기서 놀고 있었어요. 근데 뒷마당에서 봤더니 사람이 하나 들어와서 숨어 있는 거예요.

그래서 너무 놀라가지구 소리 지르려고 하는데 이 환씨량이 나와서,

"저 좀 도와주세요. 저 잡혀가면 죽어서 못 나와요."

이러면서,

"제발 좀 저 꼭 좀 숨겨주세요."

이랬어요. 그래서 이 멍장유이가 또 착하잖아요. 봤더니 딱 봐두,

'얘는 공부만 하는 사람이구나, 책만 보는 사람이구나.'

해서 그리구 또 그렇게 못생긴 건 아니래요. 보니까 또 잘생겼대요. (웃음) 그래서 아빠한테 가서 얘기했대요. 좀 숨겨주자구. 어, 그리구 어떻게 그 쫓는 병사들을 어떻게 피해서 우리 집까지 들어왔다, 이 얘기까지 해줬어요. 그래서 이 사람 아빠도 들었을 때,

"아, 그래도 거짓말은 안 했구나. 잠깐 우리 집에 숨어 있어라."

하구 숨겨 놨어요.

이 집에 있는 동안 이제 멍장유이랑 서로 만나고 얘기하고 이렇게 같이 책 보고 하다가 그래서 둘이 좋아하게 된 거예요. 이 아빠도 봤을 때 그 사위가 맘에 들었어요. 그래서 둘이 결혼시키겠다고 했어요.

어, 근데 그 시절이 지금 결혼시키는 시절에도 어 지금 막 여기저기 남자만 보면 다 잡아가는 그때잖아요? 만리장성 막 만들기 위해서. 그래서 뭐 결혼시킨다 해도 뭐 친척 초청하고 이렇게 크게 막 알리고 이렇게 막 결혼식을 할 수가 없었어요. 그래서 그러면 일단 어,

"우리가 날짜만 정해 놓고 가까운 친척만 초대해서 동네방네 소문낼 수는 없으니까 친척만 초대해서 친척만 초대해가지구 같이 그냥 결혼식만 하자."

그랬어요. 그래서 조용한 날을 잡아서 몰래몰래 친척만 이렇게 와 가지구 결혼식을 했어요.

그런데 삼 일 지나서 삼 일밖에 안 됐는데 갑자기 어느 날 또 이 사람 잡는 이 그 진시황 밑에 사람들이 와 가지고 이 남자를 결국은 잡아갔어요. 그런데 이건 분명하잖아요. 이 사람이 잡혀가면 일을 이, 삼일도 못하고 무조건 힘들어 죽을 수도 있잖아요. 그래서 이 멍장유는 맨날 울면서 기다렸어요. 기다렸는데 편지도 안 오고 사람도 안 오고 일 년 지났어요.

그래서 이 멍장유가 도저히 집에서 그냥 가만히 있을 수 없어서 그냥 이 남편 찾으러 떠나기로 했어요. 그리고 갈 때 남편을 위해서 만든 옷이랑 다 보따리에 싸가지고 직접 만리장성 지금 만들고 있는 그쪽으로 출발했어요. 그래서 이 멍장유 엄마, 아빠도 아무리 말려도 소용없으니까

"그럼 갔다 와라."

그리고 이 멍장유이가 혼자서 가요. 목마르면 그냥 그 강물 마시고 배고프면 그 산 산매실 같은 거, 산에 나무에 달린 거 막 그냥 막 먹고 힘들면 가다가 그냥 길옆에 앉아서 쉬고, 아 요러면서 그냥 몇 날 며칠을 걸려서 가다가 길에서 한 하얀 머리 할아버지를 만났어요. 이 할아버지는 그 나무꾼 할아버지를 봤어요. 할아버지한테 물어봤어요.

"만리장성 여기하고 얼마나 머냐?"고.

그랬더니 할아버지가,

"아주아주 먼 곳에 있다고, 거기 갈려면 아주 더 많이 가야 된다."고.

했어요. 그랬더니 멍장유가 그랬어요.

"하늘 끝까지 있어도 나는 거기까지 가서 남편 찾으러 갈 거다."

이러면서 바람 불어도 가고 비가 와도 가고 그리고 날이 뭐 어두우면 그 산에 있는 절 같은 데 있잖아요? 그런 데서 자고. 여자 혼자인데 무서워도 어쩔 수 없어요. 그 남편 찾고 싶은 마음이 너무 강해서. 그리고 뭐 이렇게 가다가도 너무 남편 생각나니까 꿈에 남편하고 같이 이렇게 책을 보고 있는데 또 이 남편 쫓는 사람들이 들어와서 남편 잡아가는 모습에 또 놀라서 깨고 또 이렇게 하고. 그다음에 가면서 가면서 너무 힘든 거예요. 그 먼 길을 여자 혼자서 가니까 힘들잖아요.

그랬더니 가다가 또 갑자기 쓰러진 거예요. 일어나 보니까 그나마 마을주민이 착한 주민이 따뜻한 방에 눕혀서 밥도 맥이고 물도 아주머니가 물도 많이 마시게 하고 밥두 주구 그담에 또 고맙다 하고 또다시 또 계속 길을 간 거예요. 남편 찾으러.

그래서 이 아주머니가 그랬어요.

"니 발바닥이 이미 그 피멍까지 들었는데, 너무 많이 걸어서. 이게 무슨 발이니, 그냥 좀 쉬고 발 다 나으면 가라."

고 했는데도 이 여자가

"아니에요. 저 빨리 남편 찾아야 돼요. 꼭 가야 돼요."

하고 그 발, 피 막 나는 발도 불구하고 계속 간 거예요. 그래서 드디어 만리장성 지금 공사하는 데까지 왔어요. 그리고 그중에 공사하는 한 농부한테 물어봤어요. 혹시 그 자기 남편 이름이 환씨량이라고 했잖아요, 아까.

"그분이 어디 있는지 아세요?"

그랬더니 모른대요. 그래서 또 다른 사람한테 물어보고 또 다른 사람한테 물어보고 계속 물어봤는데 드디어 자기 남편 이름을 아는 사람을 한 명을 찾았어요. 그래서,

"환씨량 어디서 일하나요? 어디서 만리장성 짓고 있나요?"

그랬더니 다들 서로 쳐다보면서 눈치만 보고 눈물이 글썽거리는 거예요. 그랬더니 이 여자가 너무 이제 딱 봐도 티가 나잖아요, 무슨 일인지. 그래서,

"내 남편 어디 있냐?"고.

"빨리 알려 달라."고.

그랬어요. 모두들,

"지난달에 배고파서 굶어죽었어."

그랬더니,

"그러면 시체는 어디 있냐?"고.

그랬더니, 시체가 죽은 사람이 너무 많아서 이거 만리장성 지으면서 죽은 사람이 너무 많아서 파묻을 곳도 없어서 그냥 이 만리장성 그 지으면서 그 밑에 그냥 넣고 짓고 그랬대요. 짓는 거기에 시체들을 집어넣어서 메꿨대요. 그 구멍을.

그러고 나니까 그 말하고 나서 이 멍장유가 만리장성을 손으로 막 치면서 울기 시작했죠. 울면서, 울면서 거기서 일하는 사람들도 다 잡혀온 사람들이잖아요. 너무너무 동정 가고 마음이 가잖아요. 그래서 다들 같이 울었죠. 그랬더니 너무 많이 우니까 만리장성이 갑자기 그 우는 자리 그 자리에서 갑자기 지진처럼 무너진 거예요. 그 올라간 자리가. 그랬더니 그 밑에서 그 해골? 그거 나온 거예요.

근데 그 많은 해골 중에 누가 자기 남편인지 모르는 거예요. 찾을 수 없잖아요. 그래서 멍장유가 어렸을 때 엄마가 해 준 이야기를

생각났대요. 가족의 뼈는 그 가족의 피가 들어가면 그 스며든대요. [조사자 1: 뭐가 스며들어요?] 그거, 뼈 속에. 그러니까 얘 가족 아니면 피가 떨어뜨렸을 때 그대로 그냥 남아 있고, 위에. 근데 가족이면 흡수한대요. 그 뼈가 내 피를. [조사자 1: 피를 한 방울 떨어뜨렸을 때?] 네. 네. 그래서 이 여자가 인제 그 손가락에 손가락을 물어서 피가 떨어지잖아요. 그러면서 하나하나씩 남편의 해골을 찾는 거예요. 드디어 찾았어요.

그래서 남편 해골을 인제 붙잡고 계속 또 울고 있었죠. 울고 있는데 진시황이 온 거예요. 진시황이 만리장성 얼마나 지었나, 살펴보려고 온 거예요. 그랬더니 이 멍장유 때문에 울었기 때문에 요만큼 이미 지은 곳이 무너졌다고 했잖아요. 무너져서 화가 나가지고 와서 멍장유를 죽일려고 했어요.

"너 때문에 지금 짓고 있는 게 무너졌잖아?"

이래서 왔는데 멍장유를 봤더니 너무 예쁘게 생긴 거예요. 그래서 맘에 들어가지구 멍장유를 자기 아내로 삼고 싶었어요. 근데 멍장유가 절대 하고 싶지 않죠. 그래서 진시황이 그 중매를 해주는 아주머니들 있잖아요. 시켰어요.

"가서 멍장유 나랑 결혼할 수 있도록 말해 달라."

그런데 멍장유가

"나는 죽어도 못하겠다."

이런 거예요. 그래서 그 진시황이 또

"그럼 내가 직접 나서겠어."

이러면서 나섰죠.

그런데 멍장유가 진시황을 보더니 정말 이 폭군을 자기가 죽이고 싶더라구요. 근데 생각해보니까 내가 저 폭군을 못 죽이고 나만 죽어버리면 이 남편의 복수도 못하고 수많은 이 죽은 사람의 복수도 못하잖아. 내가 먼저 죽으면 안 되지. 그래서 그냥 진시황 얘기를 참고 들었어요. 끝까지.

그리고 아무 말도 안 했는데 진시황이 이 여자가 싫다는 말도 안 했기 때문에 정말 자기를 좋아하는 줄 알고,

“그럼 니가 말해. 니가 원하는 걸 다 줄게.”

그랬더니 멍장유가 그랬어요.

“금산, 은산 필요 없다. 그냥 너는 니는 나에게 세 가지 일만 해 다오.”

이렇게 얘기했어요.

“첫 번째 일은 우리 남편 위해서 묘지를 하나 만들어줘.”

아, 그 묘에 인제 안치해야 되잖아요. 그리고 이름 세우는 것 있잖아요. [조사자 1: 묘비.] 예, 그것도 해줘.

“묘비도 해줘.”

“그래, 그래, 할 수 있어. 두 번째는 뭐야?”

그랬더니, 두 번째 일은

“나는 남편이 죽었으니까, 그 상을 당했으니까 상가복 입고 이거를 해야 된다. 그리고 그 시체에서 묘지까지 가는 길 있잖아요. 거기에 너의 모든 그 부하들이 같이 가줘야 된다.”

울면서. 아, 황제도 해야 된대요. 그랬더니,

“아니, 무슨 이 일은 일꾼이 하나 죽었는데 내가 그렇게 나서야 할 자리는 아닌 것 같다. 그렇게 할 수는 없어. 세 번째를 얘기해.”

이랬더니 여자가 그랬어요.

“안 돼. 두 번째 일을 대답하지 않으면 세 번째 일을 아직 말할 수 없어.”

그랬더니 이 저기 진시황이 그랬어요.

“아니, 내가 만약에 너를 대답하면 전 천하 사람들이 웃지 않을까? 내가 황제로써 이렇게 [조사자 1: 할 순 없다.] 할 순 없다.”

그런데

‘하지만 나는 황제이기 때문에 누가 웃으면 누가 죽여 버리면 되지 뭐.’

이런 생각해가주구 또

“그래 좋아, 그럼 대답하지 뭐.”

이 여자를 빨리 얻고 싶어서. 그래서

“세 번째 빨리 얘기해.”

그랬어요. 세 번째는,

“나는 삼일 동안 바다를 구경 가야겠어.”

바다 구경 가야 된대요. 그래서 진시황이 말했어요.

“그거는 쉽지. 좋아, 세 번째 이 세 가지 일 다 니 말대로 하지.”

그래서 진시황이 첫 번째 일도 하고 두 번째 일도 하고 세 번째 일은

“자! 됐으니까 우리 올른 바다 보고 돌아와서 결혼식 해.”

진시황이 너무너무 좋아했어요. 그래서 바다에 갔는데 이 멍장유가 바로 바다 가운데서 뛰어내렸죠. 바닷속으로.

그랬더니 진시황이 너무 급해가지구 얼른 그 사람들, 수영하는 사람들을 보내서

“빨리 건져와. 살려줘야 돼. 구해야 돼.”

그랬지만 이제 잡아 올 사람들이 내려가면 파도가 치고 내려가면 파도가 치고 그러니까 파도가 왜 이렇게 딱 요때만 오는 거니? 구하려고 하면 파도가 쳐.

그게 뭐냐 하면 바다 밑에는 용궁이 있어요. 들어보신 적 있어요? [조사자들: 네. 네. 네.] 용궁에 용왕이 살잖아요? 용왕하고 용녀들이 멍장유를 너무 동정심에 불쌍해 보여서 여겨서 이 여자가 바다에 떨어지자마자 용궁으로 데려갔어요. 그리고 이 병사들, 새우병사 물고기병사들 있잖아요. 보내서 구하러 오면 파도 만들어주고 못 내려오게. 구하러 오면 이렇게 못하게 하게.

그래서 더 큰 파도를 지금 만들고 있었는데 진시황이 딱 봤더니 도저히 안 되겠다 싶어서 그냥 멍장유 버리고 배 타고 빨리 육지 쪽으로 갔어요. 그 빨리 안 갔으면 아마 바다 쪽으로 전부 다 배가 전복해서 죽었을 수도 있어요. 이런 이야기예요. [조사자 1: 겨우 산 거네, 그러면?]

주제는 이 멍장유라는 사람이 남편 죽음 때문에 가서 만리장성 옆에서 울어서 만리장성이 무너진 적이 있다. 요거예요. 이야기는. 그래서 요 이야기도 좀 재밌어요. 많이들 알고 있어가지고.

[조사자 1: 이거 맹강녀라고 하죠?] 맞아요, 맞아요. [조사자 1: 이야

기해주신 것 중에서 제일 디테일하게 잘해주셨어요.] 아, 정말요? 감사합니다. 아, 저두 뭐 이거 보고 하는 거라서. (웃음) 저도 그냥 얘기하라고 하면 이거 없으면 생각나는 대로 조금 조금씩만 나오니까. 보면서하니까 '아, 맞다. 이거 있었지.' 이러지. [조사자 1: 저희끼리 표현으로 정말 맛깔나게 이야기해 주셨다.]

[조사자 2: 교과서에도 정말 이 정도로 얘기가 자세하게 다 적혀 있어요?] 어디요? [조사자 2: 교과서에서 배우실 때도?] 교과서에는 끝까지 안 적혀 있어요. 그리고 자세한 것보다 이 남자는 멋지게 생겼다. 이런 말은 안 나왔어요. 그런데 여기는 생긴 모습이랑 정말 책만 읽는 가르치는 사람처럼 보인다. 이렇게는 써 있는데 거기에서는 그렇게까지 디테일까지는 안 썼어요.

[조사자 1: 궁금한 게 남편이랑 맹강녀의 실제 진짜 무덤이 있어요?] 어. [조사자 1: 그런 건 없어요?] 예, 그런 건 없어요. [조사자 2: 그럼 맹강녀는 용궁 보러 간 거고?] 예. [조사자 2: 그러면 실제로 복수하러 간 건데 죽이진 못한 거네요, 진시황을?] 그러니까 원래는 바다 가운데 데려가 가지구 자기가 먼저 빠지면 그래도 어떻게 할려고 하면. [조사자 1: 근데 어쨌건 작은 복수를 한 거죠.] 그렇죠. [조사자 1: 사람들 앞에서 체면을.] 앞에서 체면을 [조사자 1: 깎기 위해서.] 그렇죠. 왜냐면 황제를 죽일 방법이 없으니까.

[조사자 1: 맞어. 우선 저는 그게 되게 궁금했거든요. 지금 이게 이야기 중에는 간혹 진짜를 바탕으로 한 이야기들이 있거든요. 뭐냐 하면, 예를 들면 어떤 상상 속의 이야기가 있으면 진짜 실존하는 인물을 바탕으로 한 이야기가 있는데 혹시 정말 맹강녀가 이 남편을 저기 추모하는 무덤이나 뭐가 정말 있는 건지 중국에는 그건 아닌지.] [조사자 2: 맹강녀를 기리는 제사 같은 거라든지 그런 거 없어요?] 없어요. [조사자 2: 워낙에 유명해가지구 얘기가.] 네, 그냥.

울음으로 만리장성을 무너뜨린 맹강녀 [3]

● **구연정보**

조사일시 : 2017. 11. 12(일) 오후
조사장소 : 충청북도 청주시 가경동
제 보 자 : 이화(이윤정) [중국(한국계), 여, 1974년생, 결혼이주 19년차]
조 사 자 : 오정미, 한상효, 엄희수

● **구연상황**

제보자가 〈달의 여인이 된 항아와 월병 유래〉를 구연한 뒤 중국의 유명한 이야기가 있는데 전설인지 민담인지 모르겠다며 일단 들어보고 판단하라고 했다.

● **줄거리**

맹강녀는 진시황 때의 여인으로, 남편인 범기량이 만리장성 공사에 끌려가게 되었다. 맹강녀는 몇 달이 걸려 만리장성에 도착했으나 남편은 이미 죽은 뒤였고, 더군다나 남편의 시신이 장성 성벽 밑에 묻혀버렸다는 이야기를 듣게 되었다. 이 소식을 듣고 맹강녀가 대성통곡을 하자 성벽이 무너져 내리며 수많은 유골들이 드러났다.

이번에 거는 약간, 이거를 제가 저기 다 배운 게 문제야. 제가 전통문예 이해 수업을 교수님한테 안 들었으면 아무 고민 없었을 텐데 이걸 또 제가 또 생각하고 있었어요. 이거는 어떤 장르지. (웃음) 부작용이야. 이거는 무슨 장르일까 혼자서 막, [조사자: 훌륭하세요.]

여기 제가 장르 제가 썼어요. 이거 전설, 창세신화 이러면서 저 스스로 막. 다 민간이야기 다 이렇게 나오거든요. 근데 저 스스로 근데 이거는 약간 아닌 거 같애요. 근데 굉장히 많이 알려, 교수님 듣고 판단하세요. 설화가 아니고 일반적인 그냥, 사랑 얘기다 하면 [조사

자: 괜찮아요. 좋은.]

이게 중국의 그 진시황 때. 만리장성을 쌓았잖아요. 근데 원래는 진시황이 만리장성을 쌓은 거예요? [조사자: 그때 지어졌다고.] 아니에요. 그게 그 예전부터 몇 세대, 아니 세대가 아니라 나라가 많이 바뀠잖아요. 바뀌면서 각 자기 지역을 방어하기 위해서 지역마다 이렇게 다 쌓았어요. 다 자기 지역을 산을 중심으로 해가지고 외적의 침입을 막게 했는데 진시황 때,

'이거 내가 다 연결해서 모든 천하를 내 거로 만들 거야.'

이런 큰 포부가 있었기에 이 사람이 다 연결을 시켰어요. 그래서 원래는 진시황이 만리장성을 다 쌓았다고 생각해요. 그거 아니에요. 그전에 뭐 어떤, 어떤 왕, 어떤 왕 해서 다 있던 거를 쫙 했는데.

이거 만리, 이것도 수업을 했었거든요. 얘들, 만리, 중국의 대표적인 것 설명할 때, 저는 궁금증 생겨, 이거 만리장성이지. 누가 지었지 제 스스로가 의문이 들면 그거를 다 찾아서 가는데 만리장성 진짜 만 리일까? 저도 궁금했어요. 왜 만리장, 딱 만 리일까. 그래서 찾다 보니까 이게 만리장성이 만 이천 뭐 사백 리인가 그렇대요. 네. 만리는 넘는데 그냥 만 리다. 이렇게 얘기한대요. [조사자: 만 이천?] 사백인지, 육백인지 그렇대요. 만 이천이 넘는대요.

또 어떤 또 사람이 이름도 알았는데 잊어버렸어요. 어떤 사람이 되게 호기심이 많은 사람인가 봐, 자기가 만리장성 끝에서부터 어디 산서성 어디부터 어디까지 끝이래요. 그러면 끝에 가가지고 줄자를 갖고 가서 이 사람이 텐트 치고 자면서 만리장성을 쟀어요. 에 그래서 제가 궁금했죠. 먹을 거는 헬기로 조달했을까? 어떻게 조사했을까 자기가 매고 가면서 할 수가 없잖아요. 그래서 누군가의 도움이 많이 있었겠다. 스스로는 절대 못했겠다. 뭐 국가적인 지원이 있던가 헬기로 해서 이렇게 떨어뜨려주면 되니까. 이 사람이 그거를 꼬박 쟀는데 삼 개월 이상이 걸렸대요. [조사자: 만 이천 사백 리를 재는데?] 네. 정확히 자로 줄자로 이렇게 이렇게 해서 쟀대요. 그래서 내가 아 진짜 별 희한한 사람 다 있구나. 궁금해서 가서 삼 개월 고생하면서 잰 사람도 있고. 세상에 별 사람 다 있어요.

그래서. 참. 그때 얘긴데. 에 장성을 지을라면, 이렇게 많은 그 용역이 필요하잖아요. 근데 이게 자발적으로 돈을 준다고 해도 너무너무 힘들면 안 갈려고 한단 말이에요. 그러면 그 옛날에 뭐 농사지으면 밥은 먹고 살 수 있으면 굳이 욕심을 안 부리는데 뭐 얼마나 뭐 부귀영화 누리겠다고 이런 게 많기 때문에 그래서 안 가니까 막 갑자기 막 들이닥쳐서 약간 포졸 같은 사람들이 들이닥쳐가지고 건장한 청년 있으면 잡아가는 거예요. 좀 진시황 그렇게 폭력, 약간 강압적인 뭐가 있었다고 하더라고요. 그래서 좀 한 거도 많지만 안 좋은 이미지로 많이 남겨져 있는데.

그래서 여기 맹, 'Mèngjiāngnǚ'라고 맹강녀. 이름이. 맹강녀라는 여자랑 'fànxǐliáng'라고 해요. 반기량●일 거 같애요. 번역은 글자는 정확하지 않을 수 있는데 에 남자가 있었는데 둘이 이렇게 좀 같이 컸는데 크면서도 애틋했고, 둘이 좀 약간 성인이 되면서 서로 너무 좋아해가지고 사랑해서 결혼을 하게 됐어요. 그래 결혼하는데 결혼을 하고, 신혼 첫날이 됐는데, 결혼식을 막 마쳤는데 막 그런 사람들이 닥쳐들어가지고 남편을 잡아갔어요.

신혼 밤도 못 치르고 막 잡아가니까 이 여자가 아니 남편이 그러니까 그냥 장성을 짓는 데, 잡아갔다는 것만 알고 있지 어딜 갔는지 모르는 거예요. 그러니까 거기도 막 약간 보면은 이제 군도 가면은 같은 데 가도 부대가 다 다른 것처럼 뭐 굉장히 뭐 엄청난 긴 만리장성을 거 쪽을 하고 있는데 어디인지 알 수가 없잖아요. 그래서 또

"혼자서 눈물로 허송세월하고 기다리느니, 내가 말라 죽겠다. 차라리 내가 가서 얼굴이나 한 번 보고 죽겠다."

이래서 갔어요. 걸어서, 걸어서, 항상 등장하는 게 있어요. 진빵이랑 건빵. (웃음) 먹을 거는 그러니까 이게 약간 개연성을 부여하려고 뭔가를 자꾸 그렇게 하는 기분이 있어요. 그냥 가도 되는데, 에 그거를 들고서 갔는데 이제 겨울에 만리장성까지 찾아는 갔는데 이제 가니까 어디 갔는지 알 수가 없어요. 가는 곳마다 금방 일하는 사람

● 제보자가 범기량(范杞良)을 말하는 것으로 보인다.

들이 보이면 막 돌 캐고 이런 사람들이 보이면, 물어보는 거예요.

"여기 어디 반기량이라는 사람, 아는 사람 있냐."고.

막,

"없다."고.

"저기 가보라."고.

"저기도 사람 일한다."고.

그럼 가다가 정말 엄청 몇달 거쳐서 가서, 에 살았는데 어딘 가에 가니까,

"이런 사람 있냐?"

하니까 아 있대요. 어 이 사람이,

"온 사람이 있다."고.

그랬더니 어 너무 반가워가지고,

"그럼 내 남편인데 그 사람 어디 있냐?"

그랬더니,

"아 사실은 안타깝게도 이 사람이 일을 하다가 아 며칠 전에 아파가지고 죽었다."

이렇게 얘기하는 거예요. 그러니까 그 얼마나 하늘이 무너져요. 너무너무 사랑하는 남편인데.

그래서 그 여자가 그 자리에 주저앉아가지고 하염없이 우니까 하늘도 너무 슬퍼가지고 막 갑자기 막 번개가 치고 막 우레가 울고 그러더니, 막 폭우가 쏟아지고 몇 날 며칠 폭우가 쏟아지더니, 그 만리장성 담벼락이 한 군데가 무너졌대요. 근데 그 밑에서 이 사람 시체가 나온 거예요. 근데 이 사람들이 그렇게 얘기하는 거죠. 그 사람의 표현을 그렇게 해.

"만리장성이 그냥 발이 됐다."

그러니까 이케 만리장성 밑에 깔렸다. 이케 이런 그렇게 표현을 해요. 그 밑에서 음 울어가지고 남편의 시신을 보고 찾았다 이런 얘기가.

약간 전설 비슷한데 또 시기적으로 진시황 때 아주 고대는 아니니까 또 그거 부분에 있어서는 또 아닌 거는 같고. 그래서 애매해서.

어, 그런 게,

"맹강녀가 울어서 장성이 무너졌다."

이런 얘기도. 그래서 중국인들 굉장히 많이 슬픈 사랑으로 알려져 있어요.

[조사자: 여기서 끝?] 네. 짧아요. [조사자: 제가 아는 건 그 뒤에 있어요.] 어 그래요. 교수님, 들어보셨구나. [조사자: 읽었어요.] 그래, 뒤에가 뭐예요? [조사자: 이제 진시황이 와요. 왔는데 보고.] 설마 이뻐서 잡아 간 거 아니겠죠. [조사자: 맞아요.] 어 진짜. [조사자: 또 인제 반해서 말하자면 내 첩이 되라고 한 거죠.] 어 그 진시황이 폭군의 성정이 다 나타나게끔, 여자도 그렇게 좋아했대요. [조사자: 맞아요.] 삼천궁녀가 거기 아니에요?

울음으로 만리장성을 무너뜨린 맹강녀 [4]

● 구연정보

조사일시 : 2018. 11. 09(금) 오전
조사장소 : 경기도 안산시 원곡동
제 보 자 : 인춘매 [중국(한국계), 여, 1976년생, 결혼이주 10년차]
조 사 자 : 김정은, 강새미

● 구연상황

박영숙 제보자가 〈호랑이를 때려 죽인 무송〉을 마친 뒤 인춘매 제보자가 이어서 이야기를 구연했다. 중국 출신의 박영숙 제보자와 전연 제보자가 청중으로 이야기를 함께 들었다.

● 줄거리

진시황 시대에 만리장성을 지을 때 백성들이 많이 끌려갔다. 그때 맹강녀라는 사람의 남편도 결혼한 지 며칠 만에 부역을 가게 되었다. 남편은 만리장성을 짓다가 병이 들어서 죽었다. 맹강녀가 아무리 기다려도 남편이 돌아오지 않자 남편을 찾아서 먼 길을 떠났다. 도착해서 남편이 죽었다는 사실을 알게 된 맹강녀는 만리장성 바위 앞에서 슬프게 울었다. 그러자 만리장성이 무너졌다. 이 소식을 들은 진시황이 맹강녀를 자신의 첩으로 삼으려 했지만, 맹강녀는 굴하지 않고 그곳에서 죽어 돌이 되었다.

진시황 시대 때 만리장성을 지었잖아요. 만리장성을 지을 때는 많은 백성들이 다 강제로 끌려가서 만리장성을 짓다가 대다수가 죽어요.

그중에서 '명강'이란, (주인공 이름을 확인하느라 잠시 구연 멈춤) 맹, '맹강녀'. 이분도 금방 신혼 결혼해서 며칠 만에 신랑이 만리장성 짓느라고 강제로 끌려가요. 끌려갔는데 얼마 안 있다가 병들어서, 거기서 너무 힘들게 강제적으로 강노동을 하다 보니까 죽었어요. 그냥 만리장성 짓는데 그냥 비참하게 깔려 있는 거죠. 시체, 시체가 깔려.

근데 맹강녀는 집에서 남편 기다리다가 안 되니까 먼 길 떠나서 남편 찾으러 가요. 남편 찾으러 멀리, 그때는 차도 없고 얼마나 오랜 시간을 걸어갔겠어요. 찾아갔는데 남편이 이미 죽었다는 소식을 들어요. 그럴 때 맹강녀가 만리장성 짓는 돌이랑 많이 쌓인 곳에서 몇 날 며칠을 울어요. 그렇게 울다가 만리장성이 아무 이유도 없이 그냥 무너져요. 그때 백성들에 대해서 되게 많은 전설이 나와 있어요.

그때 황제 진시황이 이 소식을 알고 맹강녀를 첩이나 이런 걸로 받아들이려고 해요. 근데 이분은 절대 굴욕을 안 하고. 그게 신랑에 대한 복수심? 그래서 그냥 거기에서 죽었거든요.

이 얘기는 너무 허망하게 끝나는데. 되게 유명해요. 이게 진실이겠죠. 아무래도 지금까지 흘러나오는 얘기 보면. 되게 오래 만리장성에 대해서 많은 이야기가 나오는데 사람들이 그만큼 고단한 시기를 보냈다는 거에 대해서 그중에 이야기 하나로 내려오는 거 같아요. 그냥 죽었어요. 이야기가 되게 여러 가지 방향이라서.

[청자(박영숙): 제 기억상에 하나는 이 여자가 맨날 울잖아요. 맨날 거기서 남편 바라보면서 그렇게 서 있는 자세 있잖아요. 나중에 거기서.] 아 석(石)이 되었다고. [조사자: 돌이 되었구나.]

진시황제가 여자를 믿지 못했던 이유

● 구연정보

조사일시 : 2017. 04. 05(수) 오후
조사장소 : 충청북도 충주시 단월동
제 보 자 : 주경옥 [중국(한국계), 여, 1973년생, 결혼이주 13년차]
조 사 자 : 오정미, 한상효

● 구연상황

제보자가 〈울음으로 만리장성 무너뜨린 맹강녀〉에 이어서 진시황의 이야기를 하겠다고 하며 이야기를 시작했다.

● 줄거리

진시황제는 조나라에 인질로 가 있던 진나라의 왕족 자초(子楚)의 아들로 태어났다. 상인인 여불위가 우연히 자초를 만나보고는 자초에게 거금을 주어 조나라에서 인기를 끌도록 하고, 한편으로는 자초를 당시 진나라의 유력자였던 화양부인의 양자로 들어가도록 공작했다. 자초의 아버지(효문왕)가 즉위 후 불과 사흘 만에 죽자 조나라에서 돌아온 자초가 왕위를 계승했다. 그런데 자초가 얼마 안 있다가 죽자 13세에 진시황제가 즉위했다. 진시황제의 어머니인 조희는 색을 밝혔는데, 진시황제의 화가 무서웠던 여불위는 조희에게 노애를 받쳤다. 이후 진시황제는 역모를 꾀하던 노애를 처단하고 옹이라는 고을에 태후를 유폐시켰다. 그리고 이 사건에 대한 책임을 물어 여불위까지 숙청했다.

그 진시황이 왕후가 없다고 그렇게 그러잖아요. 빈들은 굉장히 많은데 그냥 첩들은 굉장히 많은데, 왕후를 안 삼았대요. [조사자 1: 애초에?] 그러니까 진시황이 조금 콤플렉스가 있어요. 이 엄마가 굉장히 바람둥이예요. [조사자 1: 진시황 얘기 좀 해주세요. 굉장히 궁금하다.]

진시황이, 그다음에 그 콤플렉스를 가지고 있어가지고 여자들을 굉장히 안 믿는 거예요. 여자들을 다 있잖아요. 여자들은 좀 음탕하고 이런 걸 보고, [조사자 1: 어떤 콤플레스? 엄마에 대한?] 엄마에 대한. 엄마가 굉장히 좀 방탕했어요. 그러니까 진시황이 지금 여러 가지 설이 있어요. 뭐, 진시황이 진나라 황제의 그게, 있잖아요. 적통이 아니고, 여불위(呂不韋)● 그, 여불위 아들이다. 어떤 거, 지난번에도 중국에 그 어떤 중국의 굉장히 유명한 하남대학교 교수가 말하는데, 아 그럴 수 없다고. 막 얘기를 하시더라고요. (웃음) 뭐 몇 개 몇 개. 번복을 하더라고요. 이러이러한 예를 들어서.

그 진시황의 엄마 이름이 조희거든요. 조희가 뭐 예를 들어 임신해서 몇 달이 됐는데 그렇게 춤을 출 수가 없다고, 뭐 뭐, 이런 사실이기 때문에 진시황은 여불위 아들일 수 없고, 그냥 그, 아 진시황의 아버지가 진소양왕인가, 아 진 무슨 왕이에요. 이름이 생각 안 나는데, 아들일 수밖에 없다는 그 진시황 얘기는.

옛날에 진나라에 그 진시황의 아빠가, 굉장히 좀, 진시황의 아빠가 신분이 좀 비천한, 있잖아요. 그 빈의 몸에서 태어났어요. 그래서 굉장히, 이름이 지금 생각 안나가지고, 진시황의 아빠 이름도 생각 안 나. [조사자 1: 첩에게서 태어난.] 네. 첩에서 태어났는데 첩인데도, 그 있잖아요. 그, 총애를 받지 못하는 첩, 아주 그냥 어쩌다가 하루 잤는데 애가 태어난 거죠.

그러니까 아빠가 뭐 엄청나게 뭐 얘 아들이 있는지, 없는지도 모를 정도로 그래서 진시황의 아빠가 첩이 아주 있잖아요. 총애를 못 받는 첩의 몸에서 태어났기 때문에, 그 어디 나라든가, 조나라든가, 그 인질로 가게 된 거죠. 그 나라가 생각이 안 나는데 조나란가. 제가 지금. [조사자 1: 괜찮아요.]

조나라에 왜냐하면 전국시대 때는 일곱 나라가 있었잖아요. 서로 싸움을 벌이는 거니까, 서로 있잖아요. 인질로 가는 거예요. 이 나

● 여불위(呂不韋)는 중국 전국시대 말기 진나라의 정치가이다. 높은 벼슬에 올랐으나 태후의 간통사건에 연루되어 자살했다. 전국시대 말기의 귀중한 사료인 《여씨춘추》를 편찬했다.

라 왕자가 이쪽의 인질로 이 나라 왕자가 인질을 가면, 좀 이렇게 싸움이 좀 관계가 안 좋거나 그러면 굉장히 위험하게 되니까 인질로 가는 왕자들은 보통 있잖아요. 이렇게 첩의 몸에서 태어난 이렇게 중요하지 않은 왕자들만, 죽어도 괜찮다고 생각되는 왕자들 보내게, 그래서 어떤 때는 관계 안 좋아지면 막 죽여버리기도 했거든요. 왕자들.

그래서 조나라한테 그 진시황, 음, 엄마가 굉장히 그러니까 인질로 가게 됐어요. 그래서 인질로 가게 됐는데 굉장히 원래 진시황의 아빠가 조금은 소극적이에요. 그래서 되게 우울한 날을 보내고 있었죠.

'내가 이러다가 조나라하고 지금 진나라 사이 관계도 안 좋은데 나는 그냥 이러다가 죽을 운명이네.'

그 여불위라는 사람이 조나라에 굉장히 유명한 상인이에요. 그래서 이 사람이 딱 아빠한테 그 장사를 원래는 장사치니까 뭐 굉장히 잇속이 밝거든요. 그래서 얘기하는 게

"우리는 이렇게 그냥 시시한 장사거리나 하지 말고, 나라를 있잖아요. 그렇게 이렇게 바꿀 수 있는 그런 큰 장사를 해보겠다."

그래가지고 딱 있잖아요. 그 진시황의 아빠가 인질로 딱 와 있는 것을 딱 발견한 거죠. 그래 가지고, 진시황의 아빠한테 굉장히 잘 해주시는 거죠. 그러니까 진시황의 아빠는 아 이렇게 우울한 날, 자기는 힘도 없고, 뭐 세력도 없는데 이렇게 여불위라는 상인이 와가지고 자기에게 친절하게 해 주니까, 너무 감사해하는 거죠.

그래서 딱 어느 하루는 여불위네 집에 딱 놀러 갔어요. 딱 놀러 갔는데, 굉장히 예쁜 여자가 춤을 추는 거예요. 그게 진시황의 엄마, 그 아까는 이름이 생각났는데 지금은 이름이 생각 안 나는… 조, 조희라고. 네네. 그 나라는 조나라가 아닌 거 같아요. 조희, 엄마, 조희라고. 네. 엄마가 딱 있으니까, 너무 마음에 들어한 거죠. 그래가지고, 다음에 딱 여불위, 보니까 마음에 딱 너무 들어하니까, 뭐 여러가지 가설이 있어요. 달라고 했는데 막, 여불위가 성난 것처럼 그런 것도 있고, 그다음에 아 그냥 줬다는 뭐, 그 딱 얘기를 했는데,

"아 저 여자가 굉장히 마음에 든다."

이렇게 얘기도 하니까, 여불위가. 원래는 여불위 첩이에요. 조희가 여불위 첩이어서, 그런 외설에는 이미 그때, 애를 있잖아요. 한 달 정도, 임신을 하고 있었대요. 그래서 그다음에, 여불위가 자기 아들을 그 세울 목적으로 이렇게, 무슨 그날 있잖아요. 이렇게 계획을 한 거죠. 딱, 춤을 추게 한 거죠. 그 앞에서. 그러니까 너무 예쁘니까, 딱 반해가지고, 달라고 해가지고 딱 준 거죠. 이미 임신을 한 상태에서 딱 준 거죠. 그런데 이 사람은 몰랐죠.

그래가지고, 그다음에 인질로 하면서 그다음에 애를 낳았죠. 그런데 그다음에 또 이 여불위가 다 진나라에 손을 쓰게 된 거죠. 왜냐하면 그 진시황의 아빠는 굉장히 첩의 몸에서 태어났잖아요. 그런데 진시황의 아빠에 아빠. 그러니까 그 할아버지가 둘째 아들, 할아버지가 딱 보면, 원래는 첫째 아들하고, 둘째 아들인데, 첫째 아들이 어떻게 죽었어요. 그래 가, 이 사람이 지금, 태자가 될 사람이죠. 근데 그 사람이 그 할아버지 있잖아요. 할아버지는 그 왕후가 있잖아요. 그러니까 본, 본처라고 얘기하나, 본처의, 본처가 없고, 그다음에 굉장히 총애하는 화양부인이라고 있어요. 화양부인. 그거는 생각나네요.

화양부인인데, 화양부인이 엄청나게 총애를 받는데, 그 화양부인한테 애가 없어요. 네. 총애는 엄청나게 받는데 애가 없어요. 그래서 딱 거기 와서 여불위가 거기 딱 접근해서, 돈을 가지고 막 선물도 주면서 이래가지고, 화양부인한테. 화양부인한테,

"화양부인이 지금, 당신은 이렇게 예쁘고 총애를 엄청나게 받고 있지만 이제 세월이 지나서 당신이 미색이 다 사라지면, 당신 아들도 없으니까 이 총애를, 세력이 없지 않냐."고.

지금 아들 이름이 무슨 초, 단초인가. [조사자 2: 자초.]

"자초, 자초가 당신을, 자초가 당신을 어머니처럼 생각하면서, 그 나라에서 굉장히 당신을 그리워하고 있다."고.

이렇게 하니까, 어 딱 그다음에 그 얘기를 듣고 나서 아 그러냐고, 자초가 이 선물을 가져왔다고 당신 생각하면서, 막 화양부인을 공략하게 된 거죠. 그래 화양부인이 너무 있잖아요. 자초를 양아들로 딱 삼게 된 거죠. 그리고 그다음에 그 할아버지 앞에서

“아 당신의 아들들이 이렇게 많지만, 자초만큼 나를 어머니처럼 대해주고 생각해주는 아들이 없다고 이 자초를 양아들로 삼겠다.”고.

그래서 자초가 딱 양아들이 되니까 어때요. 가장 총애 받는 부인의 양아들이 되니까, 이 자초가 거의 태자로 된 거랑 다름이 없잖아요. 그래가지고 그다음에 진나라가 이렇게 바뀌어가지고, 그 할아버지가 왕이 되었는데, 할아버지가 오래 못 살았어요. 할아버지가 바로 있잖아요. 왕이 되, 그러니까 왜냐하면 그 위에 할아버지 그 위의 왕이 너무 왕을 오래 해가지고, 있잖아요. 그 진시황의 할아버지가 왕이 딱 돼가지고 뭐 얼마 못 돼가지고 있잖아요. 바로 죽었거든요. 그러니까 그다음에 자초가 이렇게 왕이 됐어요.

근데 그 중간에 있는 얘기가 지금 자초의, 자초, 진시황의 아버지잖아요. 자초가 진시황의 아버지가 지금, 애를 낳고 인질로 계속 살고 있었어요. 근데 진나라, 그중에 진나라하고, 있잖아요. 조나란지, 뭔 나란지 지금 딱 생각이 안 나네요. 뭐. 연나란가, 하여튼 그 나라하고 관계가 안 좋아가지고, 막 싸우게 됐어요. 그 자초의 운명이 굉장히 위험하게 된 거죠. 그때 있잖아요. 그 여불위가 자초는 먼저 빼내 왔는데 그 엄마하고, 그 조희하고, 진시황은 그때 못 빼어나온 거죠. 그래가지고, 그 겨우 그 숨어서 살면서 있잖아요. 그때 발각되면 죽는 거잖아요. 그러니까 조희가 그때 엄청나게 고생을 한 거죠. 아들을 키우면서 그러면서 이 자초가 탁 왕이 된다면서, 그 [조사자 1: 짠한 거죠.] 예, 딱 모셔온 거죠. 그 진나라가 그때 그 제일 전국 칠웅 중에서 가장 강한 나라였죠.

그래가지고 딱 왕이 됐는데 그다음에 그 왕이 돼가지고, 그 자초가 오래 못 살았어요. 삼 년인가, 그래도 자초는 아빠보다는, 아빠는 며칠을 못 살고, 자초는 한 삼 년인가 왕을 하다가 자초 딱 죽었어요. 그다음에 진시황이 왕이 된 거죠.

그래 진시황이 굉장히 어릴 때 왕이 된 거죠. 한 열 살. 굉장히 어릴 때 왕이 됐어요. 그러니까 그때 진시황이 너무 어리니까, 엄마하고, 여불위가 같이 있잖아요. 같이 섭정을 하게 된 거죠. 거의 여불위가 한 거죠. 엄마는 잘 모르니까. 이런 데 대해서, 근데 원래 있잖아요. 그 여불위 첩이잖아요. 그러니까.

그런데 그 여자가 굉장히, 그 여자가 진시황의 엄마가 굉장히 색을 밝히는 여자였어요. 그러니까 이제는 황태, 황태 뭐라고 하죠. [조사자 1: 황후. 황후.] 태, 네, 태비로 됐잖아요. 그런데 왕은 이미 죽었잖아요. 남편이 이미 죽었잖아요. 근데 그때 나이가 스물, 한 서른 살이나 됐을까 그때 이미 남편이 죽은 거죠. 그러니까 한창, 한창때 죽었으니까, 아 여불위(를) 생각한 거죠.

'아 내 원래 남편이었지.'

계속 궁으로 불러들인 거죠. 이 여불위는 이 사람은 그것보다는 정치적으로 굉장히 밝은 사람이어서, 내가 계속 불려 갔다가는 지금, 진시황이 지금 어리고 하니까 괜찮은데 점점 크고 하면 내가 진시황의 눈 밖에 날 게 겁이 덜컥 난 거죠. 그래서 첨에는 불러, 한 일 년은 불러 다니다가, 그다음에 딱 있잖아요. 다른 사람을 딱 찾다가, 그 '러와이'라고 '노애(嫪毐)'라는 사람을, 딱 발견하게 된 거죠.

굉장히 이 사람이 정력이 좋대요. 이렇게 딱, 그래 이 사람을 딱 발견하고 그다음에 이렇게 그 왕이 내시, 내시로 변장을 시켰어요. 그 궁형을, 궁형을 했다고 이렇게 해놓고, 안 시키고 이렇게 들어, 그 있잖아요. 그 들여보낸 거죠. 딱 들여보냈는데 그러니까 그 조희 그 여자는, 있잖아요. 진시황의 엄마는 너무 좋은 거죠. 이게. 너무 좋아 가지고, 지금 진시황이 눈 퍼렇게 뜨고 있으니까 진시황이 하루하루 커 가잖아요. 이거 무서운 거예요.

그러면서 엄마가 생각하는, [조사자 1: 최고의 승리자네요. 어쩌면.] 엄마가 생각해낸 게,

"아 어제 내가 꿈꿨는데, 자기가 이 궁에 있으면 오래 못 산다."고.

저 멀리 있잖아요. 그 진시황, 그때 서안이잖아요. 서안 아니고, 그 옆에 무슨 궁이 별궁이 있어요.

"그게 서안에서부터 한 두 시간 정도, 세 시간 정도 떨어진 거기 가면, 거기 가야 이 액을 면할 수 있다."고.

진시황 그때는 굉장히 효자니까.

"아 어머니 그러냐."고.

“그러면 거기 가라.”고.

해가지고 딱 거기 있잖아요. 이사를 해가 간 거예요. 그러니까 거기서 뭐 신경 쓰는 사람 없잖아요. 다른 궁이니까. 그러니까 노애하고 애들 둘이나 낳았대요. 그중에 [조사자 1: 그 노애하고 또.] 네. 네. 그 아까 그 노애하고 둘이나 낳았대요. 그래 그랬는데 그 이 노애가 그러니까 태비를 등에 업고 엄청나게 세력을 휘둔 거죠. 지금 막 나가서, 떠버리고.

근데 어떤 하루,

“아 나 진시황도 내 아들이야.”

막 진짜로 이렇게 막 얘기를 한 거죠. 그래가지고 그러니까 관리가 딱 듣고,

‘아 이상하네. 뭐 진시황이 아들이라고.’

뭐 그다음에 그 좀 이상한 낌새를 채서 그랬는데 이 노애가 아 진시황 쪽에서 낌새를 챘다는 걸 알고,

“아 그럼 우리가 먼저 반란을 일으키자. 내가 당하기보다는 먼저 반란을 일으키는 게 낫겠다.”

하고, 진시황을 죽이고. [조사자 1: 노애가?] 네. 노애가 진시황을 죽이고, 아들하고 딸하고, 하튼 둘, 아들이 있을 거예요. 애 둘 낳는데 그중에 하나를 왕을 시킬려고, 지금 진시황을 죽일라고 지금 반란을 일으킨 거죠. 근데 실패를 해가지고 노애가 죽였고. 죽임을 당하고.

그다음에 진시황이 있잖아요. 그 자기 어떻게 말하면 배다른 동생이 아니에요. 하튼 마대에 넣어서 쳐서 죽였다잖아요. 좀 거기서 진시황이 굉장히 독한 사람이라는 걸, 진나라 때 전에 있잖아요. 전에도 한 번 그런 일이 있었어요. 아이 그렇게, 진, 진시황처럼 그러진 않았는데 진소양왕 때 있잖아요. 이 엄마가 진소양왕의 엄마가 진소양왕의 엄마가, 그 중국에서 지금 무슨 그, 아, 미빠쯔, 미팔자 이야기 나오잖아요. 그런 영화가, 드라마가, 저는 굉장히 재미있게 봤어요. 미팔자. 그거도, 그때도 그 이 엄마가 다른 왕하고 결혼해서 애 둘까지 낳았거든요. 근데 그 왕은 그냥 괜찮았어요. 아 엄마가 조금

엄마를 있잖아요. 그냥 궁에서 그냥 있잖아요. 약간만 단속만 했지 그렇다고 자기 동생 때려죽이고 그렇진 않고, 동생들한테 엄청나게 잘해줬어요.

그런데 진시황은 그 자리에서 있잖아요. 마대 자루에 넣고. [조사자 1: 그런데 저 여기 궁금한 게, 우리나라 역사책 이야기에서는 왕이 첩들을 많이 둬서 문제가 생기는 건데, 중국은 오히려 엄마 쪽이 막 이렇게 남자를 사귀어서 문제가 생기고 그런 이야기가 많아요?] 아니. 그런 얘기 많지 않은데, 그런, 진시황이 그래가지고 엄마에 대한 콤플렉스가. 예. 여자는 아 그리고, 엄마가 엄청나게 여자를, 아니 남자를 밝혔대요. 그러니까 여자는 좋은 동물이 아니다. 이럴 걸 그래가지고. 있잖아요. 거의 대개 여자들한테 잔혹했대요. 여자들한테도 어떤 거는 여자 하룻밤만 지내고 죽이고, 죽이고 막 그런 것도 하고, 왕후를 절대 안 세우고.

그리고 또 유명한 일화가 있는데 진시황 때 어떤 여자가 있는데 그 진시황 때 어떤 과부로 산 여자가 있는데 굉장히 이렇게 좀 못 생기기도 하고 그랬는데 과부로 살아가지고 혼자 계속 수절을 하면서 이렇게 자식들을 키워내고 있는데 진시황이 그걸 그렇게 대대적으로 칭송을 하고 그랬다잖아요. 진시황이 거기에는 이렇게 남자만 밝히는 여자는 그리고, 그 사람은 그 과부는 결혼을 안 하고 굉장히 힘들게 이렇게 살아왔잖아요. 그러니까 그걸 엄청나게 칭송을 했다고 그러니까, 그게 진시황이 어떻게 보면 콤플렉스죠. 여자에 대한 콤플렉스죠.

[조사자 1: 그래서 본부인은 없고.] 네. 그래서 첩만 잔뜩 둔 거죠. 그중에서 제일 큰아들이 이름이 뭐죠. 지금 생각이 안 나는데. [조사자 2: 호해?] 호해는 그 마지막 막내예요. 제일, 부소. 부소가 굉장히 괜찮았어요. 성품이 굉장히 좋았어요. 그래서 원래는 진시황이 부소를 태자를 시킬라고 했는데 그 중간에서 그 음. 그 이소하고 이소하고, 그 그게 누구죠. 그게 내시가 있잖아요. 내시가 이름이 생각이 안 나네. 내시가 이렇게 유서를 있잖아요. [조사자 2: 조고.] 조고, 조고요. 조고가 있잖아요. 그 유서를 가짜로 해가지고 부소를 있잖아,

“자살을 해라.”

하게 하고 그다음에 그때 호해하고 같이 따라갔잖아요. 그 호해를 왕으로 시킨 거죠.

이렇게 계산을 해가지고 진시황은 원래 그 부소. 그 제일 큰아들을 그 왕으로. 계승하고 싶었죠. 그런데 그다음에 호해 그다음에 진나라 망했잖아요. 호해 그다음에 호해가 엄청나게 조고에게 휘둘려가지고 다 죽이고 해가지고. 그다음 호해 그다음 왕이 딱 올라앉아서, 그다음 왕이 그래도 그래도 좀, 어떻다고 말할까. 머리가 좀 똑똑한 거죠. 자기 호해를 죽였다는 거 알고 다 진시황 그랬다는 거 알고. 딱 이래 죽이고 나서 조고를 죽이고 나서 딱 며칠 만에 딱 그 항우가 쳐들어 와가지고 진나라를 멸망시킨 거죠.

그런데 진나라가 진시황 때 통일이 됐지만 그전에 이미 있잖아요. 어느 정도 있잖아요. 그 기반을 다지고 있어, 진시황이 대단해서 통일한 건 아니래요. 그 위에 할아버지 그 고조, 그쪽에 이미 다 발전시켰다고. 상앙(商鞅)•의 변법이란 게 굉장히 유명하잖아요. 그걸 통해서 진나라보다 훨씬 있잖아요. 발달을 하게 되고.

[조사자 1: 상앙이 뭐예요?] 상앙. 상앙의 변법이라고 상앙이라는 사람이 있었는데 그 진시황의 한 몇 세대 위예요. 그러니까 그 사람이 진나라 그냥 이렇게 하면 안 된다. 우리가 법을 개정하자. 딱 해가지고 굉장히 엄격한, 엄격하면서 그런데 예를 들면, 전쟁에 나가서 목을 몇 대 치면, 그 사람한테 군장을 하나 올려주고 사람도 진나라, 진나라 병사들이라면 무서워하는 거죠. 그 목을 칠려고 이 목 몇 개 가져가면 자기가 짝 올려 가는 거잖아요. 그러니까 엄청나게 못을 칠려고 하고, 진나라 군대는 엄청나게 용맹하게 짝이 없는 거죠. 그러고 그 밭, 정전제 하고, 밭을 이런 이런 계약을 굉장히 한데 굉장히 엄격하게 해서, 상앙 자신도 마지막에 그 법에 의해서 예를 들면 거기 있잖아요. 여관에 묵을 때는 그 당시 현재로 말하면 신분증 같은 거 제출해야 하는데 상앙도 마지막에 도망쳐 나오다가 그걸 못 제시

• 위(衛)나라의 귀족 출신으로 위앙(衛鞅) 또는 공손앙(公孫鞅)이라고도 불린다.

해가지고 붙잡혀서 그 있잖아요. 그런 거 있잖아요.

상앙이 그때 아 왕한테는 굉장히 잘하는데 그 왕, 태자를 노엽힌 거죠. 태자. 그 태자가 뭘 잘못했는데, 원래는 그런 게 있대요. 그 잘못하면 코를 베는 그런 벌이 있대요. 그런데 태자니까 코를 못 베잖아요. 그러니까 태자의 스승의 코를 벤 거죠. 그러니까 태자가 엄청나게 상앙을 싫어한 거죠. 왕이 죽자마자 딱 태자가 왕이 됐잖아요.

"상앙 붙잡아라."

근데 그때 그 미빠쯔, 그 거 있잖아요. 그 드라마에서 보면 그 태자가 왕이 되고 나서 상앙을 죽였잖아요. 그러고서 상앙을 굉장히 고마워하더라고요. 이 사람 때문에 우리나라. 태자가 상앙을 죽였지만 변법은 그대로 유지를 했대요. 그 법은 그래서 진나라가 다른 나라보다 굉장히 앞선 나라가 되고 앞선 나라가 되고, 발달을 하고. 그 원래는 진나라가 진짜 별, 하잘 것도 없는 그 주후국간 데서 그냥 그냥 공이 있으니까 말이, 원래 선조가 말이나 이렇게 이렇게 그런 말을 보살피는 관리였대요. 근데 말을 너무 잘 보살피니까, 이렇게 땅을 좀 떼주면 주후국이었죠. 왕이 그런 피도 안 가지고 있어요.

그 진나라가 영, 영 씨(氏)예요. 그 영 씨인데 그래 가지고 쭉 내려오다가, 딱 병법을 해가지고 진소양왕 그때가 엄청나게 아까 말하잖아요. 그 미팔자, 이 아까 그 그때는 그 사람이 굉장히 유명한 태후예요. 그 여자가 굉장히 정치적 수왕이 좋거든요. 그 아들도 진짜 태자도 아닌데 이렇게 이렇게. 자기 남동생을 시켜서 이렇게 변번을 태자를 만들었고. 아들을 왕 위에 올렸잖아요. 올린 다음에 그 중국 북방에는 흉노족이 굉장히 침입이 많잖아요. 그 흉노족 물리치기 위해, 자기가 흉노족의 왕하고 결혼을 했어요. 그리고 애를 둘 낳았어요. 그리고 그다음에 그 흉노족의 왕을 죽인 거죠.

그래서 그다음에 그 흉노족을 자기 그 진나라에 흡수를 해 버린 거죠. 그 대단한 태비, 정치적 모략이 굉장히. 그래서 그때 그, 거기에 나왔더라고요. 드라마에 나왔는데 어, 거기 드라마에서는 굉장히 미화를 시켰더라고요. 되게 좋은 사람으로, 정치적으로도 그냥 그. 네네. 그리고 흉노족 왕을 죽일 때도 어쩔 수 없이 죽인 것처럼 안 죽일라고 하는데 애가 너무 소란을 피우는 바람에 어쩔 수 없이 죽인 거처럼 이렇게 했는데 역사적 사실에는 조금 정치적으로 조금 죽였다고 이렇게 얘기를 하더라고요. 네.

경국지색의 여인 양귀비

● 구연정보

조사일시 : 2017. 01. 11(수) 오후
조사장소 : 서울특별시 광진구 화양동
제 보 자 : 김설화 [중국(한국계), 여, 1983년생, 유학 9년차]
조 사 자 : 박현숙, 김현희

● 구연상황

제보자가 양귀비꽃과 관련된 이야기를 구연한 뒤 양귀비의 이력을 간단히 이야기했다. 이에 조사자들이 양귀비에 대해 아는 대로 자세히 말해달라고 하자 제보자가 이야기를 시작했다.

● 줄거리

양귀비는 남쪽 지방의 한 관리의 딸로 얼굴이 예쁘고 가무가 뛰어났다. 양귀는 현종의 아들과 결혼했다. 어느 날 현종이 잔칫날 양귀비의 가무와 계영배 술잔을 권하는 지혜에 반하여 양귀비를 귀비로 삼았다. 양귀비는 그 후 친정 가족들에게 높은 관직을 부여하고 권력을 남용해서 나라가 어지러워지고 결국 내란이 발생했다. 태자가 현종에게 양귀비를 죽여 시체를 보여주어야 난리가 사그라들 수 있다고 설득하여 양귀비가 자결했다. 현종은 양귀비가 죽은 후에도 몹시 그리워했다.

[조사자 1: 양귀비 이야기를 해주세요. 아는 데까지.] 양귀비●요? [조사자 1: 어. 지금 이야기했던 거처럼 양귀비가, 양귀비에 대해서 아는, 아는 데까지.] [조사자 2: 태어나서, 집안부터 쭉 얘기해주신 것처럼.] [조사자 1:

● 중국 당나라 6대왕 현종의 총비(寵妃)이다. 생몰연대는 719년에서 756년까지이다. 현종의 마음을 사로잡아 권세를 누렸으나 안사의 난이 일어나 도주하던 중 죽음을 맞이했다.

지금은 간단하게 간단하게 넘어갔는데. 그냥 아는 대로 살을 좀 붙여서.]

그 어디였지? 남쪽 지역에서 살았던 집안이었는데 어, 외모가 그래도 괜찮고. 너무 화려하기보다는 이쁜 외모에 문제는 재주가 많았대요. 악기를 잘하고 춤을 잘 추고. 재주가 많았나보더라구요. 그리고 결혼을 하게 됐는데 왕의 아들하고. 넷째 아들인가 셋째 아들인가. 결혼을 하게 돼서 아들까지 낳았는데.

[조사자 1: 근데 신분이 어떻다고 그랬죠?] 관리의 딸. 지방 관리? [조사자 1: 지방 관리의 딸?] 네. 그러니까 천민이면은 왕의 자식하고 결혼을 못하죠. 일정한 등급이 있어야만이 이게 추천도 이렇게. 집안과 집안에 이게 있는데. 지금은 계급을 나누는 집안이, 이런 신분과 결혼을 해야 되는 이런 게 있기 때문에 너무 천한 백성이면은 결혼을 못하죠. 그리고 또 공부를 했다는 걸 보면은 집안이 있는 집안인 것 같고.

그래서 왕하고, 아니 왕자하고 결혼하고 자식까지 낳았는데 어, 며느리니까 뭐 이렇게 명절 때나 이렇게 되면은 이렇게 한 번 만나게 되는 거잖아요. 가족들하고 밥을 먹어야 되고, 했는데 그때 만나게 된 거죠. 아, 이름이 뭐였지? 그 왕이? 당 태종의 손자가 되는 사람인데. 명? 명 뭔 왕이었는데. (스마트폰으로 검색을 하다가) 당 현종? [조사자 2: 네. 현종.] 현종 맞아요? [조사자 2: 네네. 당 현종.] 아, 현종.

[조사자 1: 그래서 왕비가 돼서 어떻게 돼요?] 그래서 어, 귀비를 만든 거죠. 등급은 일단은 귀비였죠. 귀비가 굉장히 왕후 아래가 귀비잖아요? 귀비였는데 문제는 이 당 현종이라는 왕 자체도 처음에는 굉장히 뭐, 왕으로서 굉장히 좋은, 좋다는 걸 뭐라고 해야죠? 이 백성에 대한 관리를 굉장히 잘하셨던 분인데. 어, 좀 나이가 많이 들었잖아요, 지금 이때 되면은 음주가무에도 많이 이렇게 능하신 분이니까. 어, 양귀비의 이 춤을 보고 굉장히 이렇게 만족스럽게 여겼던, 알았어요.

그리고 이 여자가 좀 지혜로운 부분이 있어서 술을 마시는데, 왕에게 술을 선사를, 자식들이 술을 올려야 되는 거잖아요? 이렇게 만수무강을 기원하는 마음에서. 근데 이 양귀비가 올린 술에 지금 보니까 한국 그 계영배? 계영배●라고 술이 일정한, 잔의 일정한 선을 넘으면은 이렇게 술이 아예 빠져버리는, 네. 그런 식의 술잔에 술을 올린 거예요. 그래서 왕이 마실려고 봤는데 분명히 술은 따랐는데 술이 적어지는, 그런 걸 보고,

"이게 왜 이러냐?"

이렇게 물어봤는데,

"아, 옥체 건강을 위해서는 도를 넘으시면 안 되십니다."

이런 식의 추문을 해주셨대.

그래갖고 왕이 굉장히 아름답고 지혜로운 여인. 그리고 거기에 자기가 좋아하는 가무도 정말 출중하게 했던 이런 여인이라서, 네, 그래갖고. 탐나는데 며느리니까 명분을 만들기 위해서, 아들을, 아들과 이별을 시키고. 네. 그리고 아들은 멀리 보내고. (웃음) 여자를 귀비로 궁에 들이는 거죠.

그러면서는 계속 이렇게 즐거운 생활을 하는 데 문제는. 그냥 즐거운 생활만 하셨던 게 아닌 거 같아요. 에. 그 들은 바로 의하면 양귀비, 양씨가문의 형제들, 형제들을 그래 봐주는 게 있잖아요, 왕의 또 여인이니까. 뭐 이렇게 자꾸 높은 관리직에 임용을 시켜버리고. 근데 문제는 잘했던 게 아니라 부패를 너무 많이 해서 나라가 갈수록 하락의 위기를 맞게 되고 거기에 그러다 보니까 내란이 생긴 거예요.

그래서 뭐 이렇게 막 민란이 생기고 하니까 이 모든 민란의 대가를 양귀비한테 몰아넣는 거죠. 여러 가지 원인이 있겠지만 양귀비가, 양귀비 때문, 문제는 너의 오빠들이 부패를 했기 때문에 이렇게 말을 하면은 그러면 이, 이런 사람들을 관리를 등용한 왕의 죄가 있어야 되는 건데 그렇게 말을 하면 안 되니까 양귀비가 왕을 현혹했기 때문에 그래서,

"너는 죽어야 돼."

● 잔의 7할 이상을 채우면 모두 밑으로 흘러내려 넘침을 경계하는 잔이라는 의미를 지닌다.

근데 당 현종도 도망을 가야 되는 상황이고, 도망을 갔는데도 도망을 가서도 이렇게 호화호식하고 양귀비 껴안고 음주가무에 놀고 하니까, 아들이, 왕의 큰아들인가 태자로 임명된 사람인가 봐요. 아버지한테,

"죽여야 된다."고.

"아니면 같이 죽는다."

뭐 이런 식으로 그래서 양귀비는 그렇죠, 그 비단도를 하사해서 자결을 하는 거로. 죽었다고 알고 있어요.

"그래야만이 지금 도망을 나온 상황에서 이 양귀비의 죽음이 없이는 이 군사들이 이거를 따르지를 않을 거다. 왕을 따르지 않고 왕의 신변을 보호해주지 않는다. 그래서 이 양귀비의 시체를 보여줘야 된다. 죽음을 보여줘야 한다."

뭐 이런 식으로 해서 자결을 하게 만들고. 그래서 다시 왕은 민란을 일단을 평정을 하고 왕궁으로 돌아갔죠. 근데 얼마 못 살았다고 하더라구요.

그래서 거기서 가장 애정시를 한 편 남겼는데 양귀비의 죽음으로 인해서. 어, 뭐였지? 시가 있는데. [조사자 2: 장한가.] 장한가● 맞아, 맞아요. 장한가가 굉장히 이름 있는 시예요. 양귀비를 사모하, 죽은 양귀비를 그리워하면서 쓴 시거든요. 마지막 구절이 가장, 그, 어, 지금의 중국인들도 좋아하는 애절한 시예요.

● 장한가(長恨歌) : 중국 당대의 시인 백거이가 젊은 시절에 현종과 양귀비의 비련(悲戀)에 관하여 4장으로 지은 서사적인 장가이다.

양귀비꽃 유래

● **구연정보**

조사일시 : 2017. 01. 11(수) 오후
조사장소 : 서울특별시 광진구 화양동
제 보 자 : 김설화 [중국(한국계), 여, 1983년생, 유학 9년차]
조 사 자 : 박현숙, 김현희

● **구연상황**

제보자가 〈아리랑 유래〉 구연을 마친 뒤 조사자가 준비해 온 다른 이야기가 있으면 구연해 달라고 요청하자 곧바로 구연을 시작했다. 구연을 마친 뒤 조사자가 역사 인물 양귀비에 대하여 언급하자 제보자가 양귀비의 삶에 대하여 간략하게 설명했다. 제보자는 이 이야기를 어릴 때 그림책에서 읽었다고 했다.

● **줄거리**

어느 산속에 쥐 한 마리가 살았다. 매일 고양이의 습격을 당하던 쥐는 편하게 살고 싶어서 산신령에게 청해서 고양이로 변신했다. 고양이로 변신한 쥐는 호랑이 습격을 받자 산신령을 찾아가서 다시 호랑이로 변신했고, 왕의 사냥감이 되자 아름다운 여인으로 변신했다. 왕은 쥐가 변한 여인에게 반하여 결혼했다. 왕비로 변신한 쥐는 호의호식하고 권력을 누리며 살았는데 자신의 정체가 드러나는 것이 두려웠다. 왕비는 유일하게 자신의 정체를 아는 산신령을 제거하려고 했고, 산신령은 왕비를 찾아와서 다시 쥐로 돌려놓았다. 왕이 침실에서 쥐를 발견하고 밟아 죽었는데 죽은 쥐의 핏자국이 남았다. 왕은 사라진 왕비를 찾다가 왕비에 대한 그리움으로 앓아누웠다. 어느 날 죽은 쥐의 핏자국에서 향기 좋은 꽃 한 송이가 자랐다. 왕이 꽃의 향기를 들이마시면서 꽃에 취해 살았다. 쥐의 핏자국에서 자란 꽃이 마약꽃이라고 불리는 양귀비꽃이다.

산속에 쥐 한 마리가 살고 있었는데 이 쥐가 어, 매일 매일 고양이의 습격을 당하는 애인 거예요. 그래서 나도 좀 편하게, 편하게 살고 싶은데 이 고양이가 큰 물건이 나를 자꾸 잡아먹으려고 하고 해칠려고 하니까 하루는 산신령을 찾아간 거예요. 그래서 신령님한테 빌고 빌었죠, 울면서.

"신령님, 신령님. 저도 고양이로 변하게 해주세요. 너무 이게 힘들어서 못 살겠어요."

이랬어요. 그래서,

"어, 알았어."

해갖고 고양이로 변해 버린 거죠.

근데 애가 고양이가 되고 나서 너무 좋은 거예요. 고양이가 이제 자기를 해치지를 않으니까. 그래서 하루는 이렇게, 또 이렇게 편하게 살려고 돌아다니는데 호랑이가 나타난 거예요. 네, 그래서 호랑이가 얘를 또 덮치는 거죠? 그래서 너무 놀라갖고 나랑 비슷하게 생긴 앤데 나보다 덩치가 더 커요. 또 산신령한테 간 거죠.

"나. 이 물건으로 변하게 해 달라. 얘가 더 힘이 더 센 거 같다. 얘는 아무래도 산속에서 왕이라서 누구도 해치지를 않을 거 같아요."

그러니까,

"어, 그래 알았어."

해갖고 신령님이 호랑이로 변하게 만들었죠. 그래서,

'아 이제는, 이제는 이 산속에서 나를 잡아먹을 사람이 없어. 잡아먹을 수 있는, 나를 해칠 수 있는 것이 없구나. 내가 왕이야.'

이런 식으로 정말 살았는데 며칠 뒤에 어, 갑자기 이상한 소리가 북소리가 들리는 거예요. 그러다 뭔가 싫어갖고, 얘는 모르니까 궁금해서 그쪽으로 소리를 따라서 갔는데 갑자기 화살들이 날아오는 거예요. 왕이 사냥하러 나온 거죠. (웃음) 그래서 이 화살을 봤는데 말 타고 사람들이 막 몰려오면서 자기를 쫓는 거죠. 너무 놀라서 애가 막 도망을 쳤어요. 근데 얘네들이 호랑이를 보고 얘 가죽이 탐나서 너무 잘생긴 애가 탐나니까 얘를 계속 쫓은 거예요. 얘가 쫓기고 쫓기고 하다가 산신령한테 도망을 갔어요. 그래서,

“저 사람들처럼 변하게 해달라.”고.

“저 사람들이 날 죽일려고 하는데 피하게만 해달라. 도망만 치게 해달라.”

해서 변했는데 아름다운 여인으로 변하게 만든 거예요.

그래서 사람으로 변하, 얘는 사람인 줄도 모르고 일단 변했어요. 그래서 변하고 나서 이렇게 가는데, 혼자 이렇게 가만히 가만히 도망을 했는데 어, 말 타고 쫓아오는 왕과 눈이 마주친 거죠. 그 왕이 미모에 반해서,

“어디로 가냐?”

굉장히 상냥한 말로,

“어디로 가느냐? 위험한데. 여기 호랑이가 나타나는데 왜 여인이 산속을 혼자 다니냐?”

했더니,

“집에 가는 길이다.”

뭐 이렇게 했었어요. 그래서,

“내가 데려다주겠다.”

뭐 이런 식으로 해서 애를 왕궁으로 데려간 거예요. 그 미모에 너무 반해버린 왕이 바로 왕비로 맞고 살게 됐어요. 호의호식을 하는 거죠.

근데 호의호식을 하다 보니까 얘가 갈수록 자만에 빠지는 거예요. 왕이 내 말을 잘 들어주고 나는 모든 사람들을 누릴 수 있는, 함부로 죽일 수도 있고 때릴 수도 있고. 뭐 암튼 그렇게. 근데 어느 순간에 얘가 이렇게 하다, 살다가 늘 한 가지가 걸리는 게 있어요. 왜냐하면 본인이 쥐인 걸 알기 때문에 그리고 그걸 유일하게 아는, 인간은 아니지만 산신령이라는 존재가 있기 때문에 굉장히 위협을 늘 느끼면서 살아가고 있는 상탠 거예요.

그래서 어느 순간에 이 여인, 쥐가, 여자로 변한 쥐가 모든 권력을 쥐고 있기 때문에,

‘어, 어느 순간에 내가 이 산신령을 죽여야겠다.’

생각을 하는 거예요.

그래서 몇 년 뒤에 애가 사람을 파견해요. 군대를 이렇게, 암암리에 밤에, 습격을 하게끔 산신령이 있는 지점으로 애가 가르쳐주는 거예요. 그 사람들을 보내요. 그래서,

"애를 죽여라. 여기 산신령, 어떤 노인네가 있을 텐데 이 사람을 암암리에 죽여버리고 어, 그 모가지를 갖고 와라."

그랬어요.

근데 사람을 보냈는데 아무래도 산신령이다 보니까, 미리 알게 된 거죠. 그래서 오는 사람들을 다 퇴치해버리고 이 여인이 살고 있는 궁궐에 이 산신령이 눈앞에 갑자기 나타난 거예요.

"이 고약, 고약한 년아. 어떻게 니가 감히 이런 천벌 받을 짓을 하느냐!"

그러면서 애가 너무 놀라서 잘못했다고 빌었는데 산신령이 탁! 사라지는 순간에 이 여인에서 쥐로 다시 변해버린 거예요. 근데 이 때 마침 쥐로 변하던 순간에 왕이 들어왔어요. 침실에. 침실에 들어왔는데 왕비가 보이지 않고 쥐 한 마리가 침대에서 왔다갔다 하는 거예요. 아, 침대가 아니라.

그래갖고 너무 놀라서 쥐를 잡은 거예요. 막, 모든 사람을 동원해서 쥐를 잡았어요. 그래서 쥐를 밟아 죽였거든요? 에. 죽였는데, 그래갖고,

"쥐를 빨리 치워라."

해갖고,

"왕비는 어디 갔느냐?"

계속 찾은 거예요. 근데 왕비가 보이지 않고 죽은 쥐만 나가버렸어요.

근데 이상하게도 쥐는 치울 수 있었는데 쥐를 밟았을 때 피가 났는데, 피가 지워지지를 않는 거예요. 이 피가 지워지지를 않고. 근데 왕은 늘 찝찝하고. 이상한 쥐가 침실에서 왔다갔다 했는데 왕비는 보이지 않고. 어딜 찾아도 왕비가 안 보이는 거예요.

그러다가 상사병에 걸리게 되었는데, 계속 왕비만 생각해서 드러눕게 되었는데 드러누웠는데 그날 어느 날인가 갑자기 이 핏자국

에서 꽃 한 송이가 피워 나온 거예요. 빨간 꽃 한 송이가 나왔는데 향기가 굉장히 강렬해요. 그래서 왕은 어, 그 상사병에 걸린 왕이 꽃의 향기를 맡으면서 이 왕비를 생각하면서 굉장히 만족하는 착각이 생기고 그러다가 나중에는 이 꽃을 먹기도 하고 뭐 흡입하기도 하고 뭐, 이 꽃이 없이는 못사는? 이렇게 살다가 죽게 되었대요. 그래서 이것이 오늘날 양귀비꽃이다. 마약꽃. 네, 그러더라구요.

[조사자: 양귀비 원래 신분이 천했나 봐요? 전 잘 모르는데.] 천한 거는 아니고, 근데 등급이 높지는 않았죠. [조사자: 쥐에서 자꾸자꾸 올라와서 결국에 왕을 만나고 이런 과정들이 이렇게.] 아니죠. 원래는 왕의 아들과 결혼했던 여인이잖아요. 등급이 너무 없는 사람은 아니지만 낮은 관리, 지방 관리였던 거고. 어, 근데 왕의 아들과 결혼을 해서 왕의 며느리가 된 건데. 왕이 보고 반한 거죠.

그 뒤로 가문이 또 흥성했는데 너무 지나치게 자기 오빠들을 그 뭐지? 관직에 놓고 부패를 하다 보니까 나중에 죽을 때도 양귀비 자체의 문제라기보다는 지나치게 국가관리, 국가 행사에서 이 양귀비 오빠들한테 권력을 너무 띄워주다 보니까 그게 안 좋은 거 다 해갖고 그냥 직격탄을 맞은 거고. 자결을 하게끔 만들었던.

두견새와 두견화 유래

● 구연정보

조사일시 : 2017. 04. 05(수) 오후
조사장소 : 충청북도 충주시 단월동
제 보 자 : 주경옥 [중국(한국계), 여, 1973년생, 결혼이주 13년차]
조 사 자 : 오정미, 한상효

● 구연상황

제보자가 〈양산백과 축영대〉 이야기를 마친 뒤 조사자에게 두견새를 아느냐고 물은 뒤, 두견새와 두견화에 유래가 있다고 하면서 구연을 시작했다.

● 줄거리

중국의 촉 지역에 견이라는 왕이 있었다. 나이가 들어 홍수를 잘 다스린 사람에게 왕위를 물려주고 물러났는데 다음 왕이 정치를 잘 하지 못했다. 그래서 견이 왕을 찾아가려고 했는데 왕이 만나주지 않았다. 견이 안타까움과 슬픔으로 인해 죽어서 두견새 혹은 뻐꾸기가 되었다. 또 그 새가 너무 울어 피눈물이 땅에 떨어졌는데 그것이 두견화가 되었다고 한다.

그 두견새를 뻐꾸기라고 이야기를 하거든요. 그 이야기는 그 옛날에 그 사천성 그쪽에 이야기예요. 옛날에 촉나라라고. 그래서 지금 촉나라라고 하는 촉이 있잖아요. 그 사천성이 약칭으로 쓰이거든요.

옛날에 촉나라가 있었는데 그쪽 나라 그 사천성이 굉장히 땅이 비옥하고, 텐스지거(天府之国)tiānfǔzhīguó●라고. 천부지국이라는 말 혹시 들어보셨어요? 천부지국. [조사자: 천부지국?] 네. 그쪽 사천성을

● 땅이 매우 기름져 온갖 산물이 많이 나는 나라라는 뜻이다.

천부지국이라고 부르는데 왜냐하면 그쪽 땅이 비옥하고 굉장히 물도 좋고 공기도 좋고 해가지고 지금도 사천성 그쪽에서는 굉장히 미녀들이 많이 난다고. 그쪽에서는 '김태희가 빨래를 하고 있고' 그런. (웃음) 네. 그쪽 여자들이 예뻐요. 그쪽이 땅이 좋고 공기가 좋기 때문에.

그래서 하여튼 그쪽이 땅이 좋고 비옥하고 하니까 그 촉나라라고 있었는데 그 나라가 굉장히 잘살고 있었거든요. 그런데 그 나라 왕의 이름이 견이었어요. 견. 이 견이라는 사람이 점점 나이가 들어가지고요. 그때는 아마 자기 아들에게 왕을 넘겨주는 그런 시기가 아니고, 이렇게 왕을 사람들 중에서 현명하고 그런 사람들을 뽑아가지고 왕을 시키던 시대였거든요. 그래서 견이라는 사람이 자기가 나이가 들어가니까 그 왕을, 왕위를 물려주기 위해서 사람들을 굉장히 조심스럽게 살피는 거죠.

누구한테 물려줄까 그렇게 살피고 있었는데 그 어떠한 젊은 청년이 있었는데 굉장히 총명하고 부지런하고, 그래서 눈여겨 여기다가 그 청년이, 그 청년 이름이 생각 안 나네. 그 청년한테 에, 넘겨주면서,

"나는, 아 나는 이제 나이가 들었으니까 네가 왕을 해라. 나는 저쪽 산에 들어가서 혼자서 살겠다."

이렇게 얘기를 했거든요.

아. 중간에 제가 중간에 까먹은 게 있어요. 이쪽에서 홍수가 굉장히 많이 났거든요. 홍수가 굉장히 많이 났는데, 아 땅이 굉장히 비옥하고 좋았는데 어느 한 해에 홍수가 많이 나가지고 홍수를 다스릴 사람을 구하다가 이 젊은 청년을 발견하고 이 젊은 청년에게 맡겼는데 이 젊은 청년이 계속 열심히 하면서 홍수를 굉장히 잘 다스렸어요. 그래서 이 견이라는 왕이 있잖아요. 이 젊은 청년에게 왕위를 넘겨주게 된 거죠.

그런데 그 젊은 청년이 왕위를 딱 넘겨받고 나서 처음에는 굉장히 열심히 했어요. 그, 계속 열심히 하다가 나라가 안정되고 굉장히 잘살게 되니까 이게 교만이 와가지고 막 질탕하게 먹고 놀고 막 그

러는 거죠. 그러니 백성들이 너무 막 원망이 심해진 거죠. 그래서 백성들이 원래 그 산에 살고 있던 견이라는 왕 있잖아요. 그 왕을 찾아가서,

"좀 당신이 좀 이 젊은 왕한테 좀 얘기를 해달라."고.

"지금 정치를 너무 안 돌봐, 안 돌보고 노는데 정신이 없다."고.

그렇게 이야기를 했죠. 그래서 이 원래 산에서, 산속으로 들어갔었던 원래 그 왕이 그 늙은 왕이 딱 왕궁으로 들어갈려고 한 거죠. 그런데 백성들이 뒤에 쭉 줄을 서서, 이렇게 따라 같이 백성들도 같이 따라 들어가려고 줄 쫙. [조사자: 아 산속으로?] 아뇨. 그 산속에서 나와 가지고 지금 젊은 왕을 보러, 봐가지고 얘기를 할려고.

'이렇게 하면 안 된다.'고.

얘기를 할려고 딱 들어가는데 백성들이 우리도 같이 가겠다고 이 그 늙은 왕이 뒤에 있잖아요. 쭉 쫓아선 거죠. 근데 딱 젊은 왕 딱 들어온 게,

"아 지금 나이 든 왕이 들어오고 있는데 아마 네 자리를 빼앗으려나 보다."

이렇게 이야기가 들어왔거든요. 그래 이 사람 너무 당황해가지고 젊은 왕이 그 병사들을 시켜서 못 들어오게 막게 했죠. 못 들어오게 막게 하니까 원래 왕인 그 견이라는 왕이 들어가지를 못하게 된 거죠.

들어가지를 못하게 되니까 막 안타까워했는데 이게 이 왕이 새가 돼요. 있잖아요. 궁중에 날아들어 가가지고 막 이렇게 왕한테 막 얘기를 했대요.

"지금 백성들은 엄청나게 원망이 많다."고.

"놀고먹고 하니까 이쪽 백성들은 힘들다."고.

그렇게 얘기를 했대요.

아. 젊은 왕이 불현듯 깨달아 가지고,

'내가 진짜 잘못 했나 보다.'

이렇게 깨달았고 왕이 또 백성들한테는 그 뻐꾹새가 보내가지고 뻐꾹새가 뻑꾹, 뻑꾹 그러잖아요. 그러니까 백성들한테는 봄에 있잖

아요. 그 농사를 지으라고 그렇게 뻑꾹, 뻐꾹, 하기도 하고.

그러다가 아, 중국어로는 쮄(鵑), 견이라는 쮄 있잖아요. 뚜쮄(杜鵑)이라고 하면 두견새라는 말이거든요. 이게 뻐꾸기라는 말이에요. 원래 왕의 이름이 견이었잖아요. 쮄. 견이던 게 견새가 되니까 두견새가 된 거죠. 이 왕이. 두견새는 또 뻐꾸기하고 뭐, 두견새라고 하기도 하고, 뻐꾸기라고 하기도 하고 똑같이 부른대요.

그래가지고 너무 울어가지고 마지막에는 피가 되어 있잖아요. 땅에 떨어져서 꽃이 딱 피었는데 굉장히 빨갛고 그게 또 두견화라고 있잖아요. 또 꽃도 된 거죠. 마지막에. 두견새.

처녀를 아름답게 만든 풀 창포

● 구연정보

조사일시 : 2016. 12. 07(수) 오후
조사장소 : 서울특별시 광진구 화양동
제 보 자 : 김설화 [중국(한국계), 여, 1983년생, 유학 8년차]
조 사 자 : 박현숙, 김현희

● 구연상황

제보자가 한국에서 살아가는 일에 대한 경험담 구연을 마친 뒤 준비한 설화 구연을 다시 시작했다.

● 줄거리

옛날에 어머니를 일찍 여윈 처녀의 집에 계모가 딸들과 함께 들어왔다. 계모는 단오에 자기 딸들을 꽃단장하여 놀러 내보내고, 처녀에게는 집안일을 시켰다. 처녀가 속상해서 울자 하늘에서 선녀가 내려와 숲 어느 곳에 있는 꽃을 뿌리째 가져와서 머리를 감고 나가라고 했다. 처녀가 선녀의 말대로 했더니 머릿결이 좋아졌다. 처녀는 단옷날 모든 사람에게 세상에서 가장 아름다운 여인으로 보였다. 그 꽃이 창포이다.

가난한 집에 딸이 있었는데 계모가 들어왔대요. 그 계모도 딸이 있대요.

그런데 이 단오날이었나? 뭔 날인데. 그 여자애들이 밖으로 나가서 노는 날이래요. 근데 노는 날인데 이 계모는 자기 딸들은 이쁘게 입히고 나가 놀게 하고, 이 여자애는 일을 계속 시킨 거예요. 근데 여자애도 나가고 싶으니까. 근데 나가려면 그래도 단정한 옷을 입고 나가야 되는데 아무것도 없어서 혼자 울었대. 울었는데 어떤 선녀가 내려온 거예요.

그 선녀가 내려와서,

“어느 숲에 가서, 거기 가면은 꽃이 이쁘게 핀 게 있을 거다. 그 꽃을 따다가 꽂하고 그 뿌리 다 통째로 갖고 와라. 그리고 그걸 다려서 머리를 감고 나가.”

이랬대요.

그래서 이 여자애가 그 알려준 대로 달밤에 거기 가서 이렇게 봤는데 꽃 한 송이가 이렇게 피어있더래요. 그래서 걔를 이렇게 소중하게 이렇게 갖고 와서 말 그대로 그 뿌리로 다려서 머리를 감았는데 머리가 갑자기 윤기가 좌르르 돌고 굉장히 이쁘게 된 거예요.

그래서 그 머리를 이렇게 다해서 이렇게 이쁘게 그냥 아주 간단하게 테를 따서 그 꽃을 꺾어서 이렇게 달고 나갔대요. 근데 아주 간소한데, 나갔는데, 모든 사람들이 이 여자애를 바라보는 거죠. 그 찰랑찰랑하고 좋은 머리 때문에. 그래서 가장 아름다운 여자로 보여졌다. 그 기쁜 마음으로 명절에 나가 놀았다.

[조사자: 그 여인을 본 누군가와 뭔가 러브스토리는 없고?] 없어요.

지금 알고 보니까 그게 창포라고 하더라고요.

엄마 마음을 아는 풀 지모초

● 구연정보

조사일시 : 2018. 11. 09(금) 오전
조사장소 : 경기도 안산시 원곡동
제 보 자 : 박영숙 [중국(한국계), 여, 1976년생, 결혼이주 18년차]
조 사 자 : 김정은, 강새미

● 구연상황

중국의 인춘매 제보자가 〈쥐 사위 고르기〉를 마치자, 박영숙 제보자가 조금 긴 이야기를 하겠다고 했다. 제목을 먼저 말한 뒤 이야기가 끝나면 그 뜻을 알 수 있을 거라며 구연을 중국 출신 인춘매 제보자와 전연 제보자가 청중으로 이야기를 함께 들었다.

● 줄거리

한 아주머니가 남편이 죽고 산에서 약초를 팔아서 살았는데, 자신의 약초 지식을 물려줄 사람을 찾다가 착한 나무꾼을 만나서 같이 살게 되었다. 나무꾼은 가난 속에서도 아주머니를 어머니처럼 모시며 살았다. 그러던 중 마을에 전염병이 돌자 어머니는 아들에게 자신을 업고 산에 올라가라고 했다. 어머니는 여러 약초를 알려주었는데, 그 약초 중 하나가 사람을 살리는 풀이었다. 그 후에 그 약초는 엄마의 마음을 아는 풀이라는 뜻으로 지모초라 불리게 되었다.

옛날에, 옛날에 한 아주머니 있어요. 그 아주머님이 남편이 돌아가셨어요. 근데 자식도 없어요. 근데 이 아주머니는 약초 그런 거, 산에서 약초 파서 알아요. 정식으로 의사 배워서 자격증 아니라 산에 있는 약초로 사람 병도 치유해주고 그렇게 해요. 그래서 먹고 살고 그런 걱정 없었어요.

그렇게 살다가 점점 본인 몸도 늙어지고 몸도 안 좋고 한데, 본인 지식 있잖아요. 산에 있는 약초들 다 약초인 거 아니잖아요. 구분할 줄 아는 지식 필요하잖아요. 본인 돌아가시면 누구도 모르잖아요. 자식도 없고 해서. 그래서 좀 착하고 좋은 사람한테 해주고 싶어요, 본인 거 알려주고 싶어요.

그래서 본인이 그렇게 하는 일 주변 사람 다 알잖아요. 얘기한 거예요.

"나한테 죽을 때까지 같이 모시고 같이 사는 사람한테 내 거 다 알려줄 수 있다, 주겠다."

얘기한 거예요. 지식을. 그랬더니 부잣집에 사람들, 주변에 관직 사람들 욕심낸 거예요. 그래서 막,

"우리가 모시겠다."

이 집 갔다가, 저 집 갔다가. 그래도 몇 년 안 되고 쫓겨났어요, 다들. 배울 때까지 못 기다린 거예요. 이 아주머니도 무조건 다 알려주고 그렇지 않잖아요. 그 사람 착하냐, 안 착하냐 테스트 기간도 있는데. 그분들은 그거 못 기다린 거예요. 그래서 쫓겨났어요.

그렇게 할머니 나이도 들고 눈도 없고 하니까 일할 수도 없고 하잖아요. 그래서 길에서 거지,

"밥 주세요."

그런 식으로. 이 집, 저 집 다니면서 밥 얻어먹어요. 어느 날 나무꾼 집에 문 열고 갔어요. 그 나무꾼이 이 어머니를 모신 거예요. 본인 어머니처럼.

"나는 가난하지만 내가 죽이 있으면 어머니랑 같이 죽 드시고, 밥이 있으면 같이 밥 먹고. 그렇게 지내면 되겠다."

하면서 본인 어머니처럼 모신 거예요. 진짜 오랫동안, 몇 년 동안 같이 지냈어요.

그렇게 잘 지내다가, 어느 날 사는 동네 있잖아요. 이 나무꾼 동네는 옛날에 사는 동네 아니에요. 그래서 이 아줌마가 약초 아는 거 아는 사람 누구도 없었어요.

근데 어느 날 동네 갑자기 이상한 병, 전염병 돌은 거예요. 그래

서 이 아주머니가 딱 얘기한 거예요, 아들한테.

"나를 업고."

불편하잖아요, 몸이.

"나를 업고 산에 올라가라. 내가 너한테 뭐 알려주겠다."

그때 산에 가서 약초 어떤 거 구분하고 그런 거 알려준 거예요. 알려주고 다른 사람 병도 치유해주고 막 그런 거예요.

이 약초들 이름 '지모초'라고 지었고, 이 약이에요. 그니까 엄마의 마음을 알고 그런 풀, 약초.

공명과 대우탄금

● 구연정보

조사일시 : 2018. 11. 09(금) 오전
조사장소 : 경기도 안산시 원곡동
제 보 자 : 박영숙 [중국(한국계), 여, 1976년생, 결혼이주 18년차]
조 사 자 : 김정은, 강새미

● 구연상황

인춘매 제보자가 〈바다를 길들인 나타〉를 마친 뒤, 제보자가 점심약속이 있다고 해서 마지막 이야기를 청하자 짧은 이야기라며 구연했다. 중국 출신 인춘매 제보자와 전연 제보자가 청중으로 이야기를 함께 들었다.

● 줄거리

옛날에 공명이라는 사람이 있었는데 그는 거문고 타는 재주가 뛰어났다. 어느 날 공명이 기분이 좋아서 소에게 거문고 소리를 들려주었는데 소가 아무런 반응도 없었고 나중에는 자리를 피하기까지 했다. 공명이 모기 소리나 다른 이상한 소리를 냈더니 그제야 소가 머리를 들고 좀 쳐다보았다. 아무리 좋은 음악이라도 소에게 들려주면 소용이 없듯이, 말귀를 알아듣는 사람에게 말을 해야 한다는 뜻으로 '대우탄금'이라는 말을 사용한다.

그때 어떤 시대에요. 전국시대 아니면 춘추시대 그때에요. 거기 '공명' 사람이 있어요. 이 사람은 거문고 그런 거 되게 잘해요.

어느 날 봄에 날씨도 너무 좋고 해서 공명이 밖으로 나갔어요. 밖에 가니 소 한 마리 있어요. 거기서 풀 먹고 있는데. 그래서,

'나 오늘 기분도 좋고 해서.'

항상 거문고 들고 다니잖아요.

'소한테도 한 곡 해볼까?'

해서 했어요, 거문고.

'오늘은 기분도 좋고 우아하게 고급스러운 노래 한 곡 하자.'

하고 했어요. 그런데 소는 꿈쩍도 안 하고 계속 풀만 먹고 있는 거예요. 그런 노래했더니.

'어? 이거 안 통하네. 또 다른 거 한 번 해보자.'

별 생각 다 해도, 좋은 노래해도 끄떡 안 하고 나중에는 자리까지 옮겨가지고 다른 데 가서, 뭐 시끄럽다고 생각했나 봐요. 다른 데 가려고 해요. 그래서 갑자기 생각한 거예요.

'뭐가 이상한데?'

그래서 본인도 막 이상한 소리 낸 거예요. 뭐 모기 그런 소리도 내고 조금 이상한 소리 냈더니 소가 머리 들고 좀 본대요. 그래서 이 사람이 생각한 거예요.

'소한테는 소귀에 들릴 수 있는 소리가 모기 소리나 그런 거, 자연소리.'

그런 소리 들어야 얘가 반응이 있잖아요.

그래서 '대우탄금(對牛彈琴)'은 소한테 거문고 치는 거는 그 얘기예요. 우리 사람도 마찬가지예요. 만약에 일반사람한테 어떤 전문용어 써도 해봤자 그 사람한테 들리겠어요. 안 들리겠잖아요. 그리고 우리 평상시도 그런 농담도 해요. 만약에 대화불가하면,

'아 진짜 이 사람은 말 안 통하네.'

할 때 이 단어 쓴 거예요.

남곽선생과 남우충수

● **구연정보**

조사일시 : 2017. 11. 08(수) 오전
조사장소 : 서울시 강북구 수유동
제 보 자 : 권화 [중국(한국계), 여, 1972년생, 결혼이주 8년차]
조 사 자 : 박현숙

● **구연상황**

제보자가 〈동곽 선생과 은혜 모르는 뱀〉 이야기 구연을 마친 뒤 조사자가 다른 이야기를 청하자 춘추전국시대 제나라 선왕 때의 일이라면서 구연을 시작했다. 구연 말미에 고사성어 남우충수의 뜻풀이를 해주었다. 제보자는 이 이야기가 초등학교 교과서에 실려 있어서 알게 됐다고 설명했다. 동순옥 제보자와 뚜안쇼우죠 씨가 청자로 참여했다.

● **줄거리**

춘추전국시대 제나라 선왕 때 게으른 남곽이 살았다. 남곽은 악기를 다루지 못하면서 연주자 친구에게 부탁하여 삼백 명으로 구성된 악단에 들어갔다. 선왕은 악단의 합주를 즐겼다. 남곽은 연주를 할 줄 몰라서 '우'라는 악기에 흰 콩을 넣어 소리가 나지 않게 하여 연주하는 척 만하여 선왕을 속였다. 선왕이 승하하고 아들 민왕이 왕위에 올랐다. 민왕도 음악을 좋아하여 연주자 개개인에게 독주를 시켰다. 남곽이 연주를 못하는 사실이 들통날까 봐 두려워 도망쳤다.

[조사자: 아니 권화선생님 아까 해주시려고 했던 얘기 해주시겠어요?]
아, 그 옛날 춘추전국시대 그때 그 제나라 있어요. 그 나라에서 제선

왕* 사신에 남? 남곽? 이라는 사람이 있어요.

남곽**이라는 사람이 있는데 중국 발음이 남궈신셔 이 사람이 공부 많이 하지만 약간 좀 농사 짓고 싶지 않고 힘으로 하는 일 하고 싶지 않아요. 그래서 늘 간단하게 살고, 살아왔어요. 그런데 어느 날 너무도 자기도,

'어떻게 해야 배가 부르게 먹을 수 있나?

그런 방법을 찾아 둬야죠. 그런데 어느 날 자기가,

'그 제선왕 큰 악단 그 뭐 지금 하고 있다.'고.

그런 소문 들었어요. 그리고 마침 아는 친구가 또 거기서 그 악단에서 연주사 하고 있대요.

어느 날 남곽선생이 그 친구 찾아가서 자기한테,

"좀 악단에 추천해 달라."고.

많이 부탁했는데 그 친구가 약간 좀 무시했어요.

"악보도 읽지 못하고 연주도 못하고 어떻게 들어갈 수가 있냐?"

그래도 남곽선생은,

"좀, 제발 좀 자기 좀 도와줘. 일단 저를 추천하면 제가 하는 방법이 있대요."

그 친구가 너무 너무 몇 번 하니까 어쩔 수 없이 추천했어요. 추천했는데 그 남곽선생은 제선왕 앞에 가서 자기가,

"유명한 연주자예요. 악단 연주자인데 자기 연주하면 사람들한테 감동을 줄 수 있고 자기 연주한 거 들으면 만물도 다 풀 수 있어."

이렇게 제선대왕도 남곽 말은 듣고 믿었어요. 그 이 악단 사람이 삼백 명 정도 되어 구성 되어 있는데 자기가 '위'. '위' 그게 악기 이름이에요. [조사자: 악기? 위?] 위. 한국 발음으로 '우'. 위 있는데 그 안에 흰 콩 넣었어요. [조사자: 흰콩을?] 흰 콩 넣으면 아무도 자기가 소리 키면 약간 좀 열심히 부는 모습처럼 보이는데 근데 소리 안 나와요.

* 춘추전국시대 제나라의 제5대 국왕으로 재위기간은 기원전 319년에서 301년이다.

** 『한비자(韓非子)』 내저설상(內儲說上)에 나오는 사람이다.

이렇게 해서 '남우충수(濫竽充數)'[●]라고 해요. 그래서 다른 사람한테 그냥 흉내 내고, 흉내 내면 되고 소리 안 나게 그냥 그 왕 뭐지? 제선왕 보면,

'아 열심히 불고 있구나.'

그런 모습만 보였지. 근데 한 몇 년 이렇게 하게 되고 자기가 월급도 그나마 많이 받았어요. 그래서 잘 먹고 잘 살고 그 한 몇 년 동안 지냈어요. 근데 제선왕 돌아가시고 나서 자기 아들 아들은 제민왕[●●]. 제민왕은 그냥 악단 그냥 같이 연주하는 것보다 한 명씩 한 명씩 나와서 연주하는 거 더 좋아해요.

그래서 이때 남곽이 어떻게 해요. 자기 아예 할 줄 모르잖아요. 그래서,

'어떻게 더 이상 속이지 못하네.'

그래서 너무, 너무 겁이 나서 어느 날 자기가 도망갔어요. 이렇게, 예.

그래서 이런 이야기는 사람이 모르면 모르고 겸손하게 살아야 이거 잘 살 수 있다. 그런 이야기예요.

[조사자: 응, 재밌네요. 이 이야기는 어디 책에서 읽으신 거예요?] 아, 저 이거 초등학교 때 이런 교과책에서 나왔어요. [조사자: 초등학교 교과서에?] 네 그래서 제가 이거 되게 기억나요.

● 남아도는 악사로 머릿수를 채운다는 뜻으로 마구 불어대고 연주한다는 의미이다.

●● 춘추전국시대 제나라의 제6대 국왕으로 재위기간은 기원전 300년에서 284년이다.

화사첨족

● **구연정보**

조사일시 : 2018. 11. 09(금) 오전
조사장소 : 경기도 안산시 원곡동
제 보 자 : 박영숙 [중국(한국계), 여, 1976년생, 결혼이주 18년차]
조 사 자 : 김정은, 강새미

● **구연상황**

안산 다문화작은도서관에서 2017년 가을에 첫 조사를 한 뒤 1년이 지난 뒤 제보자와 다시 만나 2차 조사를 하게 되었다. 제보자가 먼저 짧은 이야기부터 하겠다며 이야기를 시작했다. 제보자가 소개한 중국의 인춘매 제보자와 전연 제보자가 청중으로 이야기를 함께 들었다.

● **줄거리**

초나라 부잣집에서 제사를 지낼 때의 일이다. 제사가 끝나고 제사상을 정리하는 일꾼들에게 술을 딱 한 동이만 주었다. 일꾼들은 많은데 술이 부족해서 뱀 그림을 가장 빨리 그리는 사람이 술을 먹기로 했다. 어떤 사람이 그림을 빨리 그리고 심심해서 발도 그려 넣었다. 발을 그리고 술을 마시려고 하는데 옆에 있던 다른 사람이 술을 빼앗아갔다. 왜 빼앗아 가냐고 묻자 그 사람이 뱀은 발이 없는데 발을 그렸으니 그건 뱀이 아니라고 했다. 그래서 결국 뱀의 발을 그린 사람은 술을 마시지 못했다.

초나라 때, 그때. 어느 부잣집이에요. 돈 좀 있는 집안이에요. 제사 그런 걸 해요. 제사할 때 사람들 많이 부르고 일 다 했어요.

제사 그런 거 다 끝나고 뒷정리할 때, 거기 관리하는 사람 술 있잖아요. 주전자 그렇게 하나만 더 준 거예요. 일할 사람은 많은데. 하나만 딱 줬더니 한 사람 조금씩 한 입 먹어도 되게 부족하고. 그래서 한 사람 딱 얘기한 거예요.

“그러면 우리 바닥에서 뱀 그려보자. 누가 제일 빨리 그리면 이거 혼자서 술 마실 수 있게. 그렇게 하자.”

그렇게 얘기한 거예요. 그래서 한 사람 막 그렸어요. 얼른 다 그린 거예요. 그래서 술 받았어요.

술 한 손으로 받고 한 손은 심심해서 뱀 있잖아요. 발, 발 또 그린 거예요. 그 발 딱 그리고 할 때, 술 마시려고 할 때 옆에 다른 사람이 다 그리고 뺏어간 거예요.

“왜 내가 먼저 했는데 네가 뺏어 가냐?”

했더니,

“뱀은 원래 발이 없어요. 뱀에서 발 그리니까 네가 잘못 그렸으니까 네 것은 뱀 아니다. 그래서 내가 제일 빨리 그렸다.”

그래서 그 사람한테 간 거예요.

그래서 이거 애들한테 얘기할 때는 ‘화사첨족’은 일할 때 쓸데없는 거 더한 거는 좋지 않다, 그렇게 하면 안 된다. 그런 얘기.

산을 옮긴 우공 [1]

● 구연정보

조사일시 : 2017. 03. 19(일) 오후
조사장소 : 부산시 진구 서면
제 보 자 : 권경숙 [중국(한국계), 여, 1981년생, 결혼이주 10년차]
조 사 자 : 조홍윤, 황승업, 김자혜

● 구연상황

제보자가 토끼와 거북이에 대한 우화 구술을 마친 뒤 조사자가 '우공이산(愚公移山)' 고사에 관한 이야기를 아느냐고 묻자 초등학교 때 들었다면서 구연에 응했다. 제보자의 가족이 이야기를 함께 들었다.

● 줄거리

옛날에 우공이라는 사람이 산속에 살았는데, 도시로 가기 위해서는 산을 돌아서 가야 했기 때문에 불편했다. 그래서 우공은 산을 없애고자 산을 파기 시작했다. 이것을 본 동네사람들이 우공을 비웃었는데, 우공은 자신이 다 못하면 자신의 아들이, 아들이 다 못하면 손자가 하면 된다면서 그렇게 언젠가는 산을 없애는 것이 가능할 것이라 했다. 우공의 말을 신이 듣고서 감복하여 산을 없애는 일을 도와주었다.

위공이산(우공이산)은, 그 이야기는 아주 옛날에 살던 시대였는데, 위공(우공)이라는 할아버지 식구들이 있어요. 산속에서 살아 있는데.

그런데 자식들이 많아요. 그런데 앞에 어디 촌으로, 밖으로 나갈라면 산을 빙 돌아가서 엄청 멀리 가거든요. 그래서,

'요 산이 없었으면 얼마나 가깝겠나?'

그래서,

'이 산을 좀 없었으면 좋겠다.'

이 할아버지가. 그래서,

'내가 이걸 해야지. 길 하나 만들어야지.'

하고서래 시작을 했는데, 그런데 사람들 다 웃는 거예요. 동네 사람들이,

"이거는 진짜 말도 안 된다. 이 큰 산을 어떻게 이거 없애 치울라고. 이거는 완전히 말도 안 된다."

그러니까 그런데 이 할아버지는 하는 소리가,

"내가 매일매일 하면, 오늘은 요만큼 하면 요만큼 길 날 거고, 내일까지 하면 요만큼 날 거고. 내가 죽더라도 내 아들이 있고, 내 아들이 있으면 내 손자 있고. 이 산은 무조건 끝까지 내 없애 치울 때까지 무조건 내가 이기지, 이 산 이긴 건 아니다."

하면서 그랬거든요.

그렇게 하는데 신이 이 얘기를 듣고, 그리고 꾸준히 하다 보니까 조금 이 사람이 정신적으로 인간승리라고. 그래 신을 보내와서 이 산을 등에 업고 도와줬어요. 그래서 길을 난 거예요.

[조사자: 아, 그러니까 계속해가지고?] 예, 계속해왔는데. [조사자: 우공 자손들이 없앤 게 아니라 신이 보내가지고 그렇게 된 거예요?] 신이 보내서. 그 중국에는, 제가 배웠을 때는 그리 얘기 들었거든요.

"하늘에서 엄청 힘센 신을 보내와서 등에다 짊어, 산을 짊어지고 다른 데다가 옮겨 놨다."

고 얘기를 했어요.

[조사자: 아, 그 신이 나오는 것까진 잘 안 알려진 것 같은데. 새로운 이야기네요.] 아, 아니에요. 저는 그렇게, 예. 하늘의 신이 감동을 받아서, 이 얘기 듣고,

'인간승리다. 정신적으로도 이거는 완전히.'

이렇게 뭐, 중국말, 한국말 할려니까. (웃음) 그러니까 '너무 존경스럽다.' 그래서 도와준 거죠. 그래서 사람들이

"끝까지 하면 신도 도와준다, 끝까지 포기하지 않으면."

그렇죠. 그렇게 알고 있어요.

산을 옮긴 우공 [2]

● **구연정보**

조사일시 : 2017. 04. 05(수) 오후
조사장소 : 충청북도 충주시 단월동
제 보 자 : 주경옥 [중국(한국계), 여, 1973년생, 결혼이주 13년차]
조 사 자 : 오정미, 한상효

● **구연상황**

제보자는 〈견우와 직녀〉 이야기를 마친 뒤 자발적으로 짧은 이야기를 하나 더 하겠다고 했다. 설화 구술에 자신감이 붙은 모습이었다.

● **줄거리**

'우공이산'이라는 사자성어에 관한 이야기이다. 우공이 집 앞에 있던 산이 불편하다고 느껴 한 삽씩 옮기기 시작했다. 마을 사람들은 우공을 어리석다고 비웃었지만, 우공의 가족이 대대로 한 삽씩 옮겼고, 이에 감동한 사람들이 힘을 모아 함께 산을 옮기게 되었다.

그다음 하나는 우공이산(愚公移山)을 옮기다. 그런 말만, 그건 어릴 때 저희, 그 교과서에도 많이 나왔어요. 근데 되게 간단해요.

우공이라는 사람이 살고 있었는데 굉장히 있잖아요. 마을에 살고 있었는데 마을 앞에는 엄청나게 큰 산이 있었어요. 근데 그 이쪽 뭐 시내로 갈래면 이쪽 도읍지로 갈래면, 읍으로 갈래면, 뭐 있잖아요. 뭐 그 산을 넘어야 되는데 그러니까 굉장히, 뭐 거의 뭐 반나절 걸리고 그러니까 사람들이 굉장히 불편을, 불편해했어요. 그러니까. 그런데 계속 다른 사람들은 그런 생각을 안 하고 계속 불편해하면서도 계속해서 그 길을 다니게 된 거죠.

근데 우공이 어느 날 자기 아들들하고 자기 집 사람들을 딱 이렇게 끌어 모아가지고,

“우리가 이렇게 읍으로 갈래면 이 산을 반나절이나 걸어야 되는데, 굉장히 멀다. 그러면 우리가 이렇게 시작을 해가지고 이 산을 옮기자. 이 산을 삽으로 있잖아요. 삽을 언제 하든 떠 가지고 옮기자.”

이렇게 얘기를 했대요. 그러니까 가족들이 하니까 그 동네 사람들이 보고 웃었죠. 처음에는,

“아니 당신네들 미쳤냐”고.

이렇게 큰 산을 삽으로 가지고, 떠 옮기냐.”고.

그렇게 웃음거리를 쳤죠. 근데 그다음에 계속하니까 동네 사람들도 그 사람도 마침내 감동돼서, 같이 이렇게 옮겼는데 이렇게 굉장히 이렇게 큰 산을 이렇게 옮겼다. 그런 얘기죠.

그게 이게 어떻게 보면 옛날에 그런 얘기도 있어요. 치츠저머우’qiēcuōzhuómó ‘철 막대기를 갈아서 바늘을 만들다.’ 그런 얘기를 있어요. 중국에 사자성어를 보면, 이러고 있어요.

그런 또 비슷한 건데 옛날에, 이백 알죠? 당나라 때 유명한 시인이 있었는데 이백이 젊었을 때는 엄청나게 공부를 하기 싫어했대요. 그래서 딱 어느 날은 공부를 서당에서 있잖아요. 빵소니(땡땡이) 쳐 나와 가지고 딱 연못가에 있는데 어떤 할아버지가 쇠막대기를 쫙 가는 거예요. 딱 보니까 뭐 너무 호기심이 동해서,

“할아버지 왜 쇠막대기를 갈고 있어요.”

하니까 물어보니까 할아버지가

“이걸 갈아서 바늘로 만들려고 그런다.”

그러니까 쇠막대기가 엄청나게 두꺼운 이거보다 더 두꺼운 거죠.

이러니까. 이백이,

“아니 할아버지, 이렇게 두꺼운 쇠막대기를 갈아서 언제 있잖아요. 바늘로 만드냐.”고.

이렇게 물어보니까 할아버지가,

“이 막대기를 지금은 안 되겠지만, 갈고 또 갈고 계속하다 보면 언젠가 바늘이 될 거다.”

이렇게 얘기를 하니까 이백이 불현듯 깨닫고,

"아 나도 지금은 공부를, 공부에서 있잖아요. 별로 소득이 없지만, 열심히 하다 보면 언젠가는 있잖아요. 성과를 이뤄내게 될 거다."

하고 이백이 당나라에 굉장히 유명이 시인이잖아요. 중국에서도 지금 뭐 거의 이백하면 다 알잖아요. 다른 시인들도 굉장히 유명하지만, 다른 시인들은 말하면 잘 모르는 시인이 많아요.

네. 그런 일화가 있어요.

산을 옮긴 우공 [3]

● 구연정보

조사일시 : 2017. 04. 15(토) 오전
조사장소 : 전라북도 진안군 진안읍 단양리
제 보 자 : 서청록 [중국(한국계), 남, 1962년생, 이주노동 6년차]
조 사 자 : 오정미, 이원영, 이승민

● 구연상황

제보자가 나무귀신에 대한 이야기를 마친 뒤 잠시 침묵이 흘렀다. 조사자가 사자성어 〈우공이산〉에 대해서 묻자 제보자가 알고 있는 사자성어라며 이야기를 구술했다.

● 줄거리

옛날에 어느 마을에서는 사람들이 다른 곳으로 가려면 높은 돌산을 넘어가야만 했다. 그래서 어떤 할아버지가 돌산의 돌멩이들을 하나하나씩 옮겨서 결국 산을 옮겨 길을 만들었다. 이 이야기는 아무리 무모해 보이는 일도 하나하나 실천에 옮기면 이루어낼 수 있다는 깨달음을 준다.

그게 옛날에 이 우공이라는 그러니까 말로 우공 합시다. 이게 우리말로 하면 그니께는 정신 사람이가 정신 문제죠.

"이거 니 이거 어떻게 옮기는가? 산을."

"그래, 내가 우리 말하면 이래 바구니 가지고 담아가지고 메고 나르지. 내가 못 메몬 아들이 메고, 아들이 메가 오래 못 메몬 니가 죽을 때 못 메몬 자식이 메라. 그래 자자손손 내려가메 옮기자. 이게 우리 꼭 해낼 수 있다. 우리 힘만 마음만 있으몬 못할 일이 없다."

그래가지고 다 옮긴지는 몰라도 그러니까 이게 정신이가 만약에 우리가 배웠어도 그래도 이게 정신이다 이래 배워.

[조사자 1: 그 우공이산 이야기는 아예 교과서에 이렇게?] 예, 교과서에 있어요. [조사자 2: 그러면 초등학교 때? 어렸을 때 배웠어요?] 예, 초등학교 때.

사마광과 물항아리 [1]

● 구연정보

조사일시 : 2017. 04. 05(수) 오후
조사장소 : 충청북도 충주시 단월동
제 보 자 : 주경옥 [중국(한국계), 여, 1973년생, 결혼이주 13년차]
조 사 자 : 오정미, 한상효

● 구연상황

제보자가 〈산을 옮긴 우공〉 이야기를 마친 뒤 짧은 이야기를 하나 더 하겠다고 하며 사마광에 관한 이야기를 시작했다.

● 줄거리

사마광이 어렸을 때 친구들과 함께 놀고 있었다. 어떤 아이가 조심하지 않아 큰 물항아리 속으로 빠져버리고 말았다. 친구들이 모두 당황해서 어떤 아이는 울었고 어떤 아이는 소리쳤으며 어른을 찾으러 뛰어갔다. 이때 사마광은 당황하지 않고 돌 하나를 들어 항아리를 부쉈다. 항아리의 물이 흘러나와서 친구를 구할 수 있었다.

그다음에 사마광이 뭐 혹시 그것도 들어보셨어요? 사마광이 돌을, 항아리를 깨서 있잖아요. 구한다는 거. 그것도, 어릴 때 그런 건데.

[조사자: 사마광이.] 사마천이 아니고 사마광이에요. 사마광이. [조사자: 사마광이.] 네, 친구를 구하다. 사마광이 그때 어떤 나라, 사마천 말고, 사마천은 사기를 쓴 사람이고. 사마광이라고 거의 이건 사실일 거예요. 이건 사실적인 이야기 역사적인 이야기인데, 굉장히 유명한 이야기라서. 거의 중국에서 만화에서도 많이 나오고, 그림으로도 많이 나오고 그래요. 그다음에 교과서에도 나오고.

사마광이 아마 유명한 굉장히 유명한 관리예요. 그 사람이 어릴 때, 이렇게 친구들하고 동네 친구들이 이렇게 놀고 있었는데 그때는 굉장히 큰 항아리가 있었죠. 항아리가 있었는데 물이 이렇게 담겨 있어요. 막 친구들하고 놀다가 어떤 친구가 딱 항아리에 떨어진 거예요. 항아리는 엄청나게 이렇게 있고요. 애는 그때 애들이잖아요. 작아서 그러니까 어떻게 보면 강물에 빠진 거와 마찬가지잖아요. 물에 그 항아리 안에 빠지게 된 거죠.

친구들이 막 어쩔 줄 몰라 하는데 사마광이 과망한 돌맹이 들어가지고 착 깨버린 거죠. 그래서 가득 물이 확 나와가지고 그다음에 친구를 구하게 된 거죠. 그래서 될 성싶은 나무는 어릴 때부터 다르다는 그 뜻으로 사마광이 어릴 때 이렇게 지혜롭고 용감했다는 걸. 그런 에피소드예요.

그런데 굉장히 유명한 일화라서 거의 뭐 그림으로, 이렇게 중국의 전통적인 그림으로 막 그린 데 보면 그 이야기가 빠짐없이 있어요. 항아리 같은 게 있고. 항아리 구멍이 딱 나있고. 돌 이렇게 깨고. 그런. 그런 게 있어요.

[조사자: 사마광에 관한 또 다른 이야기 없어요?] 사마광, 그게 유명하고 그다음에 후에 가서는 그분이 굉장히 유명한 정치가로 됐어요. 근데 그 그건 제가 역사를 보면, 중국 역사 너무 복잡해가지고. 어릴 때 읽으면 막, 막. 지금 다시 읽어봐도, 자꾸 헛갈려가지고 조대가 너무 복잡해가지고.

[조사자: 궁금했어요. 또 이런 일화가 있는지 아 재밌네요.] 네. 다른 애들은 그걸 못하는데, 어떻게, 어떻게 하지. 어른 부르러 가고 그랬는데. 얘가 탁 그렇게 했다는 그 일화예요.

사마광과 물항아리 [2]

● **구연정보**

조사일시 : 2017. 10. 21(토) 오후
조사장소 : 경기도 안산시 단원구 원곡동 세계문화체험관
제 보 자 : 박영숙 [중국(한국계), 여, 1976년생, 결혼이주 17년차]
조 사 자 : 김정은, 황승업

● **구연상황**

제보자가 〈마량의 신기한 붓〉 구연을 마쳤을 때 조사자가 다른 이야기를 부탁하자 바로 이어서 구술했다. 이야기 구술 중 다음 상황이 어떻게 되었을지 궁금하도록 뜸을 들이기도 했으며, 청자인 일본의 쿠미코와 우즈베키스탄의 허율리나 제보자의 반응을 보며 구술했다.

● **줄거리**

송나라 학자 사마광은 어린 시절부터 똑똑했다. 하루는 사마광이 친구들과 놀고 있었는데, 친구 하나가 물이 든 큰 항아리에 빠졌다. 다른 친구들은 어찌할 줄 몰라 소리 지르고 울기도 하고, 또 어른들에게 도움을 청하러 가기도 했다. 그때 사마광이 벽돌로 항아리를 쳤다. 항아리가 깨지면서 물이 빠져나오고 친구를 구할 수 있었다.

사마광 이분은 송나라 때 아주 그 유명한 학자예요. 그런데 이 이야기는 이 친구가 일곱 살 때 이야긴데요, 어 이 친구 아주 똑똑해요. 어릴 때부터 똑똑했는데.

친구들하고 어느 날 그 같이 놀고 있는데, 항아리 큰 거 하나 있어요. 큰 독 하나 있어요. 물, 안에 물도 있고. 뭐 칠 세 친구들 한참 까불고 노는 그런 나이잖아요. 그래서 놀다가 어떤 친구가 이 큰 독

있잖아요. 물이 있는 독 안에 빠졌어요.

친구들만 있잖아요. 그래서 막 소리 지르고 우는 친구도 있고, 막 무서워서 뛰어서 딴 데 가는 친구도 있고, 어른들 부르러 간 친구도 있는데. 이 스마곤(사마광) 친구는 어떻게 하는 거 같애요? 네? [조사자: 어떻게 했을까요?] 어떻게 한 것 같아요? [조사자: 항아리를 깼을려나?] 네, 맞아요. 그 친구 그런 생각한 거예요. 옆에 벽돌 있잖아요, 돌 그거. 그 항아리 다 깬 거예요. 깨면 그 옆에 물도 빠져 나오고, 그 친구도 구해 나온 거예요.

그래서 이미 다른 친구는 나가서 어른들 부르고 오는 사이에 이미 이 친구부터 구출한 거예요. 그래서 이 이야기도 아주 유명하고. 이 친구가 어릴 때부터 똑똑하고. [조사자: 이렇게.] 이런 이야기 있었다고 해요.

호랑이를 때려 죽인 무송

● 구연정보

조사일시 : 2018. 11. 09(금) 오전
조사장소 : 경기도 안산시 원곡동
제 보 자 : 박영숙 [중국(한국계), 여, 1976년생, 결혼이주 18년차]
조 사 자 : 김정은, 강새미

● 구연상황

중국 인춘매 제보자가 〈개보다 못한 새엄마〉를 마친 뒤 제보자가 긴 이야기와 짧은 이야기 중에서 고민하다가 긴 이야기를 하겠다며 구연했다. 중국 진강산 경양강 지역에서 전해지는 이야기로 〈수호전〉에도 실린 이야기라는 설명을 덧붙였다. 중국의 인춘매 제보자와 전연 제보자가 청중으로 이야기를 함께 들었다.

● 줄거리

옛날에 평화로운 경양강에 어느 날 호랑이 한 마리가 나타나 수십 명의 사람들을 잡아먹었다. 그래서 저녁에는 그곳을 지나가지 말라고 했다. 다른 동네에 사는 무송이라는 사람이 그곳을 지나가다가 주점에서 술을 마셨다. 술집에서는 원래 세 그릇 이상 팔지 않았는데, 무송은 열여덟 그릇을 먹었다. 무송이 가려 하자 술집 주인이 밤에 호랑이가 나오니 가지 말라고 했다. 무송은 괜찮다며 길을 떠났는데, 실제로 호랑이를 만났다. 무송이 호랑이를 때리자 가지고 간 막대기가 반으로 부서졌다. 무송은 호랑이 머리 위에 올라타 호랑이를 때려 죽였다.

무송이라는 사람 있는데, '경양강'●에서 거기 평화로웠는데 갑자기 어느 날 호랑이 한 마리 나타난 거예요. 호랑이 수십 명 사람 잡아 먹었어요. 그래서 공문 그런 거 나왔어요.

저녁에는 지나가면 안 된다, 산 그렇게 지나가면 안 된다, 낮에도 혼자서 지나가면 안 된다, 몇 명이서 같이 지나가야 된다, 그런 공문도 나왔는데, 무송은 그렇게 멀리 있는 건 아니지만 이 동네 사람 아니에요. 다른 동네에서 지나가려고 여기 왔는데 여기 밑에 주점, 술집. 주점에서 밥 먹고 술 한 잔 한 거예요. 이 주점도 재밌어요. 술 그릇으로 팔잖아요.

"세 그릇 이상 팔지 않다."

얘기 있어요.

"세 그릇 이상 팔지 않다. 우리 가게에서는."

그렇게 얘기한 거예요. 무송은 세 그릇 마셨어요. 맛있어요. 그래서 더 시키려고 해요.

"우리는 여기 세 그릇 이상 팔지 않다. 반찬 그런 건 더 시킬 수 있다."

"왜 팔지 않냐?"고.

"내가 좋아하는데."

"우리 술은 세다. 지금 마실 때는 괜찮지만 나중에 뒤끝 이게 세다. 지금 더 많이 마시면 나중에 위험하다."

했는데,

"나 괜찮다. 나 돈 많아. 내가 돈 줄 테니 더 줘. 달라."

한 거예요.

그래서 한 열여덟 그릇 마셨어요. 되게 많이 마셨어요. 열여덟 그릇 마신다 생각해봐요 취하잖아요. 술 취해도 이렇게 걸어 다녔겠죠. 흐느적, 흐느적 걸어 다니고 나가려고 했더니 주점 가게 주인장 잡은 거예요.

● 경양강(景阳岗)은 양고현(阳谷县) 장추진(张秋镇) 경양강촌(景阳岗村)에서 동쪽으로 100미터 떨어진 곳에 위치해 있다.

"어디 가냐?"

했더니,

"나 여기 지나가겠다."

"날도 이제 어두워지는데 지금 지나가면 절대 안 된다."

"왜?"

했더니,

"여기 요즘에 호랑이 한 마리 생겨서 이미 많은 사람들 죽었다. 혹시 공문 그런 거 못 봤냐?"

"못 봤다."

얘기한 거예요, 본인은. 그래서 주인장도 음식점뿐만 아니라 여관처럼 그런 거 있잖아요. 그래서 무송이,

'하! 이 주인장은 나 자꾸 여기서 누워 자라고 그런 속셈이다,'

생각한 거예요. 그래서,

"알겠다. 나 알아서 지나간다."

하고 간 거예요.

거기 가다가 이렇게 흐느적, 흐느적 가다가 봤더니 진짜 밑에서 공문 그런 거 나온 거예요. 몇 시까지 사람들 몇 명 같이 지나가라, 혼자서 가면 안 된다. 이런 얘기 나왔어요. 근데 이것 딱 보고도 '설마'하면서, 또 술도 한 잔 했고 그냥 올라간 거예요, 산 위에.

이제 술기운 올라온 거예요. 아까 그 술 세다고 했잖아요. 술기운 올라왔어요.

'너무 피곤하다.'

해서 나무 하나 찾아서 나무 밑에서 좀 쉬다가 가고 싶은 거예요. 술 마시면 또 덥잖아요.

아 앞에 거 얘기 안했다. 무송이 항상 막대기 들고 다녔어요, 큰 거. [청자: 장군처럼 약간.] 긴 막대기 들고 다니는 사람이에요. 그거도 옆에 딱 두고 옷도 벗고 쉬려고 했더니, 멀리서 바람 그런 거세게 나오는 거예요. 그래서 본인도 술 딱 깬 거예요.

"호랑이 나타난 것 같아."

얘기한 거예요. 진짜로 호랑이 나타난 거예요. 그래서 이 사람

술 깨요. 막 이렇게 피했어요, 한 번 피했어요. 또 호랑이 앞으로 오다가 나무 막대기로 딱 때리다가 호랑이한테 못 때렸어요. 호랑이한테 못 때리고 나무에 했어요. 그래서 긴 막대기도 반으로 잘린 거예요. 그래서,

'아! 이제 큰일 났다.'

했는데 호랑이도 이제 너무 화가 나고 또 이렇게 딱 앞으로 했더니 (호랑이가 달려드는 동작을 하면서) 이렇게 오잖아요. 무송도 여기 올라탄 거예요, 머리 잡았어요. 머리 잡고 올라타고 막 밑으로 이렇게 (때리는 모습을 하며) 했대요.

아무튼 호랑이 잡았어요. 계속 이렇게 하고 어떻게 하다가 호랑이 죽였어요, 이 사람이. [조사자: 머리 위에 올라타서.] 네 그렇게 해서 호랑이 죽였어요. 그래서 호랑이 소문도 나고 그런 이야기예요. [조사자: 그 지역은 이제 호랑이가 없어졌다고 상 받은 건가 봐요.] 네, 그런 이야기예요.

여기서 그 이야기는 이 사람 호랑이 잡았다 그 얘기고요. 사람한테 알려주는 뜻은 그거예요. 사람들 뭐 일하다가 힘들고 좌절할 수도 있잖아요. 두렵고 포기할 수도 있고 했더니, 무송 이 사람은 호랑이 있는 거 알면서도 되게 용감하게, 그렇게 나가서 우연히 잡았지만. 그런 이야기예요.

[조사자: 이 사람이 장군 되고 그러진 않았나 봐요.] 네. [청자: 장군이 되지는 않았고 수호전 쪽에서는.] 좀 유명한 이야기예요. [청자: (중국어로 이야기하며) 이거 뭐라고 그러지.] 산적들. 그런데 이 산적들 착해요. 할 수 없이 그렇게 된 거예요. 산적해도 가난한 사람들 이렇게 하지 않고 부자고 나쁜 사람들 그런 거 하고 그런 거예요.

[청자: 되게 유명하죠. 실제 존재하는 인물이기도 하고.] 열여덟 명 중에 한 명? [조사자: 열여덟 명 중에 한 사람이구나. 우리도 임꺽정 형제들이 그러거든요. 그런 건가 보다.]

동곽 선생과 늑대 [1]

● 구연정보

조사일시 : 2017. 10. 21(土) 오후
조사장소 : 경기도 안산시 단원구 원곡동 세계문화체험관
제 보 자 : 박영숙 [중국(한국계), 여, 1976년생, 결혼이주 17년차]
조 사 자 : 김정은, 황승업

● 구연상황

일본 쿠미코 제보자의 〈복숭아동자 모모타로〉 구술이 끝난 다음에, 조사자가 기억나는 이야기를 부탁하자 제보자가 짧은 이야기가 있다며 구술했다. 일본의 쿠미코와 우즈베키스탄의 허율리나 제보자가 함께 이야기를 들었다.

● 줄거리

옛날에 책만 보는 동곽 선생이라는 사람이 있었다. 하루는 동곽 선생이 당나귀를 타고 걸어가는데, 사냥꾼에게 쫓기는 늑대가 와서 자신을 숨겨달라고 했다. 동곽 선생은 늑대의 팔과 다리를 묶은 뒤 자신의 책 주머니 속에 숨겨준 뒤 쫓아온 사냥꾼을 따돌렸다. 그런데 주머니에서 나온 늑대가 은혜를 잊고 동곽 선생을 잡아먹으려고 했다. 억울한 동곽 선생은 과연 늑대가 자신을 잡아먹어도 되는지 주변에 물어보자고 했다. 처음에 나무에게 물어봤는데, 나무는 사람들이 자신을 괴롭히니 잡아먹어도 된다고 했다. 두 번째는 소였는데, 소도 늑대의 편을 들어주었다. 마지막으로 한 노인에게 물어보자 노인은 늑대의 말을 못 믿겠다며 팔다리가 묶인 채 자루에 들어가 있는 모습을 확인시켜 달라고 했다. 늑대가 노인 말대로 주머니에 들어가자, 노인은 동곽 선생에게 아무나 구해주지 말라고 했다.

동곽 선생은 있잖아요, 그 뭐지? 옛날에 옛날에 그 책만 보고 그런 공부하는 [조사자: 아, 맨날 공부만 하는군요.] 그런 사람이에요, 그

런 사람이요. 돈도 별로 없고. (웃음) 그런 사람인데.

어느 날 그 가는 길에요, 당나귀에서 보니, 그 다 책 그런 거 있잖아요? 주머니 안에도 다 책 그런 것만 있는 거예요. 그런 거 들고 뭐 당나귀 하고, [조사자: 아이고, 책만 들고 다니는 거죠?] 네, 그렇게 다니는데. 어느 날 그. 뭐지? 그 뭐라고 해? 아, 또 나 한지가 오래 되가지고. (일동 웃음) 숲, 숲속에, 숲속에 그렇게 지나간 거예요. 아, 시작이 잘못 했다. [조사자: 네, 다시 좀 하세요.] 동곽 선생 설명하다가. 그 이거는 앞이 아니고요.

그 옛날 옛날에 [조사자: 네, 좋아요.] (일동 웃음) 옛날 옛날에 어느 그 사냥꾼이, 사냥꾼이 그 늑대 화살 그 뭐지? 그 이렇게 하다가, [조사자: 활?] 예, 활 쏘다가 그 뭐지, 늑대. 늑대 잡을라 했는데, 늑대 다리만, 다리만 다치고. 그래서 그 늑대 도망친 거예요. 도망쳤는데, 지금 이거 동곽 선생 만난 거야. 그래서 앞에 그 동곽 선생을 미리 소개한 거야.

그 만날 때, 동곽 선생은 당나귀 위에 그 주머니 안에 다 책들 그런 거 [조사자: 책만 있고, 응.] 많이 들어가 있는데, 그 늑대가 온 거예요.

"아, 나 좀 살려줘라. 뒤에 그 사냥꾼이 쫓아오고 있다. 나 살려주면, 내가 진짜 이 은혜 꼭 갚아준다."

뭐 그래 사정사정해서 했는데. 아, 그 이 동곽 선생 말했는데,

"아, 내가 너는 늑대인데, 내가 너 살려주면 아닌데. 그런데 내가 배우는 그 머릿속에는 그냥 니가 내한테 구한데, 내가 안 도와줘도 내가 도리가 아니야, 알았어. 내가 도와줄게."

결국은 도와줄라고 한 거예요. 그래서 그 책 있잖아요? 책 꺼내서 그 늑대 안에 넣을라고 했는데, 이렇게 넣으매 이 머리, (일동 웃음) 어 머리, 머리가, 머리가 거기 애매 책 또 눌를까 봐. 또 이렇게 두면 그 꼬리가 또 어떻게 밟힐까 봐. (청중 웃음) 뭐 아무튼 이렇게 걱정, 저렇게 걱정한 거예요. 그래서 늑대가 생각한 거야.

"나 있잖아, 내 그 손, 발 있잖아, 다 묶어. 묶으면, 이렇게 되면, 주머니 안에 쉽게 들어갈 수 있어. 그리고 책 넣으면 돼."

이미 거기 사냥꾼이 쫓아오고 있으니까, 시간도 없으니까. 그래

서 할 수 없이,

"그래서 괜찮겠어?"

괜찮대. 늑대가 생각한 거야. 이거 중요한 거는 늑대가 생각한 거 이거야, 이 방법. [청자: 알 것 같아.] (일동 웃음)

그래서 이렇게 묶어서 그러게 했어요. 그래서 숨어버렸어요. 그래서 그 사냥꾼이 쫓아와서 동곽 선생한테 물어본 거야.

"혹시 그 늑대 그런 거 발견했냐, 이 동네?"

"아니, 못 봤어. 나는 여기 지나는데, 이거 여기 아무도 못 봤어. 못 봤는 거야."

그 사냥꾼이 너무 화가 난 거야.

"너 늑대 못 봤다고? 분명히 이쪽으로 왔는데."

"아 나는 있지, 머리는 똑똑하지 않지만, 그래도 늑대가 어떻게 생긴 거 뭐 어떻게 지나가면 내가 못 볼 수 있을까. 진짜로 못 봤다."

그렇게 하고, 갔어요. 그 사냥꾼 보냈어요.

그러고 이제 늑대가 나오잖아요. (웃으며) 그래서 늑대 하는 말이,

"아, 정말 고맙다. 나 살려줘서 정말 고맙다. 그런데 지금 내가 배고프네? 배고픈데, 그래서 이왕이 나 도와주는데 내가 너 먹을래."

그 사람 동곽, 어 동곽 선생 먹을라 한 거야.

"너 먹을래. 이왕이 나 도와줘, 내 끝까지. 내가 배고프니까 너 먹어주게 해 달라."

한 거예요. 그래서 동곽 선생,

"그런 거 어디 있냐? 내가 너 살려줬는데, 니가 은혜 안 갚아도 내 잡아먹으면 안 돼지. 이거는 너무하지 않나?"

한 거예요. 그래 그 늑대가 얘기한 거예요.

"아니, 이왕에 나 도와줬잖아. 끝까지 도와주면 좋잖아."

뭐 그런 얘기한 거예요. 그래서 동곽 선생 너무 어이가 없어서 그래서 말한 거야.

"그러면 이러자. 지나가는 사람 세 명 붙잡아서 한 번 물어보자. 만약에 이분들 너 나 안 먹어도 된다 하면, 그때 나 먹어도 늦지 않다."

"그래!"

늑대고 그렇게 생각한 거야.

그런데 그 큰 숲속에, 그 큰길에 지나가는 사람들 별로 없었어요. 그래서 (웃음) 이야기니까. 그래서 지나가다가 어떤 나무를 본 거예요. 이 나무는 말을 할 수 있는 나무. [청자: 어머.] (웃으며) 이야기니까. 이야기니까. 그래서 말을 할 수 있는 나무 물어본 거야.

"이거 내가 늑대를 구했는데, 지금 나 잡아먹을라 해. 그래도 너는 괜찮다고 생각하냐?"

그래서 나무가 어떻게 얘기할 것 같아요? [청자: 다시 그 상황을 보여 달라고 하지 않았을까?] 아니, 아니야, 잠깐만 기다려. (일동 웃음) 아직 거기까지 안 왔어. [청자: 오, 미안해요. 너무 빨랐어요?] 너무 빨랐어요. [조사자: 오, 이야기를 너무 잘 안다.]

(일동 웃느라 잠시 구연이 중단됨.)

그 나무가 이야기한 거야.

"사람들이 있잖아, 내가. 어 이렇게 나뭇가지 이렇게 크다보니까, 나중에는 이제 불로 태우고, 없애버리고, 뭐 팔으고 뭐 그렇게 한 거야. 그래 인간은 있잖아, 먹어도 돼!"

그렇게 하면서

"늑대 너, 이거 동곽 선생 먹어도 된다."

고 얘기한 거예요.

"먹어도 된다."

[청자: 아, 그래요?] 어, 첫 번째.

그리고 두 번째 갔어. 두 번째 가다가 이번에 소 만났어, 소. 소 만났는데, 그래서 똑같이 또 물어본 거야.

"소야, 이 늑대 내가 구해줬는데 지금 나 먹을라 해. 그래도 괜찮다고 생각하니?"

물어봤더니, 소가,

"어, 나 있잖아, 내가 그. 나는 우리 집 주인 있잖아, 뭐로 뭐로 뭐 조그만 거 얼마나 밭갈고 해왔는데, 나는 열심히 농사 그런 거 일도 열심히 하고 했는데, 지금은 내가 늙었다고 이제 안 된다 하니까 나 잡아 먹을라 해. 그 집 주인 사람이잖아. 그래서 사람은 먹어도 돼."

하면서, 그래서 그 늑대보고

"이 동곽 선생 먹어도 된다."

고 한 거야. 아. 진짜 이 벌써 두 번 대답이.

세 번째 오면 안 되잖아, 큰일 나잖아요. 그래서 또 가다 가다 가다 할아버지 만난 거야. 이번에는 사람이야. (일동 웃음) 사람 만났어. 이 사람 만났어. 그래 할아버지 만났는데, 그 할아버지한테 물어본 거야. 그래서 할아버지가,

"아니, 이 동곽 선생 얘기 들어보면, 니가 동곽 선생이 늑대 구했는데, 니가 은혜 갚아야 되지, 잡아먹으면 안 되지."

했는데, 늑대가 또 얘기한 거야.

"아니, 그 동곽 선생 있잖아. 아까 나 주머니 안에 숨길 때 있잖아 손, 발 그런 거 다 묶어서 했어. 나 얼마나 아팠는데. 나 아파 죽을 뻔 했어. 뭐 이 사람 나 구한 거 아니고, 나 힘들게 했다."

그런 식으로 얘기한 거예요. 그래 할아버지가,

"그러네? 니 얘기 들어보니까, 또 니 말도 맞고. 그런데 니가 그렇게 묶으고 그렇게 들어갈 수 있는 거니? 나도 직접 봐야 믿을 수 있어." (일동 웃음)

그래서, 그래서 그래 늑대가 직접 보여준대요. 그래서 딱 손, 발 그렇게 묶어서 그 주머니 안에 들어갔지. 들어가자마자 그 있잖아, 음. 그렇게 했습니다. (웃으며) 해서 그 할아버지가 동곽 선생한테 한 마디 한 거죠.

"너 너무 어리석다. 구할 수 있는 사람들 그런 거 구별 안 하고 무조건 그렇게 아니다."

그런 식으로 얘기, 이야기해요. [청자: 미안해요, 나 너무 빨리 맞췄다.] (일동 웃음) 네, 그런 이야기.

동곽 선생과 늑대 [2]

● 구연정보

조사일시 : 2018. 02. 06(화) 오후
조사장소 : 경상남도 진주시 상대동 진주YWCA 다문화작은도서관
제 보 자 : 임향금 [중국(한국계), 여, 1978년생, 결혼이주 10년차]
조 사 자 : 김정은, 황승업, 강새미

● 구연상황

이야기판에 함께 있던 썸마카라 제보자가 〈호랑이와 두 소녀〉 구연을 마치자 제보자가 중국의 옛이야기 중에는 한국 것과 비슷한 내용이 많다고 했다. 그런 이야기를 생각하다가 이 이야기가 떠올랐다며 구연했다.

● 줄거리

옛날에 동곽 선생이 책이 든 보따리를 매고 과거를 보러 가고 있었다. 그때 늑대 한마리가 찾아와 자신을 숨겨달라고 했다. 그러자 동곽 선생은 보따리의 책을 다 빼고 늑대를 그 보따리 안에 넣고 묶어서 숨겨주었다. 사냥꾼이 와서 늑대를 보았냐고 물었지만, 동곽 선생은 못 봤다고 말했다. 동곽 선생이 늑대를 풀어주자, 배고픈 늑대가 동곽 선생을 잡아먹으려 했다. 그때 한 사나이가 지나가므로 동곽 선생이 사정을 이야기했다. 그러자 사나이가 그 말을 못 믿겠다며 늑대에게 다시 재연해 보라고 했다. 늑대가 다시 보따리 안으로 들어가자 사나이가 보따리를 묶어버렸다. 그리고는 동곽 선생에게 사람도 못 믿는데 어떻게 짐승을 믿느냐고 했다.

동곽 선생님이 이제 공부하러 있잖아요. 옛날에는 이런 학원이 없었잖아요. 책을 매고 막 멀리 가서 공부도 하고, 과거를 봐야 되니까. 이제 가는 길에 가다가, 가는 길에 도중에 이제 늑대가, (거칠게 숨을 몰아쉬면서) 하면서 오는 거예요.

"자기 살려 달라."고.

"자기 살려 달라."고.

늑대가,

"살려 달라."고.

했는데, 동곽 선생님은 이제 책만 읽다 보니까 그냥 그것도 생명이잖아요. 그래서 살려주고 싶은데,

"어데 니를 어떻게 살릴지 모르겠구나."

하니까, 그러면 이거 매고 다니는 보따리 있잖아요. 그거를 다 내놓고 자기를 그 안에 넣어주래요.

그래가지고 어쩌나 하면서 책을 있잖아요. 다 뺐어요. 다 빼가지고 늑대가 그 안에 들어간 거예요. 들어가 가지고 이제 짜맸어요. 짜매가지고 이제 사냥꾼이 지나가는 거예요. 사냥꾼이 동곽 선생님한테,

"늑대 한 마리 봤나요?"

하니까,

"모, 못, 못 봤다."고.

좀 더듬더듬하면,

"못 봤다."고.

그래가지고. 책이 있잖아요, 이렇게 바닥에 놓아있고 하니까 좀 이상해가지고. 못 봤다 하니까,

"어 알겠다."

고 하면서 이제 가버린 거예요.

가버렸는데, 숨을 못, 늑대가 그 안에 있으니까 이제 숨을 못 쉬잖아요. 그래서 발로 차면서,

"자기 빨리 풀어 달라."고.

그래가지고 풀어줬어요, 동곽 선생님께서. 동곽 선생님께서 풀어주니까 이 늑대가 있잖아요. 이제 배가 고프니까 흉악한 모습을 드러낸 거예요. 동곽 선생님을 잡아먹으려고 하는 거예요. 근데 동곽 선생님이 이때 이제 한 사나이가 온 거예요. 사나이가 오더만,

"무엇 때문에 이러냐?"고.

그러니까 이제 동곽 선생님이,

"이래이래이래 했다."

그래서 아 이 사나이가 생각해보니까, 늑대는 사람이 이길 수가 없잖아요. 그래가지고 아 하나 생각을 했어요.

"그러면 늑대야, 그러면 이 보자기는 요만한데 니 등치는 이만한데. 어떻게 들어갔냐? 다시 재연을 해볼래?"

하니까 이제 늑대가 있잖아요. 저절로 그거를 열고 안에 들어가가지고 있잖아요. 이때,

"아 이때다."

하면서 사나이가 있잖아요. 묶어가지고 있잖아요. 동곽 선생님한테, 이 사냥꾼한테 보내버렸거든요. 이 늑대선생님, 아니 동곽 선생님한테,

"누구를 사람도 믿을 그거가 처지가 안 되는데, 왜 짐승을 믿으냐."고.

그래가지고,

"아 알겠다."고.

"자기는 그냥 공부만 하기 때문에 이 생명이 있기 때문에 자기가 살려줬는데, 돌이켜 이 살려주는 은혜를 안 갚고 내를 잡아먹으려 했다. 너무 무서운 세상이다."

그거를 이제 좀 속담 그걸로, 은혜를 안 갚고 누구를 해치는 그런 속담이 이제 나오더라고요. 이 이야기를 통해서. 그래가지고 좀 이것도 우리가 절대, 이 속담을 많이 쓰고 있어요.

[조사자: 속담을 정리하면 어떻게 돼요?] 속담은 저도 까먹었는데, 그냥 누구 은혜를, 우리가 은혜를 베풀었지만 그 은혜를 모르고 오히려 이 사람한테 해치거나 뭐 그런, 그런 뜻인데. 제가 좀 오래돼가지고 네, 잘 모르겠는데. 근데 이거를, 이 이야기는 우리가 누가 무엇을 빌렸거나 하거나 할 때 있잖아요. 안 주거나 할 때.

"너는 은혜를 모르고."

이 이야기를 하게 되더라고요.

동곽 선생과 은혜 모르는 뱀

● **구연정보**

조사일시 : 2017. 11. 08(수) 오전
조사장소 : 서울시 강북구 수유동
제 보 자 : 권화 [중국(한국계), 여, 1972년생, 결혼이주 8년차]
조 사 자 : 박현숙

● **구연상황**

권화 제보자가 동순옥 제보자와 함께 이주생활담 구술을 마친 뒤 조사자가 권화 제보자에게 동곽 선생과 늑대 이야기를 거론하자 제보자는 뱀 이야기가 있다며 짤막하게 내용을 구연했다. 동순옥 제보자와 뚜안쇼우죠 씨가 청자로 참여했다.

● **줄거리**

겨울에 동곽 선생이 길을 가다 땅 위에서 얼어 죽어가는 뱀을 발견했다. 뱀이 살려 달라고 청하자 동곽 선생은 자기 체온으로 뱀의 언 몸을 녹여 살려주었다. 그런데 살아난 뱀이 배가 고파서 동곽 선생을 물었다. 동곽 선생은 은혜를 모르는 뱀에게 아쉬운 마음을 토로하고서 죽었다.

[조사자: 늑대 이야기 말고도 여러 가지 있을 것 같은데.] 네. 원래 그 뱀 이야기도 있어요. [조사자: 혹시 기억나세요?]

아, 어떤 그 어떤 사람●이 겨울철에 너무 추울 때 어디 가는 길인데 어떤 뱀. 그냥 얼음, 땅이 다 얼음 되잖아요. 그래서 그 뱀 그냥

● 제보자는 제목을 〈동곽 선생과 뱀〉이라고 표현했기 때문에 이야기에 등장하는 사람은 동곽 선생으로 볼 여지가 있다. 다만 이야기내용은 서양 우화와 관련이 깊은 것이어서 기억이 섞인 것일 가능성이 있다.

놀고 있었는데 너무 추워가지고 뱀이 그 사람에게,

"나 좀 도와줘. 나 좀 살려줘, 나 좀 도와줘. 만약에 당신이 나 살려주면 내가 보답할게요."

그 사람이 너무 착해서,

"그래 알았어."

그래서 뱀 주워서 자기 품에서 그냥 좀 따뜻하게 해주는데 그런데 조금 조금씩 시간이 지나가면서 뱀이 약간 몸이 풀렸어요. 풀렸는데 그 이제 자기가 뭐 살게 됐잖아요. 그래서 이제 자기도 배가 고프니까 그 사람 물었어요. 그래서 그 사람 죽기 전에,

"내가 당신 구하니까 왜 당신 나한테 이런 짓을 하냐? 흐흐 사람은 너무 착하면 안 돼. 뭐 나한테 뭐 속였어."

그 사람은 죽기 전에 아쉬움이 좀 남았어요. 네, 그런 이야기 있어요.

마량의 신기한 붓

● 구연정보

조사일시 : 2017. 10. 21(토) 오후
조사장소 : 경기도 안산시 단원구 원곡동 세계문화체험관
제 보 자 : 박영숙 [중국(한국계), 여, 1976년생, 결혼이주 17년차]
조 사 자 : 김정은, 황승업

● 구연상황

함께 있던 제보자들 일부가 돌아간 뒤 박영숙 제보자와 일본의 쿠미코, 우즈베키스탄의 허율리나 제보자가 이야기를 이어갔다. 박영숙 제보자가 잠깐 이주 내력담을 들려준 뒤 준비해온 설화 구술을 시작했다. 쿠미코와 허율리나 제보자가 적극적으로 경청하고 반응해서 재미있는 이야기판이 형성됐다.

● 줄거리

그림을 잘 그리는 마량이라는 아이가 있었는데 가난해서 붓 하나도 살 수가 없었다. 하루는 마량이 신선할아버지에게 붓을 받는 꿈을 꾸었는데, 깨고 나니 진짜 손에 붓이 있었다. 그 붓으로 그림을 그리면 그린 것이 살아서 움직였다. 마량이 그 붓을 이용해서 가난한 사람들을 자꾸 도와주다 보니 소문이 났다. 소문을 들은 원님이 붓을 빼앗으려고 마량을 가두었다. 마량은 사다리를 그려 감옥에서 빠져나온 뒤 말을 그려서 타고 도망갔다. 이후에 마량은 그림을 그릴 때 일부러 부족하게 해서 소문이 안 나게끔 하면서 가난한 사람들을 도와줬다. 그러던 중 실수로 그림을 완전하게 그리는 바람에 임금님이 신기한 붓에 대해서 알게 되었다. 임금이 마량을 붙잡아온 뒤 붓을 빼앗아 다른 사람에게 그리게 했는데 소용이 없었다. 붓을 받은 마량은 금으로 된 산을 그린 뒤 그 앞에 바다를 그렸다. 그러자 실제로 금산과 바다가 생겨났다. 금을 욕심낸 임금은 마량에게 배를 그리게 해서 올라타고는 바람을 불게 하라고 했다. 마량이 쉬지 않고 계속 바람을 그리자 배가 뒤집혀 임금과 신하가 바다에 빠져 죽었다. 이후 마량의 소식은 전해지지 않는다.

신비한 붓은 어, 옛날에 옛날에 한, 어, 한국이라고. (웃음) 옛날에 옛날에 그 어린 친구 한 명이 있었어요. '마량'라고 해요. [조사자: 마량이라는.] 네, 남자예요.

남자애인데, 그림 그리는 거 엄청 좋아했어요. 그런데 집이 엄청 가난해요. 돈 없어요. 그래서 그림 그린 거 그 붓조차 없는 거예요.

그런데 어느 날, 일하다가 지나가다가 그 어느 원님 집에, 돈 좀 있는 집에 어떤 화공, 화공이 그 원님 집에 앞에서 그림 그린 거 봤어요. 그래서 거기서 구경하다가,

"어, 나도 붓 하나 있으면 좋겠다."

뭐 그런 얘기 했는데. 그런데 이 친구는 좀 돈도 없고 가난하고, 옷 입은 것도 그렇고 하니까, 그 원님이 발견해서,

"야, 거지야. 어서 꺼져!"

뭐 하면서 이제 쫓아낸 거예요. 그래서 제가, 어 그래서,

"어, 나도 이 화공처럼 그림 잘 그릴 수 있는데."

너무 아쉬우면서 여기 떠나갔어요. 그러고 맨날 맨날 일 해야 되잖아요. 그래 산에 가서 나무도 그 하고 했대. 그러면서 위에서 나뭇가지로 땅 위에서 그림도 그리고 해요. [조사자: 나뭇가지로.] 나뭇가지로. 그리고 물, 강물 옆에 지나가면 또 손으로 그 강물 물 그렇게 하면서 여기 바다에서도 그리고. 막 그런 식으로 계속 연습한 거예요. 붓 그런 거 없는데.

그런데 몇 년 동안 일도 하면서 이렇게 그림 계속 그리고 해왔어요. 이제 실력은 진짜 좋아요. 주변 사람들 볼 때, 와 이, 이 친구가 그린 거 꽃 있잖아요. 꽃 그린 거 보면, 나비들 이 진짜 꽃인 줄 알고 여기 찾아올 정도로, 진짜 그 정도 너무 생생하고. 그 생물도 진짜 움직일 수 있는 것 같아 그런 느낌 들은대요. 그런데 계속 붓은 없고, 이렇게만 계속 오는 게 너무 아쉬운데.

애가 누워 잘 때에도 꿈을, 꿈속에도,

'아, 나 붓 하나 있으면 좋겠다.'

그런 거 꿈꾸고 있는데. 어느 날 밤에 수염 하얀 그 할아버지 나타난 거예요, 꿈속에서. 그래서 이 친구한테 붓을 주면서,

"나중에 이 붓으로 좋은 그림 많이 그려라."

이렇게 얘기하고 없어진 거예요. 얘도 깜짝 놀라서 눈떴는데, 할아버지는 없어요. 하지만 손에는 이 붓을 쥐고 있는 거예요. 그 꿈속에 있는 붓을. 그래서,

'아, 신령 할아버지구나.'

그런 생각했어요.

이 붓 생겼으니까 기분 너무 좋아서 얼른 그래서 그림 하나 그런 거예요. 수, 수탉 그린 거예요. [조사자: 수탉을, 네.] 네, 수탉 그렸는데, 여기에서 수탉 하나 그렸는데,

"꾸, 꾸꾸닥, 꾸꾸닥"

소리 지르면서 내려온 거예요, 그 닭이. 살아 있는 거예요. [조사자: 네, 좋아요.] 네, 그 붓이, 그 신령님 주는 붓이 그렇게 그림 그리면 살아 있는 걸로, 동물로 변한 거예요. 그래서

'아, 진짜 이게 너무 신기하다.'

해서 가난한 사람 많이 도와주면서, 이 친구가 길에서 보면 친구들, 어린 친구들 배고파서 밥 못 먹잖아요. 이래

"잠깐만 기다려."

하면서 이 붓으로 밥 그려 줘요. 그러면 밥이 나와요. 사람 그 먹을 수 있는 밥.

이 친구들 밥 먹고. 그리고 농사짓는 그 할아버지들, 노인들 보면, 그 힘들게 도구도 없고, 뭐 소도 없고 흙 매니까, 이 친구는 또 붓으로 소 하나 그려 줘요. 그러면 그 소도 진짜 소로 변해서, 그래서 같이 (웃으며) 어, 그래서 하고 했대요.

그래서 이러다 보니까 소문나는 거죠. 그래서 이 마량,

'마량 이 친구 신비한 붓 있다. 뭐 뭐 그리면 할 수 있다.'

해서 그 원님이 너무 샘이 난 거예요. 그래서 한 밑에 사람 그 시켜서 이 마량 잡아온 거예요.

그런데 마량은 이 원님 알잖아요. 부자 집에 살아, 돈도 있고. 이런 거 필요 없잖아요. 그래서 안 그려줄라 한 거예요. 그래서 [조사자: 그렇죠, 싫죠.] 네, 네. 그래서 이 원님이 이 마량을 그 집에 그 감옥 그

런 거 있어요. 거기서 예, 갇힌 거예요.

갇혔는데, 갇힐 수 없잖아요. 마량이 그 밤에 붓으로 사다리, 사다리 그려서 거기서 도망쳤어요. 그리고 뒤에서 사람 발견해서 쫓아오잖아요. 그래서 마량이 또 바로 말, 말 그려서 말 타서 그래서 도망쳤어요. [조사자: 오, 재밌는 얘기네요.] 네, 네. 딴 데로 도망쳤는데, 그래서 이렇게 조용히 살고.

이제는 이 친구가 이제 머리 좀 생각한 거예요. 가난한 사람 도와주면서도 소문나면 안 되니까, 이제 그림 그릴 때 좀 조심스럽게. 뭐 사람 그리면 뭐 다리도 하나 빼고. 못 못 움직일 수 있게, 뭐 그런 거. 그런 식으로 좀. 뭐 아니면 그림 그릴 때 눈 하나 덜 그리던가. 뭐 좀 이상한 그림 그리면서, 그래도 가난한 사람 도와줄 수 있는 방법 생각한 거예요. 그렇게 소문 안 나게 했는데.

그래도 어느 날, 이 그림 그리다가 실수다가 원래 그 눈 안 그릴라 했는데, 그 부위 있잖아요, 그 어떻게 하다가 눈 나온 거예요. 그래서 너무 생생하게 또 그, 생생해 동물 나온 거예요, 나타난 거예요. 결국에는 또 소문나서 그 임금님이 알게 된 거예요. [조사자: 이제 임금님까지.]

네, 그래서 이번에는 임금한테 잡혀갔잖아요. 임금님도 그림 그려 달라 했는데, 이 친구 죽어도 안 그릴라 하잖아요. 그래서 할 수 없이 나중에 이 임금님이 계속 그렇게 해고, 하다니까 임금님 다른 사람 시켰어요. 그런데 안 돼요. 그 붓으로 다른 사람이 그리면, 그 붓을, 똑같은 붓으로 그려도 안 돼요. [조사자: 붓을 뺏어도 소용이 없군요.] 네, 없는 거예요. 마량만 할 수 있으니까.

"그렇게 다른 사람도 다칠 수 있어."

아무튼 어떻게 협박에다가 마량이 이제,

"알겠다. 이제 그려 줄게요."

해서 씩 웃으면서, 눈빛이도 달라면서 그 산 있잖아요, 금산. 금으로 만든 그 산. 멀리 있는 금산 만든, 그려준 거예요. 그다음에 금이 될 수 있잖아요.

왕이 너무 좋은 거야. 그런데 딱 좋아라 했는데, 마량 바로 그 앞에서 바다 그려줬어요. 바다. (일동 웃음) 그래, 그래 갈 수 없잖아요. 그래서 바다 그려줬어요. 그래서 임금님이,

"아, 나 지나갈 수 있게 그"

[조사자: 배도.] 예,

"배 하나 그려 달라."

"알겠어요."

웃으면서 배 그려줬어요. 배 그려주면서 이 큰 배에서 뭐 임금님하고 부하들 다 사람들 가서 그 타러 가야 되잖아요. 배 탔어요. 그래서 거기까지 가려면 바람,

"바람 세게 해라. 좀 빨리 갈 수 있게."

[조사자: 바람까지. 아이고.] 계속 세게 해줬어요. 이제는 왕이

"이제 어느 정도 됐으니까, 이제 바람 그러지 말라."

했어요. 그만해라 해도 이 친구가 알아들었는지 못 들었는지 계속했어요.

결국은 이 배가 뒤집어졌고, 이 임금하고 이 부하들 다 죽었고. 그래 이거도 없어지고. 그 후에는 이 마량도 사라졌다고 해요.

그래서 나중에는 이 마량이 딴 데서 가서 조용히 살았다 이런 얘기도 있고, 뭐 전설 된 거죠. 이런 얘기요.

양산백과 축영대 [1]

● **구연정보**

조사일시 : 2017. 01. 19(목) 오후
조사장소 : 서울특별시 광진구 화양동
제 보 자 : 김설화 [중국(한국계), 여, 1983년생, 유학 9년차]
조 사 자 : 박현숙, 김현희

● **구연상황**

제보자가 〈백사전〉 이야기 구연을 마친 뒤 조사자가 준비해온 이야기에 대해 묻자 백사전 이야기와 비슷하게 애정을 다룬 설화로 〈양산백과 축영대〉가 있다고 대답했다. 조사자가 들려 달라고 하자 제보자가 구연을 시작했다. 제보자는 이 이야기를 대학시절 라디오방송에서 들었다고 했다.

● **줄거리**

옛날 중국 동진시대 때 부잣집 딸 축영대가 살았다. 축영대는 부모가 여자라는 이유로 공부를 시키지 않자 독학으로 공부도 하고 명망 높은 스승을 찾아가서 공부를 하겠다며 앓아누웠다. 축영대는 늙은 의사로 변장하여 딸의 소원을 들어주면 병이 나을 것이라고 했다. 축영대는 공부하러 가는 것이 소원이라고 하며, 축영대는 가까스로 부모의 허락을 받고서 서당으로 떠났다. 그 길에서 축영대는 양산백을 만났고, 둘은 서당에서 동고동락하다가 축영대가 양산백을 흠모하게 되었다. 어느 날 축영대는 어머니가 위독하다는 전갈을 받고 급히 집으로 돌아가게 되었다. 양산백이 축영대를 배웅해 줄 때 축영대가 자신의 마음을 내비췄지만 양산백이 전혀 알아차리지 못했다. 스승의 아내가 양산백에게 축영대가 여자라는 것을 알려주며 다시 만나러 가라고 했다. 양산백이 축영대를 찾아갔으나 축영대는 이미 다른 남자와 혼인 날짜가 잡혀있었다. 양산백은 상사병에 걸려 시름시름 앓다가 축영대의 결혼식 전날 죽고 말았다. 축영대가 가마를 타고 시집을 가던 길에 양산백의 무덤 앞에 멈춰 곡을 했다. 그러자 갑자기 무덤이 열렸고 축영대는 무덤 안으로 뛰어 들어갔다. 하인들이 무덤 밖으로 삐져나온 축영대의 옷을 만지니 무덤에서 한 쌍의 나비가 나와 하늘로 올라갔다.

양산백이 남자고 축영대가 여자죠? 근데 이 축영대가 이, 동진 시대에 나온 이야기라고 하더라구요, 중국에.

굉장히 잘 사는 집안에 규수였는데, 그, 공부에 굉장히 흥미를 가지는 여인이었대요. 근데 그때 시대에 여인들은 공부를 못하게 하는 가풍이 있어서 특히 잘 사는 집안의 여자일수록 공부를 못하게 하는? 에, 그런 풍습 때문에 이 여자가 공부를 하고 싶은데 서당에 보내주지를 않는대요, 집안에서. 특히 아버지가 반대를 하고,

"여인은 시집을 잘 가면 되는 것이다. 그리고 우리 집안이 잘 사는 집안이니까 여기에 맞게 어, 잘 사는, 이런 명문가 쪽으로 시집을 가야 된다."

이런 식으로 말을 하는데 이 여자가 그냥, 혼자서 그냥 남몰래 공부를 습득을 하는 거죠, 글도 배우고.

그러다가 아, 굉장히 이름 있는, 이런 그 서당의 선생님이 계신다는 말을 듣고 거기에 가고 싶은데 집안에서 너무 안 보내주니까 드러누운 거예요, 밥도 안 먹고. 아프다고. 그래서 모든 그, 정말 잘하는 의사 분들을 이렇게 모셔왔는데도 다들,

"약이 없다."

이런 식으로 말을 하는 거죠. 그런데 어느 하루 굉장히, 어, 나이 드신 한 분이 지나가는 길에 들렀다가,

"내가 니 딸 한 번 봐줄게."

하면서 들어왔대요. 그래서 딱 보더니,

"아, 니 딸 병을 고치려면 약은 있는데. 뭐 봉황의 깃털과, 용의 여의주와."

뭐 이상한 이런 애들을 이렇게 말을 하더래요. 그래서 아버지가,

"미쳤냐?"구,

"그게 어디 있냐?"구.

"그런 거 어디서 구하냐?"

그랬더니, 그 말인즉,

"약은 없다."

(웃으며) 그랬대요.

“다만, 어, 치료할 수 있는 방법은 하나 있는데 딸의 소원을 하나 들어주라.”고.

“딸이 지금 원하는 게 하나 있는 거 같은데. 원하는 거 들어주면 된다.”

그랬더니 이 아버지가,

“아니 여자가 공부를 하겠다는데 그걸 어떻게 들어 주냐? 남정네들이 가득한 그런데서 공부를 어떻게 하느냐?”

이랬더니

“그러면 남장을 시켜서 보내면 어때?”

이랬더니,

“내 딸은 너무 이뻐서 아무리 남장을 해도 다 보인다.”구.

“절대 안 된다.”

그래서, 그래서 그랬더니 이 의사가,

“그러면 부모님들이 알아 못 보게끔 남장을 하면은 되지 않느냐?”

했더니,

“절대 그런 일은 없다, 어, 내가 낳은 부모로써 어떻게 이쁜 내 딸을 못 알아보겠냐?”

그랬더니 이 의사가,

“지금 못 알아보는 거 아니냐?”

이랬더니 막 수염도 띠어보고 딸인 거예요. (웃음) 그니까 꾀를 쓴 거죠. 그랬더니 약속은 했지, 그래서 못 보내지는 못하고,

“그러면 다녀와라.”

그래갖고 보낸 거죠. 근데 그때 당시, 뭐, 가는 길이 좀 오래 걸리고 하니까 뭐, 또 몸종 하나도 데리고 가야 되고. 가는 길에서 양산백을 만난 거예요. 에, 가는 길에서 만났는데 인사 나누다가 쉬다가, 이런 쉬는 데서 만났는데, 쉬다가,

“어, 나도 그 서당에 가는데.”

“나도 거기 가는데?”

“어, 진짜냐? 그러면 같이 가면 되겠네.”

이랬, 이랬는데 가는 길에 두 사람이 계속 말을 나누다가 보니까

이 축영대가 양산백이 굉장히 멋있게 보이는 거예요. 애정을 품은 거예요. 근까 여자가 먼저 애정을 품는 경우가 많아요, 중국에는.

그렇게 같이 가서 동문이 된 거죠. 그러면서 공부를 삼 년 한 거예요. 근데 어, 이상하게 이 축영대는 양산백한테만 마음이 끌리는 거죠, 이삼 년 동안 이 서당의 모든 남자들과 이렇게 같이 공부를 했지만 양산백이, 아 축영, 양산백이 가장 멋있고 가장 똑똑한 남자로 보인 거예요. 그니까 무딘 거죠, 남자가. (웃음) 남자가 굉장히 무뎌요. 삼 년 동안 공부를 했는데 여자라고 의심을 한 적이 한 번도 없었대요.

아, 그래서 공부를 정말 재미있게 하고 두 사람이 이렇게 했는데, 삼 년이 지나고 어느 날에 이 여자 집에서 전보가 와요.

"엄마가 위중하니 빨리 집에 와라."

어, 그래서 아 집은 가야 되는데, 양산백이 이게 떠나기가 싫은 거죠. 그래서 중국에 그때 당시 보니까 풍습이 있었는데 이, 친구가 길을 떠나게 되면은 그, 배웅을 하는 풍습이 있대요. 근데 그거, 그게 집 문 밖까지 보내는 게 아니라, 절반 길을 같이 가주는. 에, 근까, 이렇게 여섯 달 가야 된다고 하면은, 삼 개월은 절반까지 같이 갔다가 그 절반에서 두 사람이 각자 헤어지면은 도착한 시간이 똑같게 되게끔. 에, 그런 풍습이 있대요.

그래서 선비로서도 그렇게 맞다. 가장 친한 친구로서 배웅을 한 거예요. 근데 떠나기는 싫고, 양산백은 떠나기는 싫고 했는데, 그래서 가는 길에, 두 사람을 배웅, 같이 배웅을 한다고 양산백이랑 같이 열여덟 고개를 넘었다고 했었나? 고개를 넘으면서 이 축영대가 계속 암시를 주는 거죠.

"아, 저기 원앙새 두 마리가 같이 있네. 우리 같지 않어? 우리 두 사람 같지 않어?"

뭐 이렇게.

"어 저기 물고기 한 쌍이 있네."

뭐 늘 이렇게 말을 했는데 이 양산백이 알아 못 듣는 거예요. (웃음)

"이 소대가리야."

욕을 하고 이러다가 결과적으로는 떠나게 된 거죠. 이제는 절반 길까지 왔고, 이제 헤어지게 됐어요. 그래서 각자 또 길을 떠나고 양산백이 서당에 도착을 하고. 도착을 했는데 이 사부, 사모님이. 그니까 사부의 마누라. 그쵸? 불른 거예요. 양산백을 불른 거예요. 불렀는데,

"내가 시험 하나 낼 테니까, 어, 답을 해라."

했더니,

"어, 문제가 어렵냐?"

"아니 어려운 건 아니다."

그냥 맞다 틀리다 라고만 대답을 하는 건데 시험 문제가 '축영대가 여자다? 아니다?' 그랬더니 양산백은 '아니다'라고 답을 한 거예요.

"아, 니가 참 무디구나. 빨리 당장 축영대를 찾아가라. 짐 풀지 말고 가라."

사모, 사모님이 보낸 거예요. 그러면서,

'아, 이상하다.'

하면서도 그냥 사모가 보내니까, 쫓아내니까 어쩔 수 없이 그냥 그 짐을 갖고 또 간 거예요. 또 길을 떠난 거예요. 그래서 산을 열여덟 고개 또다시 넘으면서 이제야,

'아, 여자였구나.'

이걸 알게 된 거죠.

아 그리고 아, 그 사이에, 사이가 아니고 그전에, 열여덟 고개 다 넘고 이제는 헤어질 시간이 됐는데 이 축영대가 꾀를 하나 썼는데, 남자가 아무리 암시를 줘도 모르니까 그런 말을 하죠.

"아, 나에게 여동생이 하나 있는데 나랑 좀 비슷하게 생겼다. 근데 내 동생이랑 약혼 할 의사는 없느냐?"

그랬더니 양산백이

"아, 니 동생이라면 좋지. 당연히 하지."

이래서,

"근데 여동생은 지금 없고 하니까 내가 여동생 대신에 우리 두

사람이 뭐, 그, 뭐 이렇게 절이거나 이런 데 가서 이렇게 절을 하는 거로 약혼을 대신하자."

이래서 두 사람이 어, 절을 한 거예요. 약혼식을 올린 거죠? 그렇게 하고 헤어졌다고 하더라구요.

그래서 다시 이렇게 축영대를 찾아가는 그 길에서 양산백은 축영대가 여자인 걸 이제야 알았었고 그래서 빨리 길을 재촉해서 도착을 한 거예요. 그래 도착을 했는데, 어, 양산백을, 양산백이 축영대를 만나서 두 사람이 울며불며 막 좋다고 이랬는데 어, 양산백이 또 물어본 거죠.

"어머님이 위독하다는데 괜찮냐?"

그랬더니 이 축영대가 막 우는 거예요.

"너 왜 그러니?"

했더니 아, 사실 엄마가 위독한 게 아니라 어, 이 장안에 이름 있는 아씨 집안의 도련님이랑 혼사를 맺어준 거예요. 근데, 그냥 결혼하라고 오라고 하면 안 올 거 같아서 어, 거짓말을 해서 나를 불러들인 거고 도착했을 때 이미 혼사 이거는 다 끝났고, 이제는 거의 니가 도착했을 때는 이제는 이이, 준비가 다 돼갖고 곧 결혼을 앞둔 여인이 되어버린 거였죠.

그 말을 듣고 양산백이 청천벽력을 맞은 것 같이 집에 돌아갔다가 어, 시름시름 앓은 거예요. 그렇게 앓다가 상사병이죠, 어떻게 보면은? 마음의 병을 갖고 누웠는데, 어, 결혼 전날에 양산백이 죽어버렸어요.

그래서 축영대가 이 소식을 듣고 결혼은 어쩔, 어쩔 수 없이 해야 되는 거고. 가마도 이제 내리면 오게 되는 거고. 집안에 도착하게 되는 거고. 그래서 어, 죽었으니까,

"그러면 어디에 묻혀있는지 알려 달라."고.

해서 어, 양산백이 묻힌 그 무덤 그쪽으로 가마를 그쪽으로 가게 만든 거예요, 이 축영대가. 근까 왜냐면 그쪽 그렇게 시집을 가는 길도 바로 그날 끝나는 게 아니라 며칠 동안 가마가 가야 되기 때문에 그냥 꾀를 써서 가마를 그쪽 길로 향하게 한 거죠?

그래서 거의 도착할 무렵에 이렇게 가마에서 멀리 봤더니 이렇게 양산백의 무덤이 보이는 거예요. 그래서,

"여기서 잠깐 쉬자. 내가 소피도 봐야 되고."

하다가,

"응, 알았다."

했는데, 가마에서 나왔는데 이 여자가 가마에서 상복을 입고 나온 거예요. 글고 상복을 입고 막 나와 갖고 무덤가에서 그, 남편을 잃은 여인의 곡을 하는 거죠.

그래서 이 사람들이 깜짝 놀라는 거죠. 어찌 새댁이, 시집을 가야될 새댁이 어, 상부를 한 여인네의 곡을 막 한다는 식으로 막 놀랐는데 이 축영대가 곡을 하니까 갑자기 지진이 일어나고 하늘에 벼락이 치고, 그러면서 어, 무덤이 그쵸, 무덤이 이렇게 열린 거예요. 양산백의 열려서 축영대가 거기로 뛰어 든 거죠. 그리고 무덤이 다시 닫히니까, 해가 화창하게 나오고. 그래서 사람들은 놀라서,

"어디갔지? 축영대, 새댁이 어디 갔냐?"

고. 그래갖고 막, 그 무덤가에 가까이 갔어요. 근데 무덤에는 그, 사람은 안 보이고 옷자락이 끼어있는 거예요, 그 무덤에. 축영대의 옷자락이 상복이 끼어져 있어서.

"어, 이거 우리 아씨 옷인데?"

해갖고 시녀가 이걸 잡으니까 그 옷자락이 두 쌍의 나비로, 한 쌍의 나비로 되어서 날아갔다, 이렇게.

[조사자 1: 음. 거기서, 추경대라고 그래요?] 네, 축영대. [조사자 1: 우리는 추영대.] 네, 영대가 되는 거죠. [조사자 1: 그쵸. 추영대죠. 그럼 쓰면 '경대'로?] 아뇨, 경대가 아니고 영대. [조사자 1: 아, 나는 계속 추경대로 들려가지구.] [조사자 2: 축영대.] 네. [조사자 2: 그 추영대 아니면, 'ㄱ'을 넣어서 '축영대' 이렇게 되드라구요. 근데 나비로 변하는 게 제일 예쁜 거 같애요.] [조사자 1: 그치.]

근까 중국인의 로맨틱이 그쪽에 있는 거 같애요. 축영대, 백사전 두 개가 양대 양대 소설, 고전 애정소설로 많이 전해지죠. 응, 저는 그게 이름이 좀 특이해서, 네. 양산백이잖아요? 네. 산백인데, 이게

산에, 백작 백(伯) 자니까. 네, 이름 좀 이상하고. '축'씨라는 것도 있다는 걸 참 이상하게 생각했그든요.

[조사자 1: 축씨. 이름 찾아보면 있지 않을까? 축씨도? 별에 별 성이 다 있던데.] 그쵸. [조사자 2: 옛날 그런 거 있어요. '천방지축' 뭐. 그게 있긴 있을 거예요. 근데 한 번도 본 적은 없어요.] [조사자 1: 그치, 흔하지 않은데 어떻게 보겠어.] [조사자 2: 그쵸.]

[조사자 2: 이건 언제 들으셨어요?] 이거도 그 방송에서 들었던 거 같아요. [조사자 1: 방송에서 이야기를 구연해주는 게 있었어요?] 네네네. [조사자 1: 그게 대략 한 몇 년 도인 거 같애요?] 제가 대학 들어갈 때니까 2001년에 저 대학 들어갔거든요. 그러면, 1년 2년 요사이? 그때는 기숙사생활 하다 보니까, 그 TV도 아무것도 없거든요? 근데 밤이면 11시면 기숙사에서 불을 꺼버려요. 그래서 할 일이 없어요. 잠은, 또 안 오고. 그때 영어 수업을 들을 때, 이이이 이어폰 같은 걸 하나, 이렇게 영어 시험을, 리스닝 시험을 전문 쓸 때 쓰는 이, 이어폰이 하나 있었는데 얘가 지상파 방송이 접수가 되는 거예요, 라디오에. 그걸 돌려서 들으면서 잤던 그게 있어 갖고.

[조사자 1: 그러면 꽤 많이 들었겠는데?] 그냥 그러다가 안 들었던 거 같아요. 내가 아는 거, 이런. 근데 별로 많지는 않고. 잠깐잠깐 지나가는 이야기로 말을 하다 보니까. 근데 내가 들었던 거랑 좀 다르고, 내가 봤던 드라마랑 영화가 조금 요런, 가끔 요런 부분에서는 좀 다르게 나오더라구요. 그니까 드라마나 영화는 각색이 필요하기 때문에 그렇다고 하긴 하던데. 방송은 그렇게 말을 하드라구요.

양산백과 축영대 [2]

● 구연정보

조사일시 : 2017. 04. 05(수) 오후
조사장소 : 충청북도 충주시 단월동
제 보 자 : 주경옥 [중국(한국계), 여, 1973년생, 결혼이주 13년차]
조 사 자 : 오정미, 한상효

● 구연상황

조사자들은 제보자와 두 번째 만남을 가졌다. 제보자는 미리 준비한 이야기라면서 조사자에게 양산백과 축영대 이야기를 아느냐고 물었고, 조사자가 잘 모른다고 하자 이야기 구연을 시작했다.

● 줄거리

축씨 가문에 영대(英台)라는 총명하고 어여쁜 규수가 있었다. 축영대는 공부가 하고 싶어 남복을 하고 공부를 하러 떠났다. 남장한 축영대는 양산백(梁山伯)과 조우하고 이내 그와 의형제를 맺었다. 두 사람은 같은 학교에서 함께 공부했지만 양산백은 영대가 여자라는 사실은 알아차리지 못했다. 삼 년이 흐르고 영대 아버지는 혼사를 치르고자 그녀를 집으로 불러들였다. 축영대는 저와 외모와 성격이 똑같은 여동생을 소개해주겠다고 거짓말하고 헤어졌다. 양산백은 다시 축영대를 찾아갔지만, 축영대는 다른 남자가 혼사가 진행 중이었다. 고향으로 돌아온 양산백은 축영대를 그리워하다 병을 얻어서 시름시름 앓다 세상을 떠났다. 양산백은 유언으로 축영대가 시집가는 길목에 묻어 달라고 했다. 혼례를 치르던 날, 영대의 가마가 양산백의 무덤에 도착하자 축영대는 비통한 마음으로 무덤 앞에서 통곡을 했다. 이때 양산백의 무덤이 갈라졌다. 영대는 양산백의 무덤으로 뛰어들었다. 다시 만난 축영대와 양산백은 나비가 되어 무덤 밖으로 나와 세상을 날아다니게 되었다.

옛날에 축씨 가문에. 여자가 축영대거든요. 축씨 가문에 딸이 있었는데 이 아빠는 이 옛날에 조금한 벼슬을 하시던 분이었어요. 못사는 집은 아니고 어느 정도 그래도 있는 집안 따님이었거든요. 그래서 좀 있는 집안에 자식이었어요.

그래서 중국은 조금 봉건시대여서 그때는 뭐 못 배우고 했지만 이 여자는 굉장히 있잖아요. 아빠를 졸라가지고 공부도 좀 할려고 해가지고 예쁘고 생기고 또 뭐 바느질 이런 것도 굉장히 잘했어요.

그런데 공부를 굉장히 하고 싶었어요. 그래서 서당에 가고 싶었는데 여자다 보니까 갈 수가 없었어요. 그래서 남자 변복을 하고 아빠, 남자 변복을 하고 아빠한테 나섰죠. 그러니 아빠가 못 알아보는 거예요. 자기 딸이라는 걸 모르고 남자인줄 안 거죠.

'아 이러면 되겠다.'

이렇게 생각을 하고 해가지고 아빠 엄마, 아빠를 설득해가지고 딱 서당에 공부를 하러 갔어요. 갔는데 거기서 양산백이라는 청년이 있었는데 굉장히 있잖아요. 공부도 잘하고 시도 잘 짓고 이런 청년이었어요. 그래서 둘이 좋은 친구가 돼가지고 같은 집에서 그래서 이렇게 살았다고 이렇게 해요. 그러면서 평소에 축영대가 굉장히 조심을 해가지고요. 양산백이 꽤나 오랫동안 생활을 했지만 여자라는 걸 못 알아차린 거죠.

네. 그래서 못 알아차리고 공부를 하고 있었는데 어떤 하루 그 축씨 네 집안에서 이렇게 소식이 온 거예요.

'빨리 집에 와라.'고

'니도 이제 나이도 있으니까 빨리 혼인을 있잖아요. 서둘러야 되겠다.'고.

집에 오라는 거예요. 이 여자가 축영대가 집에 가긴 가야 되는데 이 남자가 너무나 아쉬웠던 거죠. 그래서 이렇게 계속 힌트를 줄려고 했는데 이 남자가 너무 눈치가 없어 가지고 그걸 못 알아들은 거예요. 그래서 딱 하면서 자기 있잖아요.

"자기 집안에 여동생이 있는데 굉장히 나하고 거의 똑같게 생겼다고 굉장히 예쁘게 생겼는데 그 마음씨도 착하고 바느질도 잘하고 지식도, 공부도 좀 했고 그런데 그 여동생한테 네가 혼사를 이렇게 요청하지 않겠느냐.”

하니까 그 있잖아요. 양산백이

“아 좋다.”고.

“너무 좋다.”고.

“자기가 하겠다.”고.

이렇게 딱 대답을 했어요.

그러고 나서 둘이서 헤어졌는데 그 축영대는 계속 기다렸죠. 이 남자가, 남자 집에서 혼사를 이렇게 기다렸는데 좀 늦어진 거죠. 다른 집에서 이렇게 먼저 와가지고 부모가 승낙을 해가지고 혼사를 했는데 그다음에 그 후 며칠이 지나서 이 남자 그 있잖아요. 그 양산백이 있잖아요. 이 집에서 딱 있잖아요. 혼사를 딱 중국에서 티신(喜事)이라고 이렇게 혼사를 말하러 온 거예요.

그런데 딱 오니까 여자가 울면서,

“이거 너무 늦었다.”고.

“이거 우리 부모가 이쪽 다른 집안에 나를 결혼시키기로 했다.”고.

이렇게 해서 좋을까. 남자가 딱 보니까 그다음에 거기서 보니까 아 저 여자, 자기와 같이 공부를 하던 그 친구구나, 그걸 깨달은 거죠. 그래서 남자가, 남자도 굉장히 같이 지내면서 여자가 딱 보니까 마음에 들었던 거죠. 지금 와서 다시 여자라고 생각해 보니까.

남자가 집에 가서 너무 슬퍼가지고 밥도 안 먹고 막 그 너무 안타깝잖아요. 남자가 죽었어요. 이렇게 상사병에 걸려가지고 죽었어요, 그러면서 죽기 전에 부모님한테 이렇게 얘기를 해요.

“나 죽거든 무덤을 축영대가 시집가는 길 그쪽 길 쪽에다 무덤을 있잖아요. 만들어 달라.”고.

“그러면 내가 마지막이라도 그 축영대가 가는 모습을 보고 싶다.”고.

이렇게 얘기를 했어요. 그래서 부모님들이 딱 가는 길에다가 있잖아요. 딱 무덤을 파서 이렇게 무덤을 해 주었거든요.

그래서 그다음에 있잖아요. 이 축영대도 이 양산백이 죽었다는 소식을 들었거든요. 굉장히 슬펐거든요. 그래서 그다음에 결혼식 날 중국에서 이렇게 가마를 매 가지고 가잖아요.

“꼭 그 길로 가 달라.”고.

네. 그래 그 길로 가면서 그다음에 중간에서 좀 내리자고 가마꾼들에게 얘기를 한 거죠. 안 된다는데도.

“자기는 급한 볼일 봐야 되겠다.”고.

내리자고 애기를 한 거죠. 그래 딱 내려가지고 그 양산백이 무덤 앞에서 막 통곡을 한 거죠. 통곡을 했는데 딱 있잖아요. 통곡을 하니까 그 무덤이 딱 무덤이 절반으로 열려가지고 그다음에 그 축영대가 그 안에 딱 들어가니까 무덤이 딱 이렇게 닫힌 거죠.

그래 이쪽에서는 신부가 없어졌다고 막 난리 나고, 그다음에 그 무덤에서 나비 두 마리가 나와가지고 훨훨 날아갔다는 그런 전설이에요.

[조사자: 축영대가 양산백 무덤 속으로 들어갔다는 거죠?] 네. 들어갔다는 거죠.

그런 중국에서는 양축이라고 있잖아요. 양산백의 양, 축영대의 축, 이렇게 약칭하기도 해요. [조사자: 이 이야기를 양축이라고?] 네. 양축이라고 부르기도 해요. 양산백 짧게 이야기하면 양축. 이렇게 얘기하면 중국사람들 알아듣거든요.

양산백과 축영대 [3]

● **구연정보**

조사일시 : 2017. 05. 15(월) 오전
조사장소 : 경기도 수원시 팔달구 화서동
제 보 자 : 류정애 [중국(한국계), 여, 1980년생, 결혼이주 8년차]
조 사 자 : 오정미, 이원영

● **구연상황**

제보자가 맹강녀 이야기를 마치고 나니 이야기 구술을 한 지 두 시간이 넘어 조금 피곤해 했다. 함께 점심 식사를 하기로 하고, 마지막으로 양산백과 축영대를 들려주었다.

● **줄거리**

쭈잉타이(축영대)라는 예쁘고 똑똑한 여자아이가 있었다. 당시 여자 아이들은 공부를 할 수 없었으나, 쭈잉타이는 공부가 하고 싶어 남자 분장을 하고 공부를 하게 해달라고 아버지를 졸라 학당에 갔다. 학당에 간 쭈잉타이는 양싼궈(양산백)라는 남자를 만나 의형제를 맺으며 친하게 지냈다. 집에 도착한 쭈잉타이는 아버지의 강요로 부잣집 남자와 결혼을 하게 됐고, 양싼궈는 7월 7일에 쭈잉타이의 집에 가기로 한 약속을 잊고 말았다. 뒤늦게 깨달은 양싼궈가 쭈잉타이의 집으로 달려갔지만 이미 늦은 이후였다. 그날 이후 양싼궈는 쭈잉타이를 잊지 못해 병이 들어 죽게 됐다. 양싼궈는 가족에게 자기를 쭈잉타이가 시집가는 길에 묻어달라고 했다.
쭈잉타이가 시집가는 날이 되어 강제로 가마를 타고서 울면서 가는데 갑자기 바람이 심하게 불어 가마를 들고 갈 수가 없게 되었다. 그때 시녀가 양싼궈의 묘에 대해 말해주자 쭈잉타이는 사람들의 반대에도 불구하고 묘에 가서 엎드려 대성통곡을 했다. 그때 갑자기 천둥번개와 비바람이 몰아치더니 묘지 가운데가 벌어졌고, 양싼궈의 이름을 부르는 순간 쭈잉타이가 묘지 속으로 들어갔다. 그 후 묘지가 닫히더니 날이 개며 하늘에 무지개가 떴고 묘지 위에 한 쌍의 아름다운 나비가 날았다. 사람들은 그 나비들이 양싼궈와 쭈잉타이가 변한 것이라고 했다.

마지막 이야기는 요거도 영화나 거기에 나왔어요. 그 량, 량쌴궈어 하고 쭈잉타이. [조사자 1: 량쌴.] 어, 양쌴궈어 하고 쭈잉타이 [조사자 2: 양쌴궈어 쭈잉타이.] 예예, 이것도 두 분의 사랑이야기예요. [조사자 1: 그럼 요거는 남자 여자 이름이에요?] 예, 양싼궈가 남자고. [조사자 2: 쭈잉타이가 여자?] [조사자 1: 양산백과 추영대.] 아, 그거예요. 요거는 옛날에 그걸로 많이 나왔어요.

중국 혹시 경극 아세요, 경극? 그거 원래 원조예요, 이 이야기는. 그래서 지금도 보면 경극 보러 가시는 분들은 요 경극 장면이 꼭 있어요. 하나에 경극으로 시작해서 드라마도 있고 이렇게 시작한 거예요. 요것도 사람들이 다 알고 있기 때문에. 이거 노래도 재밌어요. 경극에 나오는 노래두.

[조사자 1: 아, 경극에 나오는 노래 이야기 다 해주시면 노래 살짝만 들려주실 수 있으세요?] 저는 응. [조사자 2: 어려운 거예요.] 예, 어려워요. [조사자 2: 약간 판소리같이 하는 거.] 예, 맞아요, 맞아요. 예, 그런 거예요. [조사자 1: 그쵸. 우리도 판소리 못하죠.] 솔직히, 경극 솔직히 봐도 다는 못 알아들어요. 경극의 말이 쫌 어렵고 다르잖아요? [조사자 1: 저희도 판소리로 이야기로 하면 못 알아들어요.] [조사자 2: 어려운 말이 많아서.]

근데, 근데 이 이야기를 알기 때문에 딱 들으면 뭔가 알 것 같아요. [조사자 2: 대충.] 예예, 말 한마디 한마디는 다 모르면서도 그리고 그 음이 너무 재밌어요, 음악도. 그리고 표현하신 그분들도 너무 잘해가지고 저도 한동안 막 나도 경극 배우고 싶다. 막 그런 거도 있었거든요. 근데 그거는 발레 배우는 것처럼 어렸을 때부터 해야 된대요. 기본 그 공, 그거 들여서 하는 거 있어 가지구. 큰 사람들은 이게 뭐 안 된대요.

[조사자 2: 남자만 했던 거 같던데요.] 아니에요. 여자는 꼭 있었어요. 그건 남녀 같이 해야 돼요. 여자두 꼭 있었어요. 그러니까 남자를 하더라두 그 남자가 여자 역할을 할 수 있어야 돼요. 근데 옛날 드라마나 이런 거 보면 책도 보면 여자도 한 명씩은 꼭 있었어요.

한 여자아이가 이 쭈잉타이라고 부르는 여자아이가 똑똑하고 예쁘게 생겼어요. 그리구 자수두 잘하고 전지공예 혹시 아세요? 종이 오리는. 예, 그런 것도 잘했어요. 그리고 책 읽구 글자 쓰는 거두 좋아하구. 얘가 한 열다섯 살 여섯 살 무렵에 학교에 가서 공부하고 싶었어요. 하지만 그때 그 시대는 여자아이들은 학당에 안 다녀요. 남자아이들만 다녀요. 그럼 어떡하죠? 그래서 쭈잉타이라는 여자아이는 남자아이 분장을 했어요. 남자아이처럼 해가지고 가서 아빠 차 마시는 그 거실에 가서 아빠랑 같이 얘기했어요. 어, 남자 분장하고 갔는데 아빠가 못 알아본 거예요. 어, 정말 집에 손님 오신 줄 알고,

"아, 저기 남자분 성함이 어떻게 되시나요? 어떻게 오셨어요?"

이러는데 아빠가 못 알아보니까 너무 기쁜 거예요. 그다음에 인제 자기 모습을 보여줬어요. 그런데 아빠가 너무 놀란 거예요. 그래서 아빠한테 말했어요.

"아빠 나 학교 가서 공부하고 싶어. 학당에 가서."

그래서 아빠가 말했어요.

"아니, 여태까지 여자가 학당 갈 일이, 갔던 일이 없었는데 니가 어떻게 가니? 그리고 만약에 니가 설령 니가 남자 분장을 하고 간다고 쳐. 근데 거기 가서 남자들 같이 있어야 하는데 얼마나 불편하겠니?"

근데 이 쭈잉타이는 갈 마음을 딱 정했어요, 이미.

"무조건 가고 싶다. 가서 만약에 응 끝까지 하기 불편하거나 못하고 다시 돌아오더라도 꼭 가봐야겠다."

그랬어요. 그리고 아빠가 어쩔 수 없이 그러면 보내줬어요. 그래서 남자 모습을 해서 가게 됐어요.

갔는데 그 옆에 같이 있는 시녀가 있잖아요. 그분도 남자 모습을 하고 둘이 같이 갔어요. 같이 갔는데 가는 길에 길옆에 정자가 있었어요. 그래서 잠깐 쉬고 차 마시고 있었는데 이때 한 또 남자 학생하고 그 옆에 같이 거 책 매주는 남자 시녀가 [조사자 2: 하인, 하인.] 하인, 하인. 하인과 같이 이렇게 오고 있었어요. 그래서 얘네들도 정자에서 같이 머물고 서로 같이 인제 인사했어요.

"안녕, 안녕."

이러면서 이름을 주고받고 했어요. 그래서 쭈잉타이가 남자아이

가 양싼궈라는 걸 알았어요, 이름이. 이 그리고 그 애도 학원 그 학당에 가서 공부하러 온 아이인 걸 알았어요. 둘이 얘기하다, 얘기하다 너무 이거 잘 맞는 거예요, 얘기들이. 그래서 서로 그 정자에서 형제 아우로 맺은 거예요.

"너는 이제 형 해. 나는 아우 할게."

이래가지고 양싼궈가 쭈잉타이보다 두 살 더 많대요. 그래서 양싼궈는 형이고 쭈잉타이는 동생 하기로 했어요. 그래서 같이 네 명이서 같이 학당으로 걸어가고 있었어요. 같이 출발했어요. 양싼궈와 쭈잉타이가 학당에 도착해서 선생님을 만났어요. 음, 선생님을 만나고, 선생님은 이 두 잘생긴 똑똑한 남자아이를 썩 마음에 들어서 너무 기뻐했어요. 그리고 그 둘이 같은 책상에서 공부하기로 했어요. 어, 두 명이 한 책상 쓰죠.

그리고 양싼궈이는 쭈잉타이를 정말 자기 친 남동생으로 생각하고 너무 잘해주고 보살펴주고, 그리고 또 둘이 방도 같이 한방을 쓰게 하고 너무너무 친한 친구가 됐어요. 양싼궈하고 쭈잉타이가 같은 방 쓰잖아요. 그런데 쭈잉타이는 양싼궈가 자기가 여자인 걸 발견할까 봐 그 서로 둘이 침대 가운데다가 책장을 놨어요. 그리고 책장 위에다가 물도 대야로 하나 가득 채워서 올려놨어요. 그래서 어, 그는 양싼궈가 혹시 밤에 자다가 자기 쪽으로 올까 봐, 어, 그래서 물소리 나고 대야 떨어지는 소리 나면 일어날 수 있으니까 경고 조로.

그래서 양싼궈는 전혀 넘어간 적도 없고 침대 쪽으로. 그래서 얘가 여잔 것도 몰랐어요. 근데 쭈잉타이가 남자 분장한 이 일은 그 선생님이, 그 사모님이죠. 그 선생님 와이프 있잖아요. 그분이, 여자들은 왜 여잔 거 알잖아요? [조사자 1: 그렇죠.] 그분이 눈치 챈 거예요. 그래서 쭈잉타이한테 쭈잉타이를 자기 방으로 불렀어요. 불러서,

"너 여자 맞지?"

이렇게 말해 버린 거예요. 그래서 쭈잉타이는,

'아, 역시 이 아주머니는 자기 여잔 거 알아챘구나.'

그래서 말했어요.

"맞다."고.

그런데 자기는,

“공부하고 싶어서 남자 분장하고 왔어요. 이 비밀을 좀 지켜주세요.”

그래서 이 아주머니는 대답했어요.

“지켜주겠다.”고.

이 그리구 그래도 이 똑똑한 여자아이니까 좀 더 신경 써서 보살펴줬어요.

“무슨 일이 있으면 나한테 와서 얘기해. 선생님 몰래 와서 얘기해도 돼.”

이랬어요.

그러면서 인제 여기서 삼 년 동안 공부를 하고 벌써 삼 년 지났어요. 하루는 쭈잉타이가 집에 편지 왔어요. 아빠가 아프시다고. 많이 아프셔서 얼른 집에 돌아오라는 편지 왔어요. 그래서 쭈잉타이는 선생님한테 휴가를 신청하고 선생님 그 와이프분한테 가서 얘기했어요.

“자기는 양싼궈랑 삼 년 동안 같이 지냈고 양싼궈란 사람이 어떤 사람인지 너무 잘 안다. 정말 따뜻하고 잘 보살펴주고 성실하고 공부도 열심히 잘하는 사람이기 때문에 나는 그를 사랑하게 됐다.”

사랑에 빠졌다, 이거죠. 그러면서 그 옛날 사람들은 왜 옥으로 된 자그만한 장신구를 몸에다 지니고 다니잖아요. 그거를 인제 그 사모님한테 드렸어요.

“좀 내 대신 이거를 전해줘서 내 마음을 알려다오.”

이렇게 알려줬죠. 좀, 그랬더니

“그렇게 해주겠다.”

고 했어요.

그리고 쭈잉타이가 집에 갈 때 양싼궈가 어, 앞에까지 바래다주겠다 했어요. 그래서 둘이는 인제 가는 길 서로 가면서 헤어지기가 싫은 거예요. 쭈잉타이가 양싼궈한테 자기 사랑한다는 마음을 알려주고 싶은데 근데 지금 말할 수가 없는 거예요. 남잔 건 줄 알잖아요. 갑자기 또 여자고 뭐, 이렇게 말하고 헤어지기도 그러고, 말할 그 기회가 안 된 거예요, 지금.

그리고 어, 양싼궈한테 그 뭐지. 돌려서 말을, 약간 눈치채게 그러니까 직접적으로 말을 안 하고 간접적으로, 예를 들어서, 이러면서 예시를 해서 말해줬는데 가다가 옆에 강물에 거위가 있었어요. 한 쌍의 거위. 그래서 쭈잉타이가 노래 불렀어요. 이때부터 계속 그분들은 거의 노래 부르면서 얘기하는 거예요. 그게 노래가 재밌어요.

'앞에는 강이 있다. 강 위에는 한 쌍의 거위가 헤엄치고 있다. 그다음에 수컷은 앞에서 헤엄치고 암컷은 뒤에서 따라가면서 오빠라고 부른다.'

이런 노래고. 근데 양싼궈는 약간 좀 듬직하고 둔해요. 어, 그래서 얘는 남자다. 이렇게만 인지하기 때문에 이 노래의 뜻을 깨닫지 못한 거예요. 계속 앞으로 걸어가고 있었어요. 그리고 쭈잉타이가 또 이거 비슷한 남녀 사랑에 대하여 여러 가지 노래를 불러줬는데도 양싼궈는 답답하죠. 또 이해를 못한 거예요. 깨닫지 못하고.

그래서 쭈잉타이가 그냥 장난치면서,

'아이, 이 둔탱이야.'

뭐, 이런 식으로 있잖아요.

"아으, 너는."

이러면서 말을 한마디 말하고.

그다음에 또 그 앞으로 또 가다 보면 웅덩이에 그 한 쌍의 원앙새가 있었어요. 그래서 원앙새를 보고 또 노래를 불렀죠. 원앙새는 항상 짝이랑 같이 다니잖아요. 그래서 만약에

"내가 여자면 양오빠야, 니가 나랑 같이 한 쌍의 원앙 되고 싶니?"

이렇게 물어봤죠. 근데 양싼궈는 그냥 한숨 쉬면서 이랬어요.

"아휴. 하지만 너는 여자 아니잖아?"

그랬더니 쭈잉타이가 아직도 자기 말을 이해 못 한 걸로 알고 말했어요.

"우리집에 여동생이 있어. 그 여동생이랑 나랑은 쌍둥이야. 나랑 똑같이 생겼어. 내가 집에 가서 말할게. 니 나의 여동생이랑 같이 결혼할래?"

그랬더니 양싼궈가 원래 이 쭈잉타이에 대한 이미지가 너무 좋아하잖아요. 근데 진짜 여자가 똑같이 생긴 여자 있다니까,

“어, 그래. 나는 그러면 좋아.”

이렇게 대답을 했어요. 그리고 거의 엄청 먼 길까지 바래다주고 헤어졌어요.

그리고 헤어지구 양싼궈하구 쭈잉타이가 7월 7일 날에, 또 우리 아까 얘기했듯이 좋은 날이잖아요. 7월 7일 날에 양싼궈가 쭈잉타이네 집에 와서 그 여동생이랑 약혼식을 올리겠다고 했어요. 어, 그래서 그렇게 약속을 하고 헤어졌어요. 쭈잉타이는 집에 왔는데 아빠의 병은 벌써 다 나았어요. 그래서 아빠가 그랬어요.

“너는 이제 여자니까 다시 여자 옷을 입고 여자 노릇을 해야 된다. 더 이상 남자 옷 입고 공부하러 가지 마.”

또 요때 마침 그 마을에 제일 부자인 그 집안에서 이 자기 아들하고 쭈잉타이하고 결혼시키겠다고 중매가 온 거예요. 그래서 이 아빠가 또 허락을 한 거예요. 근데 쭈잉타이는,

“절대 안 하겠다, 나는.”

그랬어요. 그래서 쭈잉타이가 아빠한테 말했어요.

“자기는 양싼궈를 이미 사랑하고 있기 때문에 그리고 선생님 와이프분 있잖아요. 사모님한테 이미 나 양싼궈한테 내 마음을 전해라고까지 말하고 왔다.”고.

근데 아빠가 그랬어요.

“그건 안 되지. 지금까지 여태까지 다 부모들이 아이의 혼사를 결정하는 거지, 어떻게 너는 스스로 결정할 수 있겠니? 안 돼, 그건. 그리구 여자가 밖에서 남자를 찾는다니 말이 되냐.”고.

그리고 막 혼냈겠죠. 그러면서

“너는 무조건 내 말대로 이 집이랑 결혼해야 된다.”

이렇게 말했어요.

한편으로는 또 양싼궈가 쭈잉타이를 잘 보내고 나서 학당에 가서 열심히 공부하고 있었죠. 근데 문제는 양싼궈가 7월 7일 날에 쭈잉타이의 집에 가서 약혼식 올린다는 걸 깜빡한 거예요. 그리고 사

모님이 와서, 그 뭐죠? 장신구를, 쭈잉타이가 두고 간 장신구 있잖아요. 주고 말했잖아요? 그런 약혼식 이야기를. 그다음에 양싼궈가 알아챈 거예요.

'얘가 여자구나. 나를 좋아하고 있었구나. 이 쭈잉타이가 말한 그 쌍둥이 여자는 바로 자기였구나.'

그래서 선생님한테 바로 휴가를 신청하고 쭈잉타이네 집으로 뛰어간 거예요. 양싼궈가 쭈잉타이네 집에 와서 보니 쭈잉타이는 이미 여자 모습을 하고 있었고 더 예쁜 거예요. 그리고 그가 사모님이 너 약혼하는 걸로 장신구까지 줬잖아. 그 얘기하니까 쭈잉타이가 울었어요.

"근데 왜 넌 이제 왔냐."고.

"니가 너무 늦게 왔어. 우리 아빠는 이미 나를 그 마을에 그 부잣집에 이미 약혼식을 해놨어. 그쪽으루 거기 시집가기로 했어."

그랬더니 둘이 서로 부둥켜안고 울면서 막 그 슬퍼하죠. 가슴이 다 찢어지겠죠. 그리고 이들은 이제 맹세를 했어요.

"아무도 이 둘의 서로의 깊은 사랑을 깰 수 없다. 우리는 영원히 같이 있자."

그래서 이 둘이 같이 우는 것도 인제 그 여자 아빠가 들었죠. 들어서 양싼궈를 쫓아내고 이 여자를 집에 방에 그 뭐지, 문 잠궈 놓고 가둬놨어요. 양싼궈는 집에 와서 너무 슬퍼서, 쭈잉타이가 보고 싶어서 밥도 못 먹고 잠도 못자고 그리고 아파요. 아파서 인제 점점 더 심각하게 되서 죽었어요. 그리고 죽기 전에 가족한테 말했어요.

"내가 죽으면 그 쭈잉, 쭈잉타이가 부잣집에 시집가는 길 있잖아요. 이게 그 집이면 쭈잉타이가 요 집으로 시집가야 되잖아요. 요 지나가는 길에 가운데다 묻어 달라."

그렇게 했어요.

인제는 결혼식 날 거의 다 왔어요. 그래서 쭈잉타이 집에는 그거 오잖아요. 예전에 결혼식에 타고 다닌 [조사자 2 : 가마.] 가마! 가마가 왔어요. 근데 얘는 너무 슬퍼서 계속 울고 있으니까 가마를 타기 싫어했는데 아빠가 또 강제로 태운 거예요. 태워서 가다가 딱 가운데

쯤에 갔잖아요, 무려. 거의 갔는데 바람이 갑자기 부는 거예요. 그 바람이 너무 이렇게 불어서 가마 드는 사람들이 앞으로 더 이상 갈 수가 없어요. 그래서 이때 쭈잉타이 옆에 시녀 있잖아요. 말했어요.

"이 옆에 앞에 쯤에 보면 양싼궈의 무덤이 있다."

그랬더니 쭈잉타이가 모든 사람 반대로도 불구하고 무조건 가마 내려가지고 양싼궈 묘 앞에 가서 한 번쯤 가서 울고 싶은가 봐요.

"가 봐야겠다."

그래서 양싼궈 묘지 앞에 가서 크게 막 울고 있었어요. 그 슬픔을 통곡을 대성통곡을 하고 있으면서 막 그 묘지 위에 엎어져서 울고 있었는데 그때 갑자기 번개 치고 막 비, 천둥 소리 치고 비에 바람에 크게 막 불더니 묘지 가운데 금이 생기면서 어, 갑자기 벌어진 거예요.

그때 쭈잉타이가 양싼궈 이름을 불렀더니 갑자기 그 묘지 속으로 쏙 뛰어 들어간 거예요. 그다음에 갑자기 묘지가 딱 닫히더니 비가 그치고 그리고 날이 갑자기 개이면서 하늘에서 무지개가 뜬 거예요. 무지개 뜨면서 그 묘지 위에는 한 쌍의 아름다운 나비가 날고 있어요, 갑자기. 그 묘지 옆에서.

그래서 사람들은 그 나비는 양싼궈하고 쭈잉타이가 변한 거래요. 그리고 특히 그 까만 무늬 있고 그다음에 그 초록색, 옥처럼 초록색 있잖아요. 그런 색 반점이 있고 그다음에 꼬리 쪽에 두 개 길쭉한, 그 뭐죠? 그 옛날 왜 옷이, 지금도 저고리 보면 뭐죠? [조사자 2: 고름, 고름.] 어, 고름. 그 두 개 고름처럼 날라 날리는 거 있잖아요. 고 부분 붙어 있는 나비는 양싼궈하고 쭈잉타이라고 불렀대요. (웃음)

백사전 [1]

● 구연정보

조사일시 : 2017. 01. 19(목) 오후
조사장소 : 서울특별시 광진구 화양동
제 보 자 : 김설화 [중국(한국계), 여, 1983년생, 유학 9년차]
조 사 자 : 박현숙, 김현희

● 구연상황

조사자와 제보자는 2차 조사를 마친 뒤 일주일 만에 다시 만났다. 제보자는 〈백사전(白蛇傳)〉 이야기를 꺼내면서 자신이 들은 이야기와 드라마에서 본 이야기가 다르다고 했다. 조사자가 〈백사전〉을 들은 대로 들려 달라고 요청하자 제보자가 구연을 시작했다. 제보자는 이야기 구연을 마친 뒤 드라마 〈백사전〉의 내용을 간략하게 정리해 주었다.

● 줄거리

옛날 중국 항저우 절강성 서호에 천년 동안 득도하여 용으로 승천할 수 있는 백사 백소정이 살았다. 어느 날 백소정은 선비 허선을 보고 첫눈에 반했다. 백소정은 신통력으로 비를 내려 허선이 자신의 배에서 비를 피하게 하고 우산을 빌려주며 유혹해서 둘이 함께 살게 되었다. 법해 스님이 두 사람 집을 지나가다가 백소정이 인간이 아니라는 사실을 확인하고 이를 허선에게 알렸다. 허선이 처음에는 법해의 말을 믿지 않았지만 나중에 백소정이 뱀이라는 사실을 알고도 정 때문에 내치지 못했다. 법해가 허선을 보호하려고 백소정을 외딴 섬 절에 가두자 소정이 염라대왕을 찾아가 자신이 쌓은 천년의 도를 희생할테니 인간이 되게 해달라고 청했다. 백소정이 인간의 몸이 되어 온갖 고난을 겪으며 허선을 찾아 헤매자 법해가 신력으로 파도를 일으켜 백소정이 오는 것을 막았다. 모든 신통력을 잃고 인간이 된 백소정이 파도에 휩쓸려 죽을 위기에 처했을 때 허선이 법해에게 그녀가 뱀인 것을 알지만 자신의 아내이니 살려달라고 간청했다. 법해는 둘의 사랑에 감명받아 더 이상 두 사람의 일에 관여하지 않았고 백소정과 허선은 행복하게 살았다.

그 일단은, 그, 항저우 절강성 쪽에 중국에, 항주 그쪽에, 서호에 그, 천년 묵은 하얀 뱀이 산 거예요. 얘가 천년 동안 득도를 해갖고 곧 용으로 승천할 수 있는 아이거든요, 이무기가 되어서. 천년을 묵었으니까. 인간 몸으로 변신할 수 있고.

근데 하루는 이렇게 거기서 살다가 어떤 지나가는 허선이라는 남자를 만났는데 이 남자에게 애정을 품게 된 거죠, 이 하얀 뱀이. 그래갖고, 어, 이 남자를 꼬시기 위해서 그 항주라는 이곳이 굉장히 아름다운, 이렇게 서호라고, 호수가, 굉장히 이름 있는 서호가 있거든요? 그 호수에서 이렇게 배를 이렇게 저어가면서 가다가 갑자기 비를 내려요, 허선을 보고.

허선이 혼자 뛰어가다가 이 비를 피해야 되니까 여자가,

"이쪽으로 잠깐 피하세요."

하고 자기 배에 올리게 해, 올라타게 하거든요.

근데 허선은 굉장히 착하고 선한 선비였죠. 근데 또 가난하고. 네, 가난하고. 그래서 계속 이야기 나누다가,

"이제 집에 가야 된다."고.

그랬더니 그 더 이상은 못 남겨두고 하니까. 우산을 빌려 줬어요. 그 백소정이죠, 여자 이름이. 소정, 맞아요. 백소정.

그래서 우산을 빌려주고, 어, 돌려보냈는데 이 남자도 우산은 빌렸으니 다시 돌려줘야 되고 그래서 이 여자를 또 만나러 또 오는 거예요. 그러면서 이게 자꾸 이렇게 왔다갔다 하다보니까 정이 생겨서, 둘이 살림을 차리게 된 거죠. 같이 살게 된 거예요. 그리고 뭐, 이 천년 묵은 뱀이니까, 하얀 뱀이니까 이렇게, 이렇게 마술도 부리고 해서 이 폐가를 뭐 집처럼 만들어 갖고 둘이 굉장히 안락한 삶을 살게 되는 거죠.

근데 드라마 보고 하면은 이 허선이 뭐, 의사를 했다라고 이런 버전으로 많이 나오더라구요. 그러고 같이 사람을 구하는. 백소정도 이렇게 어, 좀 의롭게 남편을 도와서 사람을 많이 구한다, 이런 걸 했는데 제가 들은 버전에서는 뭘 한다라는 건 몰르겠더라구요, 없었어요.

암튼 둘이 알콩달콩 사는데. 문제는, 이게 천년 묵은 뱀이니까 이,

굉장히 득도하신 스님이 한 분 계셨어요, 법해라고. 그 스님이 이렇게 이쪽으로 지나가다가 이, 요물의, 이 힘을 가늠을 하게 되는 거죠. 이 사람은 요물을 이렇게 잡는 득도하신 분이시니까. 그래서 허선을 지나가다 지나오다 자꾸 보면서 이 사람을 자꾸 잡아놓는 거예요.

"너 지금 요괴한테, 요괴의 기운이 니 몸에 지금 서려있다."

자꾸 이래요. 근데 허선은,

"뭔 헛소리를 하고 계시냐?"

자꾸 그러면서 안 믿어요. 너무 착하다 보니까 이 사람은. 에, 안 믿는 거죠.

그래서 이, 자꾸, 이 허선을, 자기 법, 법을, 그니까 뭐지? 힘을 통해서 이 허선을 자꾸 잡아가요. 그러면 이 백소정이 가만히 있는 거는 아니죠. 또, 천년 묵은 범이니까. 아, 범이 아니고 뱀이니까. 자꾸 따라가서 얘, 허선을 잡아오고 그러죠? 근데 그 와중에 이 허선이 알게 돼요. 이 자기랑 같이 사는 여자가 인간이 아니라, 어, 뭔가 이렇게 다른 존재인 것을 알게 되는데. 그래도 사랑이라는 이 감정 때문에 와이프를 못 놓는 거예요.

그래서 어, 이러다가, 이 법해가 허선을 이렇게 이런 어떤 외딴 섬에 가둬놔요. 그 섬이 그 전문, 이렇게 절을 지어놓은 이런 섬이었는데, 이 법해가 여기에서 이렇게 계속 공부를 하면서 이렇게 득도를 하는 이런 섬이었는데. 이 허선을 거기다가 잡아, 가둬놓거든요? 근데 이래서 도저히 어떻게 할 수가 없으니까 백소정이 염라대왕한테 가요. 염라대왕한테 가서 비는 거죠.

"아, 인간으로 되게 해달라."고.

그래서,

"대신 인간으로 되게 하는 대신 나의 천년의 이 덕을 나의 이 법을 다 버릴 테니까 인간으로만 되게 해 달라."

이랬대요. 그래서 염라대왕이 처음에 는 완전히 뺑 간 거죠.

"미친 거 아니냐?"구.

"그냥 인간 하나 때문에 니가 천년 쌓아온 이 공덕을 어떻게 다 버릴 수 있느냐?"

이러면서 실갱이가 이렇게 왔다갔다 하다가 며칠 동안 계속 설득을 하다가 염라대왕이 나중에는 설득이 된 거죠.

"그럼 좋다. 인간 돼라. 어, 그냥 니 법술 이런 것들이 이제는 다 없어졌다고 생각하고."

그래서 얘를 인간으로 만들었어요. 그리고 인간으로 만드니까 이제는 그런 힘이 없잖아요. 요괴의 힘이 없다보니까 이 허선을 찾는 게 굉장히 힘들었는데 어떻게 어떻게 하다 보니까 찾게 된 거예요.

그래서 이 섬을 찾아 가야 되니까 옛날 같으면 뱀인 경우에는 날아가도 되고 이렇게 헤엄쳐가도 되는데 이제는 인간의 몸으로 가야 되니까 굉장히 힘들게, 이 배를 저으면서 가요, 허선을 찾으러. 가는 도중에 법해가 멀리 섬 이쪽에서 봤는데 이 백소정이 오는 거죠. 그래서 그때까지 몰랐으니까, 얘가 인간이 된 거를 모르니까 법을 써서 파도를 막 일으키고 이 배를 뒤집어 놓은 거예요. 얘는 이제 인간이니까 막,

"살려 달라."고.

이 헤엄을 못 치고 하니까 거의 죽다만 그 상황까지 가게 만든 거죠? 그러다가 허선이 거기에서 뛰쳐나와서 법해한테 그러죠.

"아 그만해라. 나는 얘가 인간이 아닌 걸 안다. 그래도 내 아내이니까 여기까지 하라"고.

"내 와이프니까 내가 알아서 할 거다."

이러면서 허선이 물에 뛰어 들어가서 백소정을 구해 내요. 근데 나오고 보니까 법해가 봤는데 요괴가 아닌 거죠. 인간의 몸으로 나온 거예요. 그래서,

"웬일이냐?"

그 사정을 물었더니 그 사이에 있었던 거,

"인간의 몸으로 이제는 환생을 한 거다."

뭐 이런 식으로. 그렇게 말을 해갖고,

"아, 그러냐."

그때부터 법해는 이제는 손을 놓고 두 남녀가 뭐 행복하게 살았다, 이렇게.

[조사자 1: 이건 어디서 들은 이야기예요?] 내가, 어디에서 들었지? 그 방송 같은 데서 들었던 거 같아요. [조사자 1: 어떤, 이렇게 드라마나 이런 식으로 극화돼서 만들어져 있는 게 아니라?] 아니, 그냥 방송. 네.

근데 드라마에서는 또 다르죠. 드라마에서는 그 백소정이 같이 허선을 구하기 위해서, 백소정이 그 법해의 법망에 들어가서 탑에 갇혀있는 거예요. 그러면서 공덕을 더 쌓게끔 법해가 이렇게 갈라놨어요. 그리고 허선은 아내가 이 탑 밑에 갇혀, 갇혀있게 되니까 아내와 함께 공덕을 쌓는다고 출가한 거예요. 그래서 두 사람은 만날 수는 없지만 계속 그 같은, 그 법해의 공간에서 생활을 하게 되는 건데.

문제는 나중에는 아들이 있었는데, 아들을 낳게 돼요, 이게. 네, 백소정이. 아들을 낳았는데 그 아들이 장원급제 해갖고, 어, 이 황제에게 청해서 엄마와 아버지를 이렇게 모셔, 꺼내 놓는. 네. 그런 장면으로 하고 나중에는 그래서 법해도 이제는 자기가 너무 과했다는 식으로 생각해서, 네. 그 모든 걸 다 용서해버리는.

그러면서 백소정이랑 허선이랑 법해랑 그리고 그 드라마에서는 청사가 또 나와요. 파란 뱀. 그 백소정의 여동생으로 나오긴 하는데. 얘네 넷이 나중에는 득도를 해서 하늘나라로 올라가게끔, 네. 아들은 장원급제하고. 뭐, 이런 식으로? 만들더라구요.

[조사자 2: 어릴 때, 방송에서 어릴 때 들으신 거예요?] 아니요, 대학교 때 들었었나? 에, 그랬어요. [조사자 2: 드라마는 언제 나왔어요?] 드라마가, 초등학교 때. [조사자 2: 선생님이 초등학교 때면 90년대?] 구십그쵸. 구십삼, 사, 오 요 때가 초등학교. 95년도에 중학교 올라갔던 거 같으니까.

그 백사전, 드라마가 굉장히 이름 있었어요, 중국에서. 거의 몇 년 동안 겨울방학이 되면은 계속 재방송을 하는. 인기 프로그램이었어요. 여자애들이 그, 백소정 그, 드라마의 그 분장을 굉장히 좋아해서. 하얀색 옷을 입고 다니니까. 중국인들이 뭐지? 소주, 항주 그 서호의 건물에 굉장히 이쁘거든요. 거기에서 굉장히 남녀의 로맨틱한, 그 광경은 그 백소정과 허선의 이야기에서 나온 버전들이 많기 때문에. 비 내리는 서호에서 하얀 돌담, 다리를 건너면서 우산을 들고 있는. 그게 굉장히 로맨틱한 중국인들의 그 애정의 감각들이거든요.

그래서 우산이 굉장히, 좀 뭐지? 방송에서 들었을 때 우산이 그래서 중국인들이 굉장히 이게 그 사랑을 나눌 때 굉장히 좋은 물건인 상징으로 되었다고 하더라구요. [조사자 2: 아, 백사전 때문에요?] 네. 네네. [조사자 2: 근데 그렇겠다. 우산 안에 이렇게 단 둘이.] 에, 그 백사전에서 백소정이 그 허선을 안 보내줄려고 우산을 건넨 거죠. 다시 만나게끔 만드는 하나의 상징물이라고 하더라구요.

[조사자 2: 사실 지금 말씀하실 때 방송에서 들었다고 하셔가지구 저는 왜, 라디오 방송 이런 걸 생각했거든요.] 네네. [조사자 2: 라디오 방송 말씀하시는 거예요?] 네네. [조사자 2: 그래서 그게 더 오래됐을 줄 알았는데 알고 보니 드라마를 더 오래, 예전에 보신 거네요.] 네, 그러니까 그 드라마가 대만에서 찍은 거거든요. 근까 고 당시에 대만 드라마들이 또 중국에 유입을 많이 했을, 그, 고 때였어요. 그래서 또, 중국 내에서는 국내에 드라마 이런 거는 잘 못했기 때문에 오히려 대만 드라마가 인기가 더 많았었고, 네. 그리고 이런 고전, 이런 고대적인 전설로 만든 드라마는 또 처음이었거든요. 그래서 굉장히 인기가 많았어요.

[조사자 2: 또 이거를 그냥 이야기로 들어보신 적은 없으세요?] 아뇨, 이야기를 들은 거는 이거뿐. 그니까 염라대왕한테 가서 백소정이 인간으로 되어버린 거? 네, 근데 드라마에서는 인간으로 안 됐거든요. 그냥 뱀이었거든요. 천년 묵은 뱀이었거든요.

백사전 [2]

● 구연정보

조사일시 : 2017. 03. 19(일) 오후
조사장소 : 부산시 진구 서면
제 보 자 : 권경숙 [중국(한국계), 여, 1981년생, 결혼이주 10년차]
조 사 자 : 조홍윤, 황승업, 김자혜

● 구연상황

제보자가 〈산을 옮긴 우공〉을 구연을 마친 뒤 조사자와 제보자가 중국의 이야기문화에 대해 이런저런 이야기들을 이어가던 중, 제보자가 자신이 어렸을 때 좋아하던 이야기 중의 하나라며 <백사전> 이야기를 구술했다. 이 이야기는 드라마나 영화로도 많이 만들어져서 유명한 이야기라고 한다. 제보자의 가족이 함께 이야기를 들었다.

● 줄거리

옛날에 용이 되기 위해 수련을 하던 뱀이 잠깐 세상에 나왔다가 땅꾼에게 잡혀서 죽을 위기에 처했는데 작은 남자 아이가 뱀을 살려주었다. 이후 천년의 세월이 흘러, 수련을 끝마친 뱀은 하늘로 승천하려 했으나 관세음보살이 나타나 뱀이 은혜를 갚지 않은 일이 있으니 그것 때문에 승천을 할 수 없다고 했다. 자신을 살려준 작은 남자아이를 생각해낸 뱀은 그 아이가 환생한 남자를 찾아낸 다음 인간 여자로 변신해서 그와 결혼하고 아이도 낳았다. 한편 뱀을 잡으려 했던 땅꾼은 스님으로 환생했다. 이 스님은 요괴를 잡는 일을 했는데, 어느 날 뱀을 찾아와 법기(法器)로 뱀을 제압한 뒤 뇌봉탑에 가두었다. 그러자 남편은 그 맞은편 남산사에 들어가 함께 속죄를 하자면서 수련을 시작했다.

혼자 남겨진 부부의 아들은 고모의 손에 키워졌는데, 어릴 때부터 무척 똑똑해서 뒷날 장원급제를 했다. 아들은 급제 후 고모에게 인사를 하러 왔다가 자기 친부모에 대한 이야기를 알게 되었다. 아들은 뇌봉탑에 갇힌 어머니를 구해내기 위해서는 시후(서호)의 물을 다 없애야 한다는 것을 알게 되었다. 그날부터 아들은 시후의 물을 없애기 위해 곡괭이로 산을 파서 호수를 메우기 시작했다. 이 이야기는 곧 황제의 귀에 들어갔고, 결국 왕의 도움을 받은 뱀은 탑에서 풀려날 수 있었다. 이후 뱀과 남편, 그리고 스님은 하늘로 올라가 신이 되었다.

제가 어릴 때 제일 좋아하는 이야기 중에 하나 있긴 한데요. 지금도 그 혹시 중국 항저우 아세요? [조사자 1: 황조요?] 항저우. [조사자 1: 항주, 항주?] 네. 거기에 레이펑타(뇌봉탑, 雷峰塔)•가 있어요. [조사자 1: 레이펑타?] 네, 레이펑타가 발음이 뭐라고 해야 되나? 레이펑타 밑에 뱀 한 마리가, 천년 되는 뱀 한 마리가 깔려있다 하거든요. 그 레이펑타가 무게가 있기 때문에, 그 갇혀 있는 감옥이라고 생각하면 돼요. 레이펑타가 감옥이에요. [조사자 1: 감옥이에요?] 응. 이천 년 되는 [조사자 2: 뱀을요?] 뱀. 아니면 승천되거든요, 나와서.

한동안 이 어떤 이야기가 있는가 하면요, 드라마에도 많이 이런 거 찍어요, 이 주제로. 이 뱀 이름이 흰 뱀이기 때문에 '백(白)'이에요. [조사자 2: 흰 뱀? 아.] 네, 백. 성도 백이에요. 그래서 '바이양스(백양, 白孃)'라고, '바이수져(백소저, 白小姐)'이라고 해요, 바이수져.

어, 어떤 엄청 사랑 이야긴데요, 이 뱀이 천 년, 만 년 되는, 이천 년 뱀인데요. 수련하다가 잠깐 나와서 이렇게 장난치면, 어릴 때요, 장난치러 나왔는데, 뱀을 잡는 그런 사냥하는 그런, [조사자 1: 땅꾼?] 예, 예. 그런 사람을 만났어요. 딱 잡힌 거예요. 그런데 이거 엄청 위험한 순간이잖아요. 어떤 애기가, 남자 애기가 엄청 작은 애긴데, 도와 줬어요. 그래서 도망쳤어요.

도망가서 살아남았거든요. 살아남아서 크게 수련도 돼서, 천년 이렇게 뱀이 돼요. 그러니까 사람으로 변신할 수 있게 될 정도로 됐는데, 그런데 다시 하늘로 올라가려니까 그 관사? 관심보살님? [조사

• 레이펑타(뇌봉탑, 雷峯塔)은 서호 남쪽의 난핑산(남병산, 南屛山) 기슭에 있는 탑으로 북송 때인 977년 오월의 왕 전홍숙의 총애를 받던 비 황씨가 득남한 것을 경축하기 위해 세운 탑이다.

자 1: 관세음보살님?] 네, 네. 관세음보사가

"아, 니가 아직 안 된다. 니가 은혜를 안 갚은 게 있다. 그래서 이 은혜를 갚아야 하늘에 올라가서 승천할 수 있다."

이랬거든요. 그래서 찾아서 그, 그때는 아가였잖아요. 남자 아가야라서, 그 사람을 찾는 거예요, 그 사람을. 그런데 그때도 천 년을 흘렀잖아요. 이 사람이, 그 아가야도, 그러니까 그 좀 신 이야기죠. 그러니까 이렇게 계산하면서레,

'오 이 사람이 이렇게 변했다가, 요래 변했다가. 또 이 세상에서 요렇게 태어났다가.'

지금 세상에는 어떻게 살고 있는지 찾는 거예요. [조사자 1: 윤회, 윤회?] 네, 네. 그걸 찾아서 은혜를 갚는, 갚으러 찾아서 갚았어요. 그래 이 찾는 과정에서 엄청 많은 이야기가 있는데, 그런데 어, 그 레이펑타하고 또 이 얘기 할래면 엄청 긴데요, 이 얘기는요. [조사자 1: 긴 거 좋아합니다.] (일동 웃음)

그러니까 이 사람을 찾아서, 그리고 그 사냥꾼 있잖아요. 뱀을 잡는 사냥꾼은 스님이 됐어요. 스님이 됐는데, 이 스님도 하늘에 올라갈라고 하는데, 요괴를 잡는 스님이에요. [조사자 1: 아, 요괴 퇴치하는 사람이구나.] 예, 그렇죠. 이제 적이 되는 거죠.

그런데 이 사람은 또 지금 그, 이거는 그 뱀이고요, 여기는 스님이고요, 여기는 또 한 사람은 지금 보답하는 은인이잖아요. 이 세 사람의 이야긴데요. 그거 결혼을 했어요. 보답하기 때문에, 그래서. [조사자 1: 아, 보답을 위해서 결혼한 거예요?] 예, 예. 그런데 보답을 했어요. 그 자식 하나 낳아주고요. 아들 하나 낳아주거든요. 이 아들도 완전히 남편하고 완전 똑같게 생긴 사람이에요. 그래서 그 결국은 결혼하고 애 낳고 나서요, 이 스님이 이 여자를, 이 뱀을 잡아서, 그러니까 보통 힘으로 안 되잖아요. 하늘에서 주는 신 같은 그런, 그런 여기 동그란 거 있어요. 이런 걸 갖고 가서,

"먹을 것 좀 주세요."

이렇게, 이렇게 온 집에 다니면서 요렇게 (시주 받는 모양을 하며), 요렇게 하는 거, 요렇게 통도 있어요. 그런데 그거는 하늘에서

준 거, 금 같은 거예요. 그거 요괴들이 이렇게 하면 싹 들어가거든요. 보배 같은 거예요. [조사자 1: 아, 법기 같은 거군요?] 예.

사람인데 그거 있기 때문에 요괴들하고 이길 수 있는 거예요. 그래서 결국은 잡아서 레이펑타 밑에다 가둔 거예요. 나오지 못하게. 그래서 그 안에 있지만 완전 감옥은 아니고요, 그냥 나올 수 없고. 요문 앞에는 천병(天兵), 천장군(天將軍)들이 문 앞에 서서 지키고 있고요, 두 사람이. 그리고 안에는 맨 그 불상 뭐죠? '나미아미타불'하는 거 그 불상 있잖아요.

그래 그것 있는 거,

"거기 앉아서 수련하라."

는 거예요. 마음을 잡아서 수련하라고 하는 그런 곳이거든요. 그래

"날짜 되면, 니가 승천할 날 오면 그럴 거다."

라고 얘기를 하는데요. 그래서 요 안에다 가뒀고요.

그리고 아들은 태어났는데, 요괴의 아들이라고 사람들이 많이 놀렸어요. 어릴 때 그렇게 떠났기 때문에. 그래 그 애기는 다 키우고 난 다음에 남편이란 사람은 자기 죄인 것 같아서 레이펑타 맞은편에, 그 탑 이름이 기억이 안 나네요. 레이펑타 맞은편에 탑 하나 있어요. '난샨스(남산사, 南山寺)'였나요, 이름이? [조사자 1: 난산사?] 난샨스라는지 거 있어요, 맞은편에. [조사자 1: 남산사. 그게 절 이름인 것 같아요.] 네, 그쪽 있어요.

그래서,

"너는 요 쪽에서 이렇게 수련하면, 속죄를 하면, 나는 이쪽에서 속죄를 할게."

부부가 같이 이렇게 같은 마음으로. 그래서 이쪽에서 수련을 하고. 아들은 이 남편이 누나가 있었어요. 누나가 키워줬거든요. 그 누나가 같은 딸 하나 낳았어요. 그래 그냥,

"쌍둥이 낳았다."고.

밖에다간 그렇게 얘기하고 이 애를 키웠어요.

그런데 이 뱀의 아들은 나중에 '원귀신(元魁臣)'● 이거든요. '원귀신'은 나중에 시험 쳐서 1등 돼서, [조사자 1: 장원해서?] 그 뭐죠? 1등하는 그거. [조사자 1: 과거 시험.] 네, 그 있잖아요. 옛날에 왕이 밑에 그래서 시험 치는 거 1등하는 거 '원귀신'이라고 하는데, 1등 해서 왕이 그, 그러니까 1등 해서 엄청 난리 나, 엄청 축제하는 것 같은 이런 있으니까. 그러면 나중에 올라가서 무슨 관 위에 올라가서 일할 수도 있고. 그러니까 먹기살기는 전혀 문제없게 되는 거잖아요.

그전에 내려와서, 집에 와서 인사하러 왔어요. 그래 알게 되고. 엄마가 여기에 있다는 거 알고 막 찾아 와서 난리친 거예요. 그래서 엄마가 어떻게 나올 수, 절대 평, 그러니까 이 앞에가 시후 있어요. 항저우 시후. 시후 옆에가 레이펑타. [조사자 1: 서호와?] 예, 예.

"시후에 이 물이 완전히 없어야 이 타, 레이펑타가 무너진다. 그래야 엄마가 나올 수 있다."

그래서 이 아들은 그럼 내가, 이 시후 호수에 언제 없어지냐고요. 비도 오고 그런데요. 전혀 물 한 방울도 없이 어떻게 다 마르냐고요. 그래서 얘는 곡괭이 갖고 파는 거예요. 엄마를 구하려고. 이렇게 막 곡괭이 갖고 물 막 조그맣게 할려고 그걸 혼자 힘으로 밤낮으로 하는 거예요. 정신없이 하더라고.

이 이야기를 듣고, 이 1등 했잖아요. 왕에 올라가서, 그러니까 승경(성경, 城京)에 올라가서, 뭐 베이징 같은 데 올라가서, 왕한테 가서 올라가서 왕한테 가서 인사하고 관 위에 올라갈 날짜도 왔는데, 그런데 이 아들은 안 올라가니까 왕이 알게 된 거예요. 그래 얘기 듣다보니까 너무 감동을 받아서,

"올라와라."

그래서 어떻게 해서 왕이 한 번 이 뱀인데, 요괸데,

"한 번 보겠다."

하니까, 어떻게 해서 그래서 날짜가 되어서 나왔어요. 왕도 얼굴도 뵈고요. 왕의 얼굴도 보고,

● 과거시험에서 장원 급제한 사람을 지칭하는 말이다.

그리고 마지막은 아주 좋은 결과 나왔어요. 마지막은 그 스님 있잖아요. 스님하고 이 뱀하고, 그리고 여기 맞은편에 수행하는 그 은인이 있잖아요. 세 사람 같이 승천했어요. 하늘로 올라가 신이 됐어요.

신 이름도 각각 뭐, 뭐, 뭐 있어요. 각자 이름에 맞게. 이 사람은 뭐, 그러니까 은혜를 뭐, 그러니까 이름이 뭐였지? 갑자기 자세하게 생각은 안 나는데요, 자기 이름 맞게. 어, 여자한테 잘하고 그런 이름을. 이 사람은 요괴를 잘 잡아서 그런 신이 됐고요. 예, 그런 쪽으로 이렇게 마무리가 됐거든요. 그런 이야기도 있어요.

[조사자 1: 되게 재밌는 이야기네요. 예전에 봤던 영화랑 그 비슷한 이야기네요. 〈청사〉라는 영화를 예전에 봤었는데.] 응? [조사자 1: 청사.] 청사? 아, 그 아내 이름이 '바이셔(백사, 白蛇)' 밑에, 그 뭐죠? 노예라고 해야 되나요? 그 '칭셔(청사, 青蛇)'가 있어요.

그런데 옛날 이 이야기, 이거 제일 먼저 줄거린데, 칭셔가 왜 나왔냐면, 영화를 많이 찍잖아요. 이 바이셔가 있기 때문에, 바이셔. 그러니까 그거는 진짜 이야긴 거는 모르겠는데. [조사자 1: 다른 버전으로 꾸며서 나온 거구나?] 거기서 버전 좀 나온 거예요. 그러니까 '바이셔'하고 '칭셔'하고 이 은인한테 접근해서 뭐 이렇게,

"내가 더 사랑한다."고.

"내 거다. 내 남자다."

이런 식으로 해서 나온 이야기이거든요. 네, 그 후에 나온 이야기죠.

[조사자 1: 원래 '바이셔' 이야기가 그거구나.] 예, 예. 아마 그래서 그것 때문에 지금 항저우 시후에 놀러가는 사람들이 많아요. 그래 어떤 전설에는, 얘기하는 거는, '여기 탑 밑에 아직도 그 뱀이 있다.'라고 하는 얘기는 있어요. 진짠지 가짠지 누구도 모르죠. 그냥 그런 설이 있어요.

백사전 [3]

● **구연정보**

조사일시 : 2018. 11. 09(금) 오전
조사장소 : 경기도 안산시 원곡동
제 보 자 : 인춘매 [중국(한국계), 여, 1976년생, 결혼이주 10년차]
조 사 자 : 김정은, 강새미

● **구연상황**

제보자가 〈엄마 마음을 아는 풀 지모초〉에 이어서 바로 구연했다. 제보자는 드라마로 이야기를 접했는데 무척 인상 깊었다고 했다. 항저우에 있는 서호에 얽힌 이야기로, 4월 5일 청명 때가 배경이라는 설명을 덧붙였다. 제보자의 지인인 중국 출신 박영숙 제보자와 전연 제보자가 청중으로 이야기를 함께 들었다.

● **줄거리**

명·청시대에 천 년 동안 수련한 뱀 두 마리가 백소정, 소청이라는 이름을 쓰는 여인의 모습을 하고 꽃구경을 나왔다. 마침 비가 내렸는데 백소정이 젊은 서생 허선의 우산을 빌려 쓰게 되면서 둘은 서로 사랑에 빠졌다. 둘은 결혼을 했고, 백소정은 요술을 부려 백성들을 많이 도와주었다. 백소정이 원래 뱀이라는 사실을 안 금산사의 승려 법해는 요괴를 잡는 일을 하기 때문에 백소정과 허선의 사이를 갈라놓으려 했다. 법해는 백소정과 싸우고, 허선에게는 백소정이 원래 뱀이라는 사실을 알렸다. 허선이 자신의 아내를 감싸주려고 했음에도 불구하고 법해는 임신을 하고 있었던 백소정의 아이만 살려준 후, 백소정을 금산사 밑에 가두었다. 다른 이야기도 있는데, 또 다른 뱀인 소청이 수련을 해서 백소정과 허선을 구하기도 하고, 백소정의 아들이 백소정을 구해 사람으로 살게 되기도 한다.

그때 사람들이 꽃구경을 많이 올 때인데. 마침 천 년을 수행한 뱀 두 마리가 사람, '백소정'이라는 사람과 '소청'이라는 이름을 가진 여인의 이름으로 꽃구경을 나왔어요. 마치 인간으로 둔갑을 해서 거리를 돌고 있을 때죠. 마침 봄비가 내려요. 비가 내리니까 지나가던 젊은 서생 '허선'의 우선을 빌려 쓰게 되면서 같이 눈이 마주치면서 서로 사랑에 빠지게 돼요.

근데 백소정 이분은 요괴, 뱀이긴 한데 착한 뱀이에요, 두 명 다. 얼마 후에 둘이 부부로 되었어요. 부부로 되면서 백소정 이분은 본인의 요술을 해서 많은 전염병이나 백성들을 많이 도와줘요. 그래서 되게 거기에서 존경을 받고 사는 사람. 다만 요괴, 뱀이라는 걸 누구도 모르는 거죠.

부부로 살고 있으면서 마침 '금산사'라는 절이 있어요. 거기에 있는 승려, '법해'라는 승려가 있는데. 그 사람은 전문, 요괴들을 잡는 일을 해요. 그분은 아무리 착한 요괴라고 하지만 요괴와 인간이 결혼한다는 자체를 용납이 안 되는 거예요. 되게 가리지 않고 원칙만 지키는 사람? 그렇게 해서 둘이를 꼭 갈라놓으려고 온갖 써요. 온갖 수난을 다.

이때 백소정 이미 임신한 상태이고. 임신한 상태에서 둘이 막 싸우다 보니까 백소정이 져요. 지는데 법해 그 사람은 본인이 반드시 해야 된다는 그런. 승려는 요괴를 잡아야 되긴 한데. 그걸 떠나서 하다 보니까 승부욕이나 그런 게 나선 것 같아요. 그래서 이제 '쇠만진산'이라고 해서 금산 그쪽에 승려들 되게 많잖아요.

(제보자가 중간에 내용이 빠졌다며 기억하느라 잠시 구연 멈춤.)

법해가 이 두 분을 갈라놔야 되잖아요. 갈라놓을 때 이런 얘기를 했어요.

"지금 너의 백소정 마누라는 뱀이다, 요괴다."

안 믿어요. 그래서 어떤 술법을 써가지고 술을 마시고 하면 원형이 나타나거든요. 그래서 뱀으로 나타났어요.

그걸 딱 허선이 봤어요. 보니까 되게 놀랐잖아요. 놀랐지만도 그때만 지나면 원래 사람 모습으로 돌아왔긴 했지만, 허선은 마누라가

뱀이라는 걸 알았기 때문에 되게 힘들잖아요. 하지만 항상 착한 일도 많이 했기 때문에 요괴라는 걸 떠나서,

"그래도 내 마누라다."

이런 식으로 많이 감싸긴 하는데 법해는 그걸 용납을 안 하고 굳이 둘이 갈라놓는. 사람 해치지 않는데도 굳이 갈라놓는 거 보면 되게 좀. 둘이 갈라놓기 위해서 허선을 금산사에다 가둬놓고, 둘이 요술을 쓰면서 대결을 하는 거예요, 법해하고 백소정이. 싸우다 보니까 물이 동네마을로 많이 간 거예요. 동네 마을도 흐르고, 금산사도 흐르고 해서 백성들도 많이 죽었어요. 백성들도 많이 죽고 승려들도 많이 죽고 했는데.

항상 결투하는 사이에 백소정이 애기를 낳아요, 물 안에서. 그때 물속에서 애를 받들면서,

"나는 요괴이지만 다만 우리 아이만은 살려 달라."

법해도 그때는 약간,

'어떻게 요괴가 사람 아이를 낳을 수 있지?'

그런 의아함. 그니까 그분은 그냥 직업이 그건 거예요. 요괴를 잡는 직업, 착하든 못하든. 본인 눈에는 요괴 다 무조건 착하지는 않은 거예요. 그래서 되게 혼란스러워할 때는 이미 그때는 백성들도 많이 죽어가고. 그때 배경음악도 깔리면서 본인 잘못한 거 약간 뉘우치는 것처럼.

그때 되게 인상이 깊었던 게 있고. 그러면서 법해라는 사람이 애를 데리고 그냥 가요. 백소정은 금산사 밑에 눌러서 갇혀있는 거죠, 요괴이다 보니까.

"너 때문에 이 많은 백성들이 다 죽었다."

항상 백소정 요괴 뱀한테 탓하는 거죠. 사실 본인에 탐욕 때문에 한 건데 그걸 인정을 안 하고. 그래서 사람들 많이 죽고 한 다음에, 이 이야기 거의 끝날 무렵에 백소정은 금산사에 눌러져 있고 애는 법해라는 사람이 데리고 가요.

그리고 뒷이야기는 애가 나와서 애가 엄마를 찾아가서 구하는 거, 그런 것도 애기가 되게 많은데. 그렇게 이야기하다 보면 되게 길

어요. 그중에는 또 뱀이 두 마리잖아요, 밑에 있는 소청이라는. [조사자: 소청 이야기도 궁금했어요. 소청은 어떻게 됐어요?] 소청이라는 뱀이 같이 다니던 요괴 언니잖아요. 그 언니를 구하기 위해서 몇 년을 더 수련을 해요. 수련을 하고 나서 다시 법해와 대결을 하다가 법해를 이겨요. 이겨서 언니와 형부 두 명 살려내서 행복하게 살았다는 얘기도 있고. 이야기가 버전이 되게 많아요.

[조사자: 아들 이야기로 가기도 하고.] 아들 이야기도 되게 많아요. 엄마 구하는 거 그런 이야기. [조사자: 엄마를 구하면 결국 사람이 되나요? 사람이 되진 않는 거죠 그렇다고 해서.] 사람이 되진 않는데 수련을 더 오래 하면 선녀 그런 쪽이다, 신선 쪽이다 보니까 항상 특혜란 게 있잖아요. 그래서 좋은 일을 많이 했다 판결을 내려요. 좋은 일을 많이 했기 때문에 어떻게 이제,

"그러면 너는 그 대신 요괴를 쓸 수 없고 천년을 살 수 없다."

요괴들은 꾸준하게 살잖아요, 죽지 않고.

"그 대신 살 수는 없다. 그냥 인간으로 늙어 죽는 것까지 받아들이나?"

"받아들인다."

그래서 영원한 인간으로 둘이 행복하게 사는 게 나와 있거든요. 그래서 버전은 되게 많았던 것 같아요.

[조사자: 이건 옛날부터 전해졌던 걸 영화나 드라마로 만든 거예요?] 네 많아요. 지금도 항저우가면 금산사도 있고, 뇌봉탑이라고 백소정을 뇌봉탑에다가 억눌러 놨거든요. [조사자: 그게 있어요?] 있어요, 진짜로 있어요. [조사자: 전설이네요.] 거기 가면 사람들 이야기도 많이 하고. 제가 어릴 때 이거 노래도 되게 좋았고.

만두 가게로 성공한 꼬블리(고귀우)

● **구연정보**

조사일시 : 2017. 11. 08(수) 오전
조사장소 : 서울시 강북구 수유동
제 보 자 : 동순옥 [중국(한국계), 여, 1971년생, 결혼이주 20년차]
조 사 자 : 박현숙

● **구연상황**

조사자는 동순옥, 권화, 뚜안쇼우죠 세 제보자와 수유동의 한 카페에서 만났다. 서로 인사를 나눈 뒤 동순옥 제보자가 재미있는 이야기를 찾았다면서 구연을 시작했다. 중간에 통화 때문에 잠시 자리를 비우기도 했다. 제보자는 이 이야기를 초등학생부터 들었다고 했다. 권화 제보자와 뚜안쇼우죠 씨가 이야기판에 청자로 참여했다.

● **줄거리**

옛날 시골에서 한 남자가 늦둥이를 낳았다. 남자는 아이에게 귀한 이름을 지어주면 명이 짧을까 봐 천한 이름인 꼬블리라고 지어주었다. 꼬블리는 영리하고 똑똑하여 열네 살에 천진시에 가서 만두 기술을 배웠다. 꼬블리는 종업원으로 일하다가 독립하여 만두 가게를 운영했다. 꼬블리는 귀한 이름으로 개명을 했지만 사람들은 계속 그를 꼬블리, 그의 만두를 꼬블리 만두라고 불렀다. 꼬블리 만두는 서태후가 그 맛을 극찬한 이후 전국적으로 유명한 만두 가게가 되었다. 천진에 가면 무조건 꼬블리 만두를 먹어봐야 한다는 말이 있을 정도다.

[조사자: 동순옥 선생님 어떤 이야기 찾으셨어요? 하나 해주시겠어요?] 아 제가 이거 내용 되게 간단한데요. [조사자: 응, 간단한 거 괜찮아요.] 간단한 거 괜찮아요? [조사자: 네.]

꼬블리빠우저라고 있어요. 천진시에 꼬블리빠우저라고 아주 중국 유명한 거 찐빵. [조사자: 찐빵?] 찐빵 예, 우리 생각에는 그냥 찐빵 저기 파. 파 그런 거 아니라, 고기나 야채소 이런 거. [조사자: 만두 같은?] 만두 같은, 발효한 거. [조사자: 발효.] 그럼 찌는 만두라고 해야 할까? 찐빵보다? [조사자: 찐만두?] 네, 찐만두.

근데 그거는 이름이 '개도 안쳐다 보는 만두다.' (웃음) [조사자: 개도 안쳐다 보는 만두?] 글자보면 그런 뜻인데 사실은 그거 아니었어요. 그거 왜냐면 사람들이 '꼬블리' '꼬블리' 기억하기 아주 쉬워요.

'개도 안쳐다 보는 진짜 맛도 없는가 봐.'

이 생각하는데, 사실은 애가 천진시 주변의 시골에서 태어났어요, 아이가. 근데 아버지가 만 사십 세가 돼서야 어렵게 아들을 하나 귀한 아들을 낳았어요. 근데 귀한 아들을 낳았는데 이름이 좀 이렇게 부티나게 지으면 좋은데, 애가 명 짧을까 봐. 혹시 어렵게 얻은 아들이니까 얼마나 귀여웠겠어요. 그래서 이름을 꼬블리라고 지었어요. [조사자: 꼬블리?] 네, 꼬블리라고, 아 이름이 꼬블리를, 아주 흔한. 쉽게 말해 똥강아지, [조사자: 개똥이.] 개똥이! 쉽게 말해 개똥이처럼 아주 좀 이렇게 천하고 아주 흔한 이름을 지어줬어요.

근데 아이가 아버지 손에서 어렸을 때 이렇게 하도 손재주가 좋아요. 애가. 근데 한 열네 살쯤 되니까 천진시에 와서 애가 기술 배우러 왔어요. 기술 이렇게 만두, 그거 제가 우리가 그 찐만두 만드는 기술 배웠어요. 애가 영리하고 손재주 좋으니까 음식 너무 맛있게 하는 거예요. 그래서 저기 사람들이 이렇게 오면 너무 이게 주문 많다 보니까. 이거 이렇게 만두 그냥 주기 바빠. 사람 쳐다볼 시간도 없었어요. 얼굴 쳐다볼 시간도 없었어요. 그렇게 바빴어요. 장사가 잘 됐어요.

그래서 아, 그 집이 꼬블리, 꼬블리 (웃음) 꼬블리는 아이 이름인데 진짜 쳐다도 안 보는, 쳐다도 안 본다는, 손님 쳐다도 안 본다는 거야, 그런데 사실 애가 태도가 안 좋은 게 아니라 너무 바쁘다 보니까. 얼굴도 마주칠 시간 없다. 그렇게 그 뜻으로 '꼬블리 꼬블리' 자꾸.

근데 하루는 좀 이렇게 관청에서 손님이 왔어요. 손님이 왔는데,

저기 만두를 주문하는 거예요. 만두를 주문하는데, 잠깐만요. 아, '꼬블리 꼬블리' 하다 보니까. 이게 이름이 너무 천하잖아요. 그래서,

'아, 이거는 이름 너무 천하고, 이름을 좀 다른 이름으로 바꿔야 되겠다.'

생각해서 이름을 바꿨어요. [조사자: 이름을 근데 뭐라고 바꿨어요?] 잠깐만요. [조사자: 너무 성의 없어 보이니까.] 네, 성의가 없어 보이니까. 제가 전화 한 통 들어오네. [조사자: 전화 받으세요.] 제가 전화 받고요.

(제보자가 전화를 받기 위해 자리를 비워 구연이 중단됨. 잠시 자리를 비웠다가 돌아와서 처음부터 다시 구연함.)

아, 저기 옛날 옛적에 천진의 한 시골 마을에서 아이 아버지가 한 사십 넘어서 귀한 아들을 낳았어요. 그런데 하도 귀여우니까 이제 귀한 이름 짓고 싶은데 그래도 아이가 명이 짧을까 봐 그래서 아주 천한 이름, 그러니까 꼬우라고 꼬블리●라고 지었어요. 이름이 꼬블리 아, 개도 안 쳐다본다. (웃음) 그런데 아이가 영리하고 똑똑했어요.

그러니까 한 열네 살쯤 되니까 천진시에 가서 만두 만드는 기술 배우러 갔어요. 아이가 하도 영리하니까 금방 마스터하고 그러니까 종업원 일 하다가 너무 잘하니까 나중에 자기가 스스로 가게 하나 오픈했어요.

오픈하니까 만두 하도 맛있으니까 이게 손님이 와도 주문해도 얼굴 쳐다볼 시간 없이 그냥 바로바로 이렇게 그냥 물건 내놔야 되니까 그래서 사람들은,

"꼬블리 꼬블리. 아, 이름은 꼬블리."

하도 이름이 꼬블리 하니까 아 그냥 좀 잘 팔리는데 이름이 안 좋으니까. 꼬블리 하니까 너무 천해보여서 이름을 바꾸고 싶었어요.

● 제보자는 '꼬블리'라고 표현했으나 일반적으로 '고귀우'로 알려져 있다. 만두의 유래가 정확하진 않지만 청조말기(약 1958년) 하북성 무청현(지금의 천진시)의 고귀우라는 소년이 처음 빚었다는 설이 있다.

그래서 바꾸면 무슨 이름으로 바꿨냐면 저기 '떠 쥐 하오'라고 바꿨어요. [조사자: 떠 쥐 하오?] 일단 적어놓고 떠 쥐 하오라고 제가 나중에 사전 찾아볼게요. [조사자: 네] 떠 쥐 하오로 바뀌었는데 그래도 손님 와서,

"꼬블리. 꼬블리."

와서 찾는 거예요. 그런데 한번 이제는 열 받은 거야.

"(펜으로 책상을 두드리며) 이거 간판 못 보셨냐?"고.

"떠 쥐 하오라고 하는데 계속 꼬블리라고 부르냐?"

그러니까,

"아이고, 그래도 그게 익은 건데 어떻게 하냐?"고.

그래서 나중에 사람들 꼬블리 해도 그냥 신경 안 쓰고 마음 놨어요.

근데 하루 그 서태후의, 아 그것도 옛날이니까 한 150년 됐죠. 서태후의 내시, 웬쓰카이란 사람이 있었어요. 웬쓰카이. 예 그냥 이름만 적어두세요, 제가 이름 찾아볼게요. 웬쓰카이가 하루는 이 꼬블리 식당가서 만두 사서 서태후한테 대접했어요. 하도 유명하니까. 그래서 서태후 먹고서,

"아이 참 맛있구나. 산중에 걸어 다니는 짐승이나 하늘 날아다니는 새든지, 땅속에 넓은 초원의 양이든지 소든지, 바다의 해산물에 비해도 이것처럼 이렇게 맛있는 게 없다. 진짜 이거는 식(食)중에 아주 장수할 음식이다."

이렇게 얘기 나왔어요. 그 이후에는 이게 식당이 너무 잘되니까 나중에 중국은 또 이렇게 대대손손 이렇게 내리는 정신이 있어요. 유명하면 대대손손 이어서 이렇게 가요. 그래서 지금 현재는 아주 잘 돼 있어요. 여기는 좀 성황된 것 같은데. 지금 역사는 150년 역사가 됐어요.

이 식당 계속 있어요. 천진 가면 꼬블리 모르는 사람이 없어요. 만두라면 무조건 꼬블리. 전국에 다 알려져 있어요. 이 식당은. 지금 식당은 뭐 뷔페식으로 대형 음식점 그리고 술집으로 그리고 패스트푸드. 아침 또 중국은 아침 식당 있잖아요. 아침 그 출근족들을 위해

서 아침 식당도 있고 또 간식. 생산하고 또 급속 냉동해서 이렇게 생산부터 판매까지 아주 체인점 식당 체인점만 한 70개 넘어요. 이렇게 크게 발전했어요. [조사자: 그럼 엄청 유명한 만두집인 거네요?] 네. 제가 만두 좋아하니까 오늘 이거 만두 주제로 나오네요.

[조사자: 그럼 이 이야기는 어디서 들으신 거예요?] 이거는 역사는 몰랐는데 제가 인터넷에 지금 찾아봤는데, 이거는 꼬블리 포조(包子)bāozi 전국 사람들 다 알아요. [조사자: 그러니까 언제 한번 들어보셨어요? 맨 처음 들어본 게 언제인 것 같아요?] 제가 초등학교 때 초등학교 때 들었어요. 천진 간다 하면,

"무조건 그 꼬블리 포조 먹어봐라."

그 얘기 많이 나왔어요.

[조사자: 아, 그렇구나. 그거 생각났어요. 쿵푸팬더.] 쿵푸팬더 예. [조사자: 그 만두 만들고 무술하는 애니메이션 유명하잖아요. 쿵푸팬더가 만두 만드는 느낌이 들었어요.] 네 맞아요. 중국 사람은 음식 밀가루 같은 거 잘 다뤄요. 뭐 칼침면 또우면 칼을 막 착착착착 하고 손은 또 라미엔식으로 란조 또 라면식으로 손으로 해서 가닥이 몇 천 가닥씩 나와요. [조사자: 재밌어요.]

소년 병사 장가

● 구연정보

조사일시 : 2017. 03. 19(일) 오후
조사장소 : 부산시 진구 서면
제 보 자 : 권경숙 [중국(한국계), 여, 1981년생, 결혼이주 10년차]
조 사 자 : 조홍윤, 황승업, 김자혜

● 구연상황

제보자가 〈백사전〉을 마친 뒤 청일전쟁의 영웅에 대해 잠시 언급했다. 조사자가 한국의 〈아기장수〉와 같은 이야기를 들어보지 못했느냐고 묻자 제보자는 힘이 세지는 않지만 가짜 총을 들고 다니며 일본군을 곤란하게 한 소년 영웅 이야기가 있다며 구술을 시작했다.

● 줄거리

옛날 청일전쟁 당시에 나무로 만든 총을 들고 다니던 장씨 성을 가진 아이가 있었는데, 사람들이 장가(長家)라고 불렀다. 어느 날 일본군과 마주친 장가는 적에게 가짜 총을 겨누며 손을 들라고 했다. 일본군은 그 총이 진짜 총인 줄 알고 장가에게 자신의 총을 넘겨주었다. 그렇게 장가는 가짜 총으로 진짜 총을 얻게 되었다.

어떤 머리 골치 아프게 하는 애기 이야기도 있는데요, 일본군한테. '쇼우빙짱까(소병장가, 小兵長家)'라고. [조사자: 쇼빙장가?] 네. '소빙(小兵)', '작은 병이다.' 병사라고, 소(小) 자에다가 병(兵)자 썼어요. 이름은 '짱가'. [조사자: 짱가?] 예, 장. [조사자: 장가, 장 씨 소년?] 네, 그렇죠. 그런데 옛날에 이름이 완전 촌스러웠어요. 얘 이름이 '까즈

(왕자, 王子)'[●]거든요. 까즈, 까즈. [조사자: 까즈?] 네, 성이 장 씨고요.

그래 '소빙짱가'라고 했는데. 촌에서, 얘가 하여간 일본군한테 가짜 총 갖고 있잖아요, 나무, 나무로 만드는 총. 그래 너무 어려서 군대를 아직 못 입학을, [조사자: 입대를 못 했죠?] 입대를 못 했는데, 그런데 자기는 총을 갖고 싶어 한 거예요. 그래서 그 대장이 가짜 총을 하나 나무 갖고 만들어 줬어요. 그런데 그 총을 갖고 진짜 일본군 만난 거예요. 그래 그걸로,

"뿌시뚱(불허동, 不许动)."

이러면서, 군대말 하면서요. 그런데 그 사람은 진짠 줄 알고. 그래 진짜 총을 내려놓은 거예요, 그 일본군이. 하여간 도대체, 그 지금 얘기, 시선으로 보면 골치 아픈 그런 일이거든요. 그런데 그거를 잘, 그거를 갖고 일본군하고 머리 쓰면서 이기는 거예요. 그래 진짜 총으로 바꾸고, 막. [조사자: 가짜 총에서 진짜 총 얻었네요?] 네.

그리고 일본군한테 엄청 많은 그런 스피, 스피소드라 하나요? 뭐라 하나요? [조사자: 에피소드.] (웃음) 네, 그런 거 있어서. [조사자: 일본군 괴롭힌 유명한 소년영웅 이야기구나?] 네, 네. 그래 그걸 갖고 애들한테 교육 많이 해요. 그러니까

"너도 이렇게 할 수 있다."

뭐 이렇게, 커서 이렇게,

"어리다고 못 하는 게 아니고."

그런 얘기. 이제 그 당시에 중국 사람들 많이 애들한테 이런 교육해서, 뭐라 할까요. 정신적으로 많이, 그런 얘기 있어요. [조사자: 교양이라고 하죠? 사회주의 교양.] 네.

● 개구쟁이, 장난꾸러기, 악동을 뜻하는 말이다.

숫자 250이 욕이 된 이유

● 구연정보

조사일시 : 2017. 03. 19(일) 오후
조사장소 : 부산시 진구 서면
제 보 자 : 권경숙 [중국(한국계), 여, 1981년생, 결혼이주 10년차]
조 사 자 : 조홍윤, 황승업, 김자혜

● 구연상황

〈소년병사 장가〉를 구연한 후, 중국의 역사 인물들에 대해 소소한 이야기를 이어가던 제보자가 갑자기 재밌는 이야기가 생각났다며 이 이야기를 구술해 주었다. 중국에는 숫자 '250'이 욕인데, 숫자 250이 욕이 된 이유가 이 이야기 때문이라고 했다. 제보자의 가족이 함께 들었다.

● 줄거리

옛날 궁궐에 도둑이 들었다. 왕은 범인이 한 명이라는 사실을 알고 있는 상태에서, 범인을 잡은 사람에게 황금 천 냥을 주겠다고 했다. 이 이야기를 들은 네 명의 친구는 자신들이 범인이라고 말하고 그 상금을 받은 뒤에 나누자고 했다. 곧 네 명의 친구는 왕에게 가서 자신들이 범인이라고 했는데, 왕은 네 명의 250들을 끌어내서 죽이라'고 했다. 이때부터 중국에서는 250이 좋지 않은 뜻으로 쓰이기 시작했다.

중국에 혹시 250 알아요? [조사자: 250요?] 숫자 2, 5, 0. 250은 욕이에요. [조사자: 욕이에요?] '바보'란 뜻이에요.

중국 사람들이 물건이, 이 옷이가 좀 비싸잖아요? 그러니까 100원, 200원, 250원 이리 하잖아요? 절대 250은 안 해요. 251원, 249원. 250은 절대 안 하거든요. 아 얼마 있으면,

"어, 250원이에요? (돈을 건네는 시늉을 하며) 자, 250."

하면 이거 욕이에요.

“자, 250.”

하면 이 말 뱉은 순간이 욕이 되는 거예요. 싸움이 되는 거예요. 엄청 난리 나요.

그런데 이 250, 왜 이런, 왜 이 숫자가 욕이 되냐면은 이야기가 있어요.

왕이 그때, 왕실이거든요. 누가 궁궐에 들어와서 뭘 훔쳤어요. 훔쳤는데, 나갔거든요. 그래 왕이 이 범인을 찾아야 되겠다 그래서,

“누가 이 범인을 잡아오면, 천 원 주겠다. 천, 천 원 황금을 주겠다.”

[조사자: 황금 천 냥을 주겠다?] 예, 예. 천 냥을 준다고 했는데 이 시골에서, 시골 말고 이 시내에서, 도시 안에서 네 사람이, 친구가 네 사람 앉아 있어요, 술 먹으면서.

“와 천 냥 이거 벌 수 없을까? 우리가 가서 우리가 했다고 하면 되지 않을까?”

“그럼 우리 가서 나누면 되지.”

이러는 거예요. 그래 왕에게 가서

“이거 우리가, 우리가 했다.”

고 얘기한 거예요. 범인은 한 사람인데, 얘네 네 사람이 온 거예요. 이거는 바보죠.

그래 들어와서 왕이 하는 소리가,

“어디 뭘 가지고 가고, 어디서 어떻게 나갔느냐?”

물어보니까, 대답을 못하는 거예요.

“이 네 개 250을 끌어 나가서 죽여라. 모가지 (목을 자르는 시늉을 하며) 죽여라.”

그 말이가, ‘시얼바이워시(네 이백오십을) 나가서 죽여라.’ 하는 말이가, 그 말이 250이가 그 역사 때부터 250이가 욕이 된 거예요. 그래 천 냥을 나누기 4 하면 250이잖아요.

[조사자: 말도 안 되는 거짓말해서 죽었다고 해서?] 예, 예. 그래 누가 이걸 믿냐? 이거는 허황한 거짓말을 들어와서, 죽으러 들어온 거죠.

그래서 왕이 그걸 믿을 수 없는 거죠. 범인은 분명히 단독범인, 한 사람인데. 그래서 누가 이 한 사람이 찾아오면, 천 냥 황금을 준다고 했지만, 그런데 이 네 사람이 같이 와서,

"우리가 했다."

라고 하니까. 그래서 시얼바이워시, 그러니까

"네 개 250을 끌어내서 죽여라!"

하니까. 그래, 그래서 그 후에부터 250이가 욕이 된 거예요.

[조사자: 아, 진짜 바보들이네요.] (일동 웃음) 네, 그렇죠.

그래서 그 후에부터 지금도 그래요. 지금도 사람들이 250을 싫어해요. 아, 물건 사거나 뭘 해도, 뭐 258원이에요. 그래

"아, 250에 줄게."

이러면 욕이에요. 절대 250에 준다는 말 안 해요. [조사자: 기분 나쁠 때 250에 주고 그러는 거구나.] 네, (웃음) 네, 네. 그러면,

"너 250이니?"

이렇게 물어 보면,

"니 시 얼바이우시 마(你是二百五十吗)?"

이렇게 막 욕하거든요. 250 갖고 숫자로 말하지만, 욕이에요.

[조사자: 어느 시대의 어느 왕 때 얘긴지는 안 나와 있어요?] 그건 모르겠어요. [조사자: 그냥 옛날에 어느 왕이?] 네, 옛날에 왕이 이렇게 얘기 했다는 것만. 그래서 그 후에부터는 250이가 욕이 됐다는 이야기가 내려왔어요.

팬더에 관한 재담

● 구연정보

조사일시 : 2017. 04. 15(토) 오전
조사장소 : 전라북도 진안군 진안읍 단양리
제 보 자 : 서청록 [중국(한국계), 남, 1962년생, 이주노동 6년차]
조 사 자 : 오정미, 이원영, 이승민

● 구연상황

<산을 옮긴 우공>을 마친 뒤 이야기를 이어갔다. 조사팀과의 만남이 편안해진 화자가 재미있는 이야기를 해도 되느냐고 하고는 재담에 속하는 이야기를 구술했다.

● 줄거리

중국에서 제일 귀한 동물은 판다이다. 친구들에게 판다의 소망이 무엇인지 물어보면 어떤 친구는 대나무 잎을 먹는 거라고 대답하기도 하고 무순을 먹는 거라고 대답하기도 한다. 또는 모른다고 하는 친구도 있다. 그러나 판다의 소망은 컬러사진을 찍는 것이다. 판다는 흰색과 검정색으로만 이루어져 있기 때문에 사진을 찍어도 흑백으로 나오기 때문이다.

[조사자 1: 천천히 생각하세요. 중국에서는 영물, 머리가 좋은 동물은 뭐라고 생각해요?] 좋은 동물요? [조사자 3: 학이나 기린 같은 거.] 아 중국에는 그 슝모(팬더)라고 알죠? 슝모, 곰, 얼룩 곰 있잖아요, 그거. 중국에 거 있잖아요. 우리 말하면 중국에 그런.

[조사자 1: 팬더? 그러니까 그냥 곰?] 에 아이 말고 그 곰이 아니고 슝모라고 있어요. 하얀 하얀 데다 까만색 있는 거 중국에 그러니깐 중국에 그런 무슨. [조사자 3: 팬더?] 올, 맞을끼요. 그 저 [조사자 1: 슝

모?] 예, 슝모라구. 중국말로 슝모이라고 중국말로 이기가 중국 행정 적씩이나 할 때 뭐. [조사자 2: 팬더? 팬더곰.] 예, 맞아요. [조사자 2: 팬더곰 새까맣게 생긴 거.] 예, 예, 그렇게 생긴 거. [조사자 2: 대나무 먹는.] 예, 대나무 맞아요, 그거. 중국에는 제일 동물로 제일 그거 그렇게 하고.

[조사자 1: 그럼 혹시 팬더에 관련된 이야기 아시는 거 있으세요? 왜 (팬더 사진을 보여주며) 이, 이거 얘기하시는 거?] 예, 맞아요, 맞아. [조사자 1: 왜 팬더를 그렇게, 그렇게 그래요?]

그러니까는 그래 우리, 그래 시방 우리 어떤 때는 팬더와, 팬더가 이래 우리 말하면 친구들 앉아서 이래 그래,

"야, 팬더의 소망이 뭐야?"

그게 질문이죠. [조사자 1: 팬더의 소망?] 예, 소망. 그러니까는,

"희망이 뭐야?"

소망이라니까는 어떤 사람은,

"대나무 잎이 먹겠다."

그러면,

"무순 먹겠다."

이렇게 말하죠. 근데 그기가 어떤 사람은 모르죠, 이게.

그래 나도 이거 우연히 친구한테 배웠는데 내가 이거 배워가지고 친구들이 질문하면 이제 물어보면 그러면,

"대나무 이파리 먹고."

그래 무슨 우리 말하면 이런, 이런 것도 무. 아이들은 어떤 아가 아주

"팬더는 통나무 아이 대나무 이파리밖엔 아이 먹는다."

"아 그러니 이런 것도 줘봐라. 먹는다."

그래. 이게 아니고 소망이 뭐인가 그게 모르죠. 그래그래 답답해서,

"그러면 며칠 기한 줄까 대답해라. 그러니까는 질문해라. 모르니깐은."

후에 찾아와서 나에게 자꾸 물어보니깐, 그러니까는

“팬더의 소망이가 뭐인가 하면, 저기 우리 말하면 사진 한 장 찍는 게지.”

옛날에는 우리 말하면 시방 색깔 나오는 그런 거죠.

“옛날에는 흑백이잖아. 그니까는 팬더가 찍어봤자 아, 색 찍으나 흑백 찍으나 그 똑같은 게지. 그러니까 팬더가 소망이 뭐인가?”

그래 친구들도 듣고 그래,

“야, 너 머리 좋다.”

그게 아니고 나도 남의 들은 소리지. 뭐 그러니까 딱 말하면 기본 맞는 말이지. 그러니까는 내가 한 번 색, 그게 뭐라 하죠? 색? [조사자 2: 컬러.] 컬러. 어 색깔 있는 사진을 찍어 보겠다.

그래 흑백으로 바로 말해도 흑백 찍어 보니까는 [조사자 1: 흑백은 진짜.] 흑백으로 찍어도 까만 거고 그러니까 그러면 그거 찍으면 그거 찍어도 똑같아지죠. 파랗고 아니, 까맣고 색깔. (웃음)

제보자 정보

권경숙

[중국(한국계), 여, 1981년생, 결혼이주 10년차]

권경숙 제보자는 중국 흑룡강성(黑龍江省)Heilongjiang의 조선족 마을에서 태어나 자랐으며, 연변 사범대학을 졸업한 후에 초등학교 교사로 일하다가 한국인 남편과 결혼하면서 한국으로 이주했다. 현재 화장품 회사에 근무하며 중국어 강사와 부산관광공사에서 중국어 해설도 맡고 있다. 한국어 구사 능력은 상급으로 발음상의 어색함이 약간 있었으나 의사소통에는 문제가 없었다. 교사로 일했던 만큼 중국의 다양한 이야기들을 알고 있었으나, '이런 이야기가 있다'라는 식으로 설명하는 경향이 있었다.

부산시 진구 서면의 카페에서 1회의 조사를 진행했다. 1시간 반 정도에 걸쳐 총 27편의 자료를 구술했는데 몇몇 단형의 이야기를 제외하고는 완성된 형태의 이야기를 구연하지 못했다.

권화

[중국(한국계), 여, 1972년생, 결혼이주 8년차]

권화 제보자는 중국 북경에서 태어나고 성장했다. 중국으로 연수 온 남편을 만나서 연애를 시작했고 오랜 연애 기간을 거쳐 결혼했다. 결혼 후 한국에 와서 서울 강북구에 8년째 살고 있다.

권화 제보자는 한국어 표현이 능숙하고 말의 속도가 빠르며 손짓을 활용한 비언어적 표현을 자주 사용했다. 제보자는 한국계이지만 북경에서 성장해서 한족 문화에 익숙했다. 중국 역사인물담을 기억해서 구연했고, 중국 소수민족의 문화에 관해서도 들려줬다. 구연한 자료는 총 9편이다.

김설화

[중국(한국계), 여, 1983년생, 유학 9년차]

김설화 제보자는 1983년에 중국에서 태어났다. 한국으로 유학와서 현대시를 전공했고 현재는 박사과정을 수료했다. 어머니와 함께 서울에서 9년째 살고 있다.

김설화 제보자는 말투가 차분하고 구연 속도는 느린 편이다. 손짓 등의 비언어적 표현을 자주 곁들였다. 기억력이 좋아서 어릴 때 어머니가 사준 구연동화 테이프에서 들었던 이야기와 TV 방영 프로그램, 북한 애니메이션, 라디오 동화 등에서 접한 이야기들을 여럿 구연했는데 인물 설명이나 상황 묘사가 구체적이고 맥락적인 요소도 잘 설명했다. 김설화 제보자는 총 3회 진행된 이야기판에서 48편의 이야기를 구연했다. 구연한 자료는 어린 시절 경험담 한 편을 제외하고는 모두 중국 설화와 조선족 설화, 그리고 한국 설화였다.

동순옥

[중국(한국계), 여, 1971년생, 결혼이주 20년차]

동순옥 제보자는 1971년에 중국 연길에서 장녀로 태어났다. 남편과 결혼하여 한국으로 이주한 지 20년 되었으며 현재 서울시 강북구에 거주하고 있다.

동순옥 제보자는 한국어 표현이 능숙하여, 구연할 때 청중이 빠져들도록 맛깔나게 구연하였다. 또한 스마트폰으로 자료를 찾아가면서 적극적으로 이야기판을 이끌어 나갔다. 권화 제보자와 함께 구연한 생애담을 포함하여 실존 인물의 성공담 등 총 4편의 자료를 구연했다.

류정애

[중국(한국계), 여, 1980년생, 결혼이주 8년차]

류정애 제보자는 중국 한국계 출신으로, 한국어를 매우 잘하는 고급 화자이다. 중국에서 남편을 만나 2008년에 결혼했으며 2009년에 한국에 왔다. 수원에서 시어머니, 남편, 딸과 함께 살고 있는데, 다양한 봉사 활동을 통해 한국에서 적극적인 생활을 영위하고 있다. 그녀는 고향인 길림성에서 유년시절에 한국학교에 다녔기 때문에 유창한 한국어를 구사할 수 있었다.

제보자는 결혼 후 한국으로 이주하여, 한세대에서 영어 통번역학과를 졸업하고, 현재는 중국어 교습소를 운영하며 한국 학생들에게 중국어를 가르치고 있다. 한국어와 한국문화뿐 아니라 중국어와 중국문화도 지속적으로 공부하고 있어, 중국 설화를 잘 구술할 수 있었다. 총 9편의 설화를 구술했는데, 내용을 짜임새 있고 구체적으로 표현하는 것이 특징이었다.

박영숙

[중국(한국계), 여, 1976년생, 결혼이주 17년차]

박영숙 제보자는 1976년에 중국 연변에서 태어났으며, 25살에 결혼하여 한국에 이주했다. 현재는 경기도 안산에서 거주하면서 안산의 세계문화체험관에서 다문화강사를 하고 있다. 다문화강사로 활동 중인 이주여성들로 구성된 안산 다문화 작은도서관 '옛이야기 모임'의 대표로서 본 조사에 많은 도움을 주었다.

박영숙 제보자는 말이 빠른 편이고 이야기를 서술해 가는데 막힘이 없다. 이야기 감각이 좋아서 서사구조를 잘 이해하고 표현하는 특징이 있다. 청중들이 다음이 어떻게 전개될지 궁금해 하도록 유도하는 등의 구연 기법을 활용했다. 다른 제보자들이 이야기를 구연할 때는 적극적인 청자의 입장에서 이야기를 끌어내는 역할을 했다. 웃음이 많아서 재미있는 이야기를 들을 때 즉각적인 반응을 보이며 판을 흥겹게 끌어갔다. 타국의 이야기에도 관심이 많아서, 의문이 생기는 부분이 있으면 조사자들보다 먼저 질문을 하기도 했다. 2차에 걸친 조사를 통해 박영숙 제보자가 구술한 설화는 총 13편이다.

서청록

[중국(한국계), 남, 1962년생, 이주노동 6년차]

서청록 제보자는 한국계 출신으로 흑룡강 근처가 고향이다. 조부모님이 중국으로 이주하여, 유년시절을 중국에서 보냈다. 중국에서 한국계 중국인인 아내와 결혼한 뒤 한국에서 일을 하기 위해 이주했다. 조사 당시에 아내와 딸은 수원에서 거주하고 있으며, 서청록 제보자만 전북 진안의 회사에서 근무하고 있었다.

제보자는 의사소통에는 무리가 없을 정도로 한국어를 구사했지만, 조선족 특유의 발음과 억양이 강한 편이었다. 설화보다는 어린 시절에 경험한 일을 중심으로 총 11편의 자료를 구술했다.

이화(이윤정)

[중국(한국계), 여, 1974년생, 결혼이주 19년차]

이화 제보자는 한국계 중국인으로, 성인이 된 후 지인의 소개로 남편을 만나 결혼하면서 한국으로 이주를 했다. 수원에 살다가 이사하여 조사 당시에는 청주에서 거주 중이었다. 이화 제보자는 다문화 방과후 교사 활동을 하고 경인교육대학교 석사과정에 입학하는 등 활발한 사회활동을 하고 있다. 한국에 거주한 기간이 길고, 많은 사회생활을 했기 때문에 한국어 수준이 매우 높다.

한국에서 이주한 외할머니와 어린 시절을 함께 보내면서 자연스럽게 많은 설화를 접할 수 있었다. 외할머니에게 들은 자료를 바탕으로 구술하였고, 외할머니의 만주 이주담을 구술하기도 했다. 그리고 중국의 보편적인 여러 설화들을 자세히 구술했으며, 동북3성에서 전해오는 특별한 전설들을 다수 들려줬다. 이화 제보자가 들려준 장백산(백두산) 관련 설화들은 구술 자료적 가치가 매우 높았다. 2회에 걸친 조사를 통해 총 19편의 설화를 들려주었다.

인춘매

[중국(한국계), 여, 1976년생, 결혼이주 10년차]

인춘매 제보자는 1976년 중국에서 태어났다. 2008년에 결혼했으며, 남편과 초등학생 두 자녀를 키우며 경기도 안산시에 거주하고 있다. 안산에서 다문화 강사를 하고 있으며, 도서관에서 다른 강사들과 이야기 모임을 하고 있다.

인춘매 제보자는 안산의 다문화 옛이야기 모임 대표인 박영숙 제보자와 함께 조사에 참여했다. 처음에는 부담스러워했지만 어린 시절 들었던 속담과 관련된 이야기를 시작으로 중국에서 듣거나 보았던 이야기들을 재미있게 구연했다. 박영숙 제보자가 구연할 때에는 청자로 참여하여 적극적으로 반응해 주었다. 구연한 자료는 총 5편이다.

임향금

[중국(한국계), 여, 1978년생, 결혼이주 10년차]

임향금 제보자는 1978년 중국 지반시에서 태어났다. 2010년에 결혼하여 경상남도 진주시에서 남편과 두 아들을 키우며 살고 있다. 진주YWCA에서 다문화 강사육성 프로그램에 참여하면서 이후 방과후 다문화강사로 활동할 준비를 하고 있었다.

임향금 제보자는 조사의 취지를 듣고서 떠오르는 짧은 이야기가 있다며 구연을 해주었다. 별도의 준비 없이 조사 과정에서 기억해낸 민담과 고사, 풍속과 속담 등을 다양하게 구연했다. 구연한 자료는 총 11편이다.

주경옥

[중국(한국계), 여, 1973년생, 결혼이주 13년차]

주경옥 제보자는 중국 한국계 출신으로, 한국어를 매우 잘하는 화자이다. 중국에서 남편을 만나 결혼했으며, 현재 충주에서 거주하면서 초등학교 다문화 강사와 중국어 통번역을 함께 하고 있다.

아들 1명의 어머니이기도 한 주경옥 제보자는 다문화 가정에 대한 선입견과 편견을 없애고자 설화 조사에 응했는데, 매우 적극적으로 설화 구술을 이끌어 나갔다. 2회에 걸쳐 조사팀과 만나 신화와 전설, 민담에 이르기까지 총 20편에 달하는 다양한 중국 설화를 들려주었다. 신화와 역사 이야기에 특별한 관심과 재능을 나타냈다.